Zum Buch:

Wenn die Kinder im Jugendzentrum glücklich lachen, weiß Imke, dass sie am richtigen Ort ist, und freut sich mit. Doch als ihr Vater als Pastor in St. Peter-Ording ausfällt und ihr die Chance geboten wird, für begrenzte Zeit wieder ihren eigentlichen Beruf auszuüben, kann sie gar nicht anders, als dem Ruf zu folgen. Und schon findet sie sich bei den vereisten Salzwiesen und im ersten Schnee an der nordfriesischen Küste wieder. Ihre Heimat hat sofort die wohltuende Wirkung auf sie, die sie vermisst hat. Und doch ist Imke klar, dass sie sich jetzt auch der Vergangenheit stellen muss: dem Bruch mit Simo, dessen Anblick allein ihr immer noch Herzklopfen beschwert.

Lieferbare Titel:

Winterlicht am Meer
Friesenherzen und Winterzauber
Nordseefunkeln
Friesenmeermagie
Winterstrandtage
Wintermeer und Bernsteinherzen
Dünenleuchten
Friesenwinterzauber
Leuchtturmträume
Wintermeer und Dünenzauber
Dünentraumsommer
Das Muschelhaus am Deich
Dünenwinter und Lichterglanz
Strandrosensommer
Mit dir auf Düne sieben
Friesenherzen und Winterzauber
Krabbe mit Rettungsring
Strandperlen

Himmelsee – Über den Wellen leuchtet das Glück

St.-Peter-Ording-Saga:
Wo der Seewind flüstert (1)
Was die Dünen verheißen (2)
Was die Gezeiten versprechen (3)

Zur Autorin:

Tanja Janz wollte schon als Kind Bücher schreiben und malte ihre ersten Geschichten auf ein Blatt Papier. Heute ist sie Schriftstellerin und lebt mit ihrer Familie und zwei Katzen im Ruhrgebiet. Neben der Schreiberei und der Liebe zum heimischen Fußballverein schwärmt sie für St. Peter-Ording, den einzigartigen Ort an der Nordseeküste.

Tanja Janz

Winterlicht am Meer

EIN ST.-PETER-ORDING-ROMAN

HarperCollins

1. Auflage 2025
Originalausgabe

in der Verlagsgruppe HarperCollins Deutschland GmbH
Valentinskamp 24 · 20354 Hamburg
info@harpercollins.de
Umschlaggestaltung von Hauptmann & Kompanie, Zürich
Umschlagabbildung von dugdax, Joule Sorubou,
Personal Efficiency / Shutterstock
Gesetzt aus der Stempel Garamond
von GGP Media GmbH, Pößneck
Druck und Bindung von GGP Media GmbH, Pößneck
Printed in Germany
ISBN 978-3-365-01048-8
www.harpercollins.de

Druckprodukt mit finanziellem
Klimabeitrag
ClimatePartner.com/15109-2009-1001

MIX
Papier
FSC FSC® C014496

Für Judit,
mit einer frischen Meeresbrise
und Bratapfelduft.

Winterlicht am Meer

Der Nordseewind singt leise Lieder,
trägt Salz und Schnee ans Dünenland.
Die Wellen rauschen hin und wieder,
berühren sanft den weiten Strand.

Am Pfahlbau flackern warme Kerzen,
ihr Licht erstrahlt im Wellensang.
Und tief in uns, in unsern Herzen,
erklingt der Weihnacht leiser Klang.

Der Strand liegt still in heller Weite,
die Sandbänke glitzern silbern hell.
Die Möwen tanzen, kreisen, gleiten,
am Horizont so frei und schnell.

Die Reetdächer schimmern weich,
ein sanftes Funkeln ruht im Reet.
Und überm Meer, in weiter Ferne,
strahlt hell ein Stern – und nie vergeht.

Prolog

Ein Julitag in St. Peter-Ording, acht Jahre zuvor

Der Sommerhimmel über St. Peter-Ording leuchtete in einem intensiven Blau, durchzogen bloß von dünnen Wolkenschleiern, die wie zarte Federn wirkten. Die Sonne stand hoch, und der Ordinger Sandstrand glühte förmlich in der Hitze, während eine salzige Brise vom Meer herüberwehte und für ein wenig Abkühlung sorgte. Möwen zogen laut kreischend ihre Kreise über der Sandbank und übertönten damit die dumpfen Beats aus dem Event-Dorf des Surf-Cups.

Imke atmete tief ein und seufzte dann wohlig auf. Es roch herrlich nach Sommer und Strand in St. Peter-Ording, nach dieser besonderen Mischung aus Tang und Sonnencreme, die sie seit ihrer Kindheit mit den schönsten Wochen im Jahr verband, wenn die Nächte lau waren und die Tage scheinbar nie zu Ende gingen. Eine gewisse Sorglosigkeit herrschte dann vor, die sie so in keiner anderen Jahreszeit spürte. An diesem Tag lag zusätzlich Spannung in der Luft. Das Finale des Surf-Cups stand kurz bevor.

Sie saß in einer blauen, ausklappbaren Strandmuschel und hielt die Knie angezogen. Die Zehen schob sie in den warmen Sand, der sich angenehm und körnig anfühlte. Über ihrem Badeanzug trug sie ein leichtes weißes Sommerkleid, das im Wind herrlich flatterte. Das blonde Haar hatte sie mit einem gelben Tuch gebändigt. Neben ihr lag ihre beste Freundin Sinja auf ihrem türkisfarbenen Handtuch. Sie trug eine überdimensional große Sonnenbrille auf der Nase und hielt sich eine eiskalte Cola-Dose an die Stirn, die sie kurz zuvor aus der Kühltasche gezogen hatte.

Um die blendenden Reflexionen der Wellen abzuschirmen, hob Imke die Hand über die Augen.

»Der Wind ist heute zwar perfekt, aber er bringt keine Abkühlung«, stellte Sinja fest und setzte sich nun ebenfalls auf. Ihr Blick war auf die Nordsee gerichtet, wo die Wellen in kraftvollen Sets heranrollten und ihre Schaumkronen in der Sonne glitzerten. »Simo hat gute Chancen, den Wettbewerb zu gewinnen, wenn er die eine, richtige Welle erwischt. Er ist doch der beste Surfer unserer Truppe.«

»Ich hoffe es so sehr für ihn! In den letzten Wochen hat er wie ein Wahnsinniger trainiert.« Imke ließ ihren Blick über den weitläufigen Strand schweifen. Unzählige Strandkörbe mit blau-weiß gestreiften Dächern standen in geraden Reihen, jeder Platz war besetzt. Kinder bauten eifrig Sandburgen, eine Gruppe Jugendlicher spielte Beach-Volleyball und feierte lautstark jeden Punkt. Ihre Rufe vermischten sich mit dem Rauschen der Brandung und dem Wummern der Beats, die aus leistungsstarken Boxen drangen. Imkes Aufmerksamkeit galt jedoch den Surfern, die sich am Spülsaum versammelt hatten. Ihre Windsurfbretter mit den bunten Segeln lagen startklar neben ihnen, an den entschlossenen Mienen der Teilnehmer war abzulesen, dass sie bereit für die finale Runde des St.-Peter-Surf-Cups waren.

»Da sind unsere Helden ja endlich!«, rief Sinja und sprang auf. Sie deutete mit der Cola-Dose in der Hand aufgeregt in die Richtung von drei Gestalten, die sich gerade durch die Menge der Schaulustigen schoben. Als Imke Simo in seinem Neoprenanzug unter ihnen erspähte, musste sie lächeln. Sie liebte seine breiten Schultern und die lässige Art, wie er das Windsurfbrett trug, seine hellblonden, fast schon weißen, von der Sonne gebleichten Haare, die mit oder ohne Wind immer zerzaust waren. Ewig könnte sie ihn anschauen – und das, obwohl sie sich schon seit ihrer Kindheit kannten. Neben ihm gingen breit grinsend Piet, groß und ein wenig schlaksig, und Leif, etwas kleiner und von eher stämmiger Statur. Leif lachte offenbar über etwas, das Simo sagte.

Imke kam nun ihrerseits auf die Füße und klopfte den Sand von ihren Beinen. Vorfreudig griff sie nach Sinjas Hand und zog sie mit sich. »Komm, wir gehen näher ran.«

Barfuß liefen sie in Richtung des Event-Dorfs, eines bunten Mikrokosmos, in dem sich Stände mit Surf-Ausrüstung an Foodtrucks reihten und Surfer mit fokussierten Blicken ihre Bretter präparierten. Vor der provisorischen Absperrung hatte sich bereits eine Menschentraube versammelt. Das Sportspektakel hatte gleichermaßen Einheimische, Touristen, Kinder mit Eiswaffeln und auch Leute älteren Semesters angezogen.

Die Musik erstarb abrupt. Dann erklang aus den Lautsprechern ein lautes Knacken, darauf folgte ein schriller Pfeifton.

»Meine armen Ohren!« Sinja verzog ihr Gesicht zu einer schmerzverzerrten Grimasse.

Imke hielt sich mit beiden Händen die Ohren zu.

»Wir kommen nun zum letzten Durchgang im Finale der Männer«, erschallte einen Moment später eine tiefe Stimme aus den Boxen. »Die Teilnehmer sind Simo Jensen, Piet

Lönne und Leif Krohn aus St. Peter-Ording sowie Lukas Meier aus Husum!«

In diesem Moment drehte Simo sich zu ihnen um. Sein Blick fand Imkes, und ihr Herz klopfte schneller. Er winkte ihr kurz mit einem selbstbewussten Lächeln auf den Lippen zu, das ihre Nerven ein wenig beruhigen sollte, stattdessen aber ihre innere Anspannung noch weiter anfachte. Sie winkte zurück und nickte ihm aufmunternd zu. Wie wichtig dieser Sieg für ihn war, hatte er ihr in den letzten Tagen bei jeder Gelegenheit erzählt. Dabei ging es ihm nicht um das Preisgeld oder den Pokal, den es zu gewinnen gab. Vielmehr wollte er sich selbst beweisen, dass er der beste Surfer an Nordfrieslands Westküste war. Imke verstand ihn gut und drückte ihm so fest die Daumen, wie sie konnte.

In diesem Moment stieß Sinja sie amüsiert in die Seite. »Guck nicht so verspannt! Simo holt für dich den ersten Platz, wetten?«

»Hoffentlich. Aber mir würde es schon reichen, wenn er nur für sich siegen würde«, entgegnete sie, ohne den Blick von Simo abzuwenden.

Die Surfer trugen ihre Bretter ins Meer, stiegen auf und zogen den Baum hoch. Die Segel wirkten wie bunte Pfeile auf dem Wasser.

Imke hielt den Atem an, als die erste große Welle kam. Piet erwischte sie und schnitt auf seinem Surfbrett durchs Wasser, doch eine falsche Bewegung ließ ihn kurz darauf in die Nordsee stürzen. Ein Raunen ging durch die Zuschauermenge.

Als Nächstes folgte Leif. Seine Leistung war solide, aber unspektakulär, während Lukas aus Husum eine nahezu perfekte Welle ritt. Auf der Schulter einer Welle führte er einen scharfen Cutback aus und landete mit einem professionellen Sprung. Die Menge johlte begeistert.

Imke biss sich auf die Lippe. Der Husumer war eine echte Konkurrenz.

Jetzt war Simo an der Reihe. Er ließ sich Zeit und wartete geduldig auf eine passende Gelegenheit. Imke glaubte, seine angespannten Muskeln unter dem Neoprenanzug zu erkennen. Die nächste Welle kam. Sie war perfekt, hoch, glatt und hatte eine weiße Krone. Imke hielt den Atem an, als Simo auf sie zusteuerte. Er schien fest auf dem Board zu stehen und schnitt kraftvoll durch die See, drehte dann einen Cutback, wobei das Sprühwasser in der Sonne glitzerte. Scheinbar mühelos hielt er die Balance, während die Welle ihn trug. Doch dann wankte er auf einmal und kippte mit dem Segel schließlich in die Nordsee. Die Leute klatschten höflich.

»Oh, nein!« Imke vergrub ihr Gesicht in beiden Händen. Sie wusste, dass nun alles von der Punktevergabe abhing. Vielleicht hatte Simo noch eine Chance auf einen guten Platz angesichts des Schwierigkeitsgrads.

»So ein Pech! Simo war gut, aber Lukas war besser, wenn du mich fragst«, resümierte Sinja. »Piet hatte etwas Pech mit seiner Welle.«

Imke nickte bloß. Ihr Herz hämmerte, als die Punkte verkündet wurden: Lukas 8.5, Simo 8.2, Piet 7.8 und Leif 7.5.

Lukas Meier aus Husum gewann den Wettbewerb.

»Immerhin hat er sich den zweiten Platz gesichert«, meinte Sinja mit einem aufmunternden Lächeln.

»Lass uns zu ihm gehen!« Das Ergebnis war tatsächlich so knapp, dass Imke vor Stolz fast platzte. Für sie blieb Simo ohnehin der Gewinner – nicht nur des Wettbewerbs, sondern auch ihres Herzens.

Sie schoben sich vorbei an den Umherstehenden, bis sie freie Sicht auf die Surfer hatten.

Als Simo ihren Blick auffing, kam er zu ihr, das Salzwasser tropfte ihm vom Gesicht.

Sobald er vor ihr stand, zog er Imke in eine nasse Umarmung. »Fast hätte ich es geschafft.« In seiner Stimme schwang ein wenig Enttäuschung mit, aber er lächelte.

»Du warst wirklich unglaublich, Simo!« Imke lachte, als das erfrischende Meerwasser durch den Stoff ihres Kleids drang. »Der zweite Platz von über fünfzig Teilnehmern! Ich meine, das ist doch riesig!«

»Das liegt alles nur an dir«, behauptete er kühn, schenkte ihr ein offenes Lächeln und küsste sie auf den Mund. Seine Lippen schmeckten salzig und lagen warm auf ihren.

Die Sonne war untergegangen, sodass der Himmel über St. Peter-Ording noch in tiefem Orange glühte, das allmählich in Violett und Dunkelblau überging. Das Finale des Surf-Cups war Geschichte. Nun bildete das Strandfest auf dem Event-Gelände den idealen Ausklang des Tages. Bunte Lichterketten leuchteten an einem Pfahlbau, dessen Silhouette sich dunkel gegen den Abendhimmel abzeichnete. Der Geruch von gegrilltem Fisch aus einem Foodtruck und einer kühleren, salzigen Meeresbrise erfüllte die Luft der anbrechenden Nacht. Basslastige Club-Sounds dröhnten aus Lautsprechern über den Strandabschnitt, zu denen einige Besucher ausgelassen im Sand tanzten. Andere saßen auf Decken in Grüppchen zusammen und hielten Cola- und Bierdosen in Händen.

Imke lehnte sich an Simos Schulter. Seine Körperwärme fühlte sich gut an, sie bildete den perfekten Gegensatz zur kühlen Abendluft, die über ihre nackten Arme strich und ihr immer wieder eine Gänsehaut bescherte. Simo hatte längst seinen Neoprenanzug gegen lässige Jeans und ein ausgewaschenes T-Shirt getauscht. Seine Haare waren wie immer zerzaust. Sinja hockte mit gekreuzten Beinen ihnen gegenüber und stocherte mit einer Plastikgabel in einer Portion Pommes herum, während Piet und Leif noch vor einem der Foodtrucks anstanden.

»Das war heute so was von verdammt knapp«, sagte Sinja zum wiederholten Mal.

Simo nickte und nahm einen Schluck Cola, während sein Arm locker um Imke lag. »Lukas hat mich um Haaresbreite geschlagen. Das schreit nach Revanche.«

»Aber dein Cutback war der Hammer«, kam es von Piet, der sich nun mit einer Schale Currywurst und Pommes neben Sinja setzte. »Ich dachte echt, du holst dir den ersten Platz.«

»Nächstes Mal bestimmt«, meinte Leif grinsend und gesellte sich ebenfalls zu ihnen. »Hauptsache, wir haben Husum gezeigt, dass die Crew aus St. Peter locker mithalten kann.«

Imke lächelte und drückte Simos Hand. »Ein zweiter Platz, was heißt das schon? Für mich hast du den ersten gemacht«, sagte sie, woraufhin er leise lachte. Es war dieser tiefe, warme Klang seines Lachens, der sie jedes Mal mitten ins Herz traf.

Sinja schüttelte belustigt den Kopf. »Ihr zwei seid echt süß – fast schon eklig süß. Ich glaub, ich brauche dringend eine neue Cola.« Sie stand auf, um sich eine weitere Dose aus der Kühltasche zu nehmen. Piet und Leif lachten.

»Lass sie doch, Sinja«, meinte Piet. »Liebe macht eben glücklich.«

»Ja, und lieber glücklich als blind«, warf Imke ein, woraufhin Simo sie auf die Stirn küsste.

Das Rauschen der Brandung nahm zu, sodass die Wellen bald kraftvoll an den Strand schlugen. Imke genoss den Augenblick und entdeckte die ersten Sterne am Firmament.

»Ich liebe das Surfen ja wirklich«, sagte Simo, den Blick auf das dunkle Meer gerichtet. »Aber mit euch allen hier zu sein, das ist viel besser als jeder erste Platz eines Surf-Cups, ehrlich.«

Glücklich lehnte Imke den Kopf an seine Halsbeuge und lauschte seinem Herzschlag, der den gleichen Takt wie die Wellen zu haben schien.

Ihr Blick wanderte dann zu Sinja, deren Augen in der anbrechenden Dunkelheit leuchteten, dann weiter zu Piet und Leif, die sich über irgendeinen Witz kringelten, den sie nicht mitbekommen hatte. Die Musik wechselte zu einem langsamen Song.

»Ich bin so glücklich«, flüsterte Imke in Simos Ohr und schmiegte sich fester an ihn. Sie hörte Sinja kichern und mit den beiden Jungs herumalbern; der Moment war so schön.

In diesem Augenblick war es für sie kaum vorstellbar, dass dies alles jemals enden könnte. Ihre große Liebe zu Simo, die Freundschaft mit Sinja und den Jungs, dieser unglaubliche Sommer, der sich anfühlte wie ein ewiger Traum. Die Wellen sangen ihre vertraute Melodie. Es schien alles perfekt zu sein, so, wie es war – unzerstörbar, für immer.

Kapitel 1

»Ist das richtig so?«, fragte der kleine Junge und hielt ihr ein buntes Papier hin, das er versucht hatte, in der Form eines Sterns auszuschneiden.

»Das ist dir schon ganz gut gelungen, David.« Imke strich sich eine blonde Haarsträhne hinter das Ohr und lächelte ihn aufmunternd an. Dann trat sie zwei Schritte weiter und beugte sich zu weiteren Kindern, die an dem großen Tisch saßen, und half ihnen beim Ausschneiden. In der Mitte hatte sie eine große Kiste voller Bastelmaterialien platziert. Glitzer, Moosgummi, kleine Holzsterne und buntes Papier, ein paar Scheren, Klebestifte und bunte Filzmaler standen den Kindern zur Verfügung.

Seit mehreren Tagen arbeiteten die Grundschulkinder nun schon nach der Hausaufgabenbetreuung an Weihnachtsdekorationen für sich zum Mit-nach-Hause-Nehmen und für das Jugendzentrum, das vor dem nächsten Wochenende festlich geschmückt werden sollte.

»Imke, kannst du mir auch helfen? Meine Sterne kleben irgendwie nicht richtig zusammen!«, rief ein Mädchen mit Sommersprossen und wedelte mit zwei Glitzerkarton-Sternen.

»Lass mich mal sehen, Maja. Das haben wir gleich.« Imke kniete sich neben sie, nahm einen der Sterne in die Hand und betrachtete ihn eingehend. »Vielleicht brauchst du nur ein bisschen mehr Kleber.« Sie griff nach der Flasche Bastelkleber und tupfte vorsichtig etwas auf die Ränder. »So, und jetzt drückst du sie ganz fest zusammen und wartest ein bisschen. Manchmal dauert es einen Moment, bis alles richtig hält.«

Maja nickte eifrig und drückte die Sterne mit aller Kraft zusammen. Lächelnd nickte Imke und schaute zufrieden zu den anderen Kindern. Es herrschte ein fröhliches Chaos.

Nachdem ihre Kirche in Warendorf geschlossen worden war, in der sie mehr als fünf Jahre als Pastorin gearbeitet hatte, hatte Imke in einem Jugendzentrum mitten in Münster eine neue Aufgabe gefunden. Sie half bei der Organisation von Freizeitangeboten für Kinder und Jugendliche, bot Seelsorgegespräche an und versuchte, für die jungen Menschen eine verlässliche Ansprechpartnerin in jeder Lebenslage zu sein. Nicht alle von ihnen bekamen zu Hause die nötige Aufmerksamkeit. Oft wandten sich auch Mütter oder Väter mit ihren Sorgen an sie, da sich herumgesprochen hatte, dass Imke eigentlich Pastorin war.

»Jetzt ist es fertig!«, rief Maja fröhlich und hielt den funkelnden Stern stolz hoch. »So kann er an unseren Weihnachtsbaum!«

»Prima! Das wird bestimmt wunderschön aussehen«, sagte Imke und zwinkerte ihr zu.

Sie rieb sich etwas Glitzer von den Fingern und richtete sich wieder auf. An der gegenüberliegenden Wand hing bereits eine Lichterkette, die dem Raum einen gemütlichen und fast heimeligen Touch verlieh. Die Kinder hatten beschlossen, in diesem Jahr ihre eigene Weihnachtswelt zu erschaffen, und Imke freute sich, sie dabei unterstützen zu können. Sie konnte die Sehnsucht der Kinder nach Weihnachten förmlich spüren und hoffte, dass sie ihren Teil dazu beitragen konnte, damit es für sie ein zauberhaftes Fest wurde. Die passende Deko war jedenfalls ein wichtiger Schritt in diese Richtung.

Schritte erklangen vom Flur, und kurz darauf betrat ihre Kollegin Bettina den Raum. Die Sozialpädagogin war Anfang fünfzig, hatte dunkle Locken, durch die sich ein paar silberne Haare zogen, und strahlte eine mütterliche Art aus, die die Kinder oft in ihren Familien vermissten. Sie trug ein Tablett voller mit dampfendem Kakao gefüllten Henkeltassen und stellte es auf den Nebentisch, auf dem bereits ein Teller mit Weihnachtskeksen bereitstand. »Hier kommt noch eine kleine Stärkung für unsere fleißigen Bastler«, rief sie mit einem herzlichen Lächeln.

Sofort stürzten sich die Kinder auf die Tassen, während Imke zu Bettina trat und mit ihr die bereits fertiggestellten Dekosterne betrachtete, die auf dem kleineren Tisch an der Seite trockneten. »Es ist schön zu sehen, wie viel Mühe sie sich geben. Für viele von ihnen ist Weihnachten zu Hause bestimmt nicht besonders fröhlich«, meinte Imke ein wenig bekümmert.

Bettina nickte nachdenklich. »Da magst du recht haben. Für manche ist das hier das Einzige, was sie an Gemeinschaft und festlicher Stimmung in dieser Zeit erleben. Sie brauchen dringend Menschen, die ihnen Aufmerksamkeit schenken und ihnen wenigstens teilweise das Gefühl vermitteln, dass die Welt da draußen doch ganz schön sein kann. Ich bin wirklich froh, dass du in unserem Team bist, Imke.«

»Danke, Bettina. Ich bin auch froh, hier gelandet zu sein.« Imke lächelte, doch im Stillen hegte sie Zweifel. Sosehr sie ihre Arbeit in dem Jugendzentrum auch schätzte, der sie seit fast einem Jahr nachging, richtig angekommen fühlte sie sich noch nicht, wenn sie ehrlich war. Ob es an der Umstellung nach all den Jahren in einer Kirchengemeinde lag? Manchmal glaubte sie, dass ihr etwas fehlte, was sie nicht konkret benennen konnte. Allerdings war sie auch nicht sicher, ob sie in einer anderen Kirchengemeinde besser aufgehoben wäre.

»Ich hoffe, dass du uns noch lange erhalten bleibst und dein Vertrag im nächsten Jahr verlängert wird«, fügte Bettina hinzu und nahm sich einen Weihnachtskeks vom Teller. »Du hast dich erstaunlich schnell in die Kinder- und Jugendarbeit eingefunden. Ich meine, es ist ja doch etwas ganz anderes als vorher.«

Imke lehnte sich an die Tischkante und zog die Schultern hoch. »Das schon. Andererseits ist es doch auch eine schöne Arbeit. Ich kann vieles von dem, was mir wichtig ist, hier einbringen. In der Kirche habe ich ja auch mit Kindern und Jugendlichen gearbeitet. Aber natürlich hast du recht … Es ist nicht dasselbe wie in der Gemeinde. Manchmal frage ich mich schon, ob ich lieber in der Kirche geblieben wäre, wenn es eine andere Möglichkeit gegeben hätte«, gab Imke zu. »Und dann wiederum kann ich es mir kaum vorstellen.«

Bettina berührte mitfühlend ihren Oberarm. »Das ist wohl normal. Und jede Veränderung braucht ihre Zeit. Wer weiß, vielleicht führt dich dein Weg ja irgendwann doch noch zurück in eine Gemeinde.«

Imke lachte auf. »Zurück? Das kann ich mir gerade nicht vorstellen, wo doch an jeder Ecke die Gemeinden zusammengestrichen werden. So traurig es auch ist. Der Glaube müsste erst wieder in Mode kommen …«

Bevor Bettina etwas darauf erwidern konnte, forderten Maja und Clara ihre Aufmerksamkeit. Die Mädchen hielten eine Handvoll selbst gebastelter Sterne in Händen, die in verschiedenen Farben glitzerten und funkelten.

»Guck mal, Imke!«, rief Maja aufgeregt. »Die haben wir gerade fertig gemacht. Ganz allein! Die glitzern so toll!«

Imke warf Bettina einen entschuldigenden Blick zu, dann betrachtete sie lächelnd die Sterne, während ihre Arbeitskollegin sich zu den Kindern an den Tisch setzte und sie beim Basteln unterstützte. »Wie wunderschön! Ihr habt euch wirklich viel Mühe mit den Sternen gegeben«, lobte sie die Mädchen.

Maja strahlte übers ganze Gesicht, schaute auf einen Stern, dann wurde ihr Blick plötzlich nachdenklich. »Du bist doch Pastorin, oder?«

»Ja.«

Maja hob den Blick. »Glaubst du eigentlich, dass Gott uns sehen kann, wie wir für Weihnachten basteln?«, fragte sie und schaute Imke mit großen Augen an.

Clara verzog daraufhin den Mund. »Mein großer Bruder sagt immer zu mir, dass es gar keinen Gott gibt. Dass das nur Märchengeschichten für kleine Kinder sind, damit sie an das Christkind glauben.«

»So? Sagt dein Bruder das wirklich?« Imke zog die Augenbrauen hoch.

Clara nickte bekümmert. »Für ihn bin ich ein Baby, weil ich ganz fest an den lieben Gott glaube.«

Imke musste sich das Lachen verkneifen. »Na ja, ein Baby bist du bestimmt nicht mehr. Es ist aber eine schwierige Frage«, sagte sie verständnisvoll. »Wisst ihr, viele Menschen glauben an den lieben Gott, weil sie spüren, dass er uns zum

Beispiel jeden Tag begleitet. Andere Leute sind sich unsicher oder glauben gar nicht an Gott. Und das ist okay. Wichtig ist, dass ihr euch eure eigenen Gedanken macht und tief in eurem Herzen fühlt, was für euch stimmt.«

Maja nickte. Dann sagte sie: »Ich finde, den lieben Gott muss es geben. Sonst würde sich Weihnachten doch nicht so toll anfühlen.«

Imke lächelte ob der kindlichen Logik. »Ja, das ist ein sehr schöner Gedanke.« Sie strich dem Kind sanft über den Kopf.

»Ich finde es ungerecht, was mein Bruder sagt«, beharrte Clara. »Es soll keinen Gott geben, aber trotzdem will er immer viele Geschenke zu Weihnachten. Das ist doch voll doof!«

Nun musste Imke herzlich lachen. »Ach, Clara, es ist vielleicht gar nicht so wichtig, ob dein Bruder an Gott glaubt oder nicht. Das Wichtigste ist doch, er mag Weihnachten und ihr könnt schön zusammen feiern.«

Die Mädchen sahen sich kurz an, dann strahlte Maja wieder. »Wir machen dann einfach noch viel mehr Sterne, Clara! Damit es bei euch total nach Weihnachten aussieht. Dann fühlt dein Bruder ja vielleicht auch, dass es den lieben Gott gibt.«

»Au ja!« Clara klatschte begeistert in die Hände.

»Das ist eine wunderbare Idee.« Imke beobachtete, wie die beiden fröhlich zurück zum Basteltisch hüpften.

Eine Stunde später saß Imke mit ihrer Kollegin Lena, einer Sozialarbeiterin im Anerkennungsjahr, im Büro des Jugendzentrums. Als ihr Handy klingelte, nahm sie es aus ihrer Umhängetasche und runzelte die Stirn nach einem Blick auf das Display. Ihre Mutter. Ein Anruf von ihr um diese Uhrzeit bedeutete meistens nichts Gutes. Wenn sie lediglich plaudern wollte, meldete sie sich für gewöhnlich abends.

»Entschuldige mich bitte kurz, das ist meine Mutter«, sagte sie zu Lena und ging in den Nebenraum, in dem eine Liege stand und Verbandszeug für Notfälle aufbewahrt wurde, um das Gespräch anzunehmen. »Hallo, Mama?«

»Imke! Ach, gut, dass ich dich gleich erreiche!« Ihre Mutter klang atemlos.

»Was ist denn? Du klingst ziemlich aufgeregt!«, fragte sie besorgt.

»Ja ... Es ist etwas passiert! Dein Vater ist heute Nachmittag ausgerutscht. Auf dem vereisten Gehweg auf der Dorfstraße in der Nähe der Kirche ... Er hat sich das Bein gebrochen.«

Imke riss erschrocken die Augen auf. »Was? Wie geht es ihm? Liegt er im Krankenhaus?«

»Ja, in Husum, aber es ist nichts Lebensgefährliches. Ich bin gerade bei ihm«, beruhigte ihre Mutter sie schnell. »Glücklicherweise kamen gerade die Hansens aus dem kleinen Schuhhaus und haben gesehen, wie er gestürzt ist. Sie haben sofort Hilfe geholt. Papa konnte sich von allein nicht mehr aufraffen.«

»Ein Glück waren sie zur Stelle! Wie schlimm ist die Verletzung denn?«

»Leider wirklich schlimm. Der Bruch ist kompliziert, deshalb wird er gerade operiert. Die Ärzte meinen, wenn er sich schont, heilt alles wieder gut. Trotzdem muss er sich natürlich die nächsten Wochen aus allem ausklinken. Statt in die Kirche zu gehen, wird er zur Reha müssen. Er kann nicht predigen, nichts organisieren ... gar nichts. Und das ausgerechnet zur Weihnachtszeit. Sonntag ist doch schon der erste Advent. Es ist wirklich eine Katastrophe, Imke. Dein Vater ist richtig niedergeschlagen deswegen.«

»Was für ein unglaubliches Pech!« Imke atmete trotzdem erleichtert aus, es hätte schließlich weitaus schlimmer kommen können. Doch sie wusste, was der Unfall bedeutete. Sie kannte ihren Vater. Er war ein Macher und hasste nichts mehr, als untätig herumzusitzen. Wochenlang nutzlos ausharren, das würde ihm zu schaffen machen. Und dann noch in der Vorweihnachtszeit, wo es in der Gemeinde mehr zu tun gab als sonst im ganzen Jahr. »Wer übernimmt denn für Papa die Weihnachtsplanung und die Gottesdienste?«, erkundigte sie sich.

»Das ist es ja!« Ihre Mutter seufzte schwer. »Bis jetzt übernimmt niemand!«

»Wie … niemand?«, fragte Imke nach.

»Wir werden natürlich versuchen, Ersatz zu finden. Aber du weißt ja selbst, wie die Lage ist … So kurzfristig und dann noch mitten in der Adventszeit bekommen wir wohl keinen Pastor, der bei uns in St. Peter einspringen kann«, fuhr ihre Mutter fort. »Die Weihnachtszeit steht vor der Tür, die Gottesdienste, der Weihnachtsbasar, das Krippenspiel … All das droht nun auszufallen, wenn sich niemand findet, der sich kümmert. Es ist ein echtes Drama!«

Langsam dämmerte es Imke, worauf ihr Gespräch hinauslief. Sie wechselte das Handy ans andere Ohr und setzte sich auf die Liege. »Hör mal, Mama … Du willst, dass ich komme und die Sache für Papa übernehme, richtig?«, stellte sie mehr fest, als dass sie fragte.

»Hm … na ja … Es wäre auch wirklich nur vorübergehend … bis Papa wieder einsatzfähig ist«, sagte ihre Mutter schnell. »Wir brauchen jemanden, der sich in der Gemeinde auskennt und gleich loslegen kann, ohne lange Einarbeitung … So viel Zeit haben wir nicht bis zum ersten Advent. Imke, und du kennst doch die Menschen hier, du weißt, wie alles abläuft. Es wäre auch wirklich nur für ein paar Wochen … Außerdem würde dein Vater wahrscheinlich schneller wieder auf die Beine kommen, wenn er wüsste, dass du dich als seine Vertretung kümmerst.«

Imke schwieg. Ihr Blick fiel auf den Kalender an der Wand. Es waren nur noch wenige Wochen bis Weihnachten und sechs Tage bis zum ersten Advent. Sie hatte sich nicht aus freien Stücken entschieden, ihren Beruf hinter sich zu lassen und einen neuen Weg einzuschlagen. Dies war eher der Tatsache geschuldet gewesen, dass es keine freie Pastorenstelle gegeben hatte. Zeitweise unterrichtete sie sogar Religion in einer Grundschule. Im Jugendzentrum fühlte sie sich zwar gebraucht, aber wenn sie ganz ehrlich war, hing ihr Herz an der Gemeindearbeit. Mit Lena hatte sie eine Weihnachtsaktion für benachteiligte Kinder geplant. Konnte sie sie damit einfach allein lassen? Andererseits war der Unfall ihres Vaters tatsächlich ein familiärer Notfall …

»Ich verstehe natürlich, wenn du zögerst«, sprach ihre Mutter in das Schweigen hinein. »Aber vielleicht besteht ja doch die Möglichkeit, dass du kommen kannst … Es würde uns in St. Peter so sehr helfen.«

Imke seufzte und massierte sich mit der freien Hand die Schläfen. »Das kommt alles ziemlich plötzlich, Mama. Ich habe hier doch auch Verantwortung – zumindest bis zum Ende des Jahres. Ich hoffe, du verstehst, dass ich das nicht einfach von jetzt auf gleich entscheiden kann. Aber … ich verspreche dir, mit meinen Kollegen und auch mit meinem Vorgesetzten zu sprechen. Okay?«

»Natürlich! Mehr verlange ich gar nicht von dir«, sagte ihre Mutter sanft. »Danke, mein Schatz.«

Nachdem sie aufgelegt hatte, blieb Imke noch einen Moment auf der Liege sitzen. Dann schaute sie zur Tür.

Im Türrahmen lehnte Lena. »Imke? Ich gehe mal zum Proberaum, ja?«

»Okay«, antwortete sie gedankenverloren. Ihr Herz zog sich sehnsuchtsvoll zusammen, wenn sie an St. Peter-Ording und die Kirche ihres Herzens, ihre Kindheit und Jugend an der Küste dachte. Alles, was sie einst hinter sich gelassen hatte, schien sie in diesem Moment zu rufen.

Lena runzelte die Stirn. »Ist alles in Ordnung bei dir?«

Kurz lachte sie auf und schüttelte den Kopf. »Ich glaube, ich habe gerade das verrückteste Angebot meines Lebens bekommen.«

Nachdem die Kinder nach Hause gegangen waren, saß Imke in dem kleinen Besprechungsraum des Jugendzentrums, die Hände um eine Tasse voll dampfendem Tee gelegt. Ihr gegenüber rührte ihre Kollegin Bettina gedankenverloren in ihrem Cappuccino. Ihr Gespräch hatte sich um die übervollen To-do-Listen der Weihnachtsplanung gedreht, sodass Imke noch nicht von dem Anruf aus St. Peter-Ording erzählt hatte. Imke gelang es jedoch nicht, sich ganz auf die Programmpunkte des Jugendzentrums zu konzentrieren. Immer wieder schweiften ihre Gedanken ab.

»Du bist gerade mit dem Kopf ganz woanders, was?«, stellte Bettina schließlich fest und lächelte verständnisvoll. »Denkst du an Claras ungläubigen Bruder oder an deinen noch nicht verlängerten Vertrag?«

Imke schüttelte den Kopf und ergriff die Gelegenheit. »Weder noch. Vorhin hat meine Mutter angerufen. Mein Vater hat sich das Bein gebrochen. Die Gemeinde steht jetzt ohne Pastor da – und das kurz vor Weihnachten. Sie hat mich um Hilfe gebeten.«

Bettina zog die Augenbrauen hoch. »Überlegst du etwa, ob du hinfahren sollst?«

»Schon die ganze Zeit«, bestätigte Imke ihre Vermutung. »Aber wie soll ich es machen, ohne mich zweizuteilen? Ich habe doch auch Verantwortung hier im Jugendzentrum.« Sie strich mit einem Finger über den Rand ihrer Tasse. »Mit meinem Vater konnte ich noch gar nicht sprechen. Er wurde gerade operiert, als meine Mutter anrief. Vielleicht liegt er gerade im Aufwachraum.«

Bettina lehnte sich auf ihrem Stuhl zurück, verschränkte die Arme vor der Brust und betrachtete sie nachdenklich. »Lass mich dir mal eine Frage stellen: Würdest du es bereuen, wenn du nicht hilfst?«

Imke presste die Lippen zusammen. Natürlich würde sie es bereuen. Sie erinnerte sich an ihre Kindheit in St. Peter-Ording, an den Duft von Tannennadeln und warmem Wachs in der Kirche, an das Flackern der Kerzen am Adventskranz und das wohlige Gefühl, das sie als Kind empfunden hatte, wenn ihr Vater aus der Weihnachtsgeschichte vorlas. Ihr war bewusst, dass nicht nur eine beliebige Aufgabe auf sie wartete. Vielmehr war es ihre Bestimmung und gleichzeitig auch eine familiäre Pflicht. Doch es hatte damals auch Gründe gegeben, aus denen sie die nordfriesische Küste verlassen hatte. Nun schien es fast, als könnte sie die Vergangenheit nicht länger so abschütteln, wie sie geglaubt hatte. »Vermutlich schon.«

»Na dann.« Bettina zuckte mit den Schultern. »Ich an deiner Stelle wüsste, was ich tun würde.«

»Schon.« Imke nickte. »Aber ihr braucht mich doch auch hier bei den Kindern.«

»Ach!« Bettina winkte ab. »Mach dir mal um uns keine Sorgen. Wir werden klarkommen. Mit Lenas Hilfe bekomme ich unsere Adventsfeierlichkeiten schon gewuppt. Du weißt ja, wie tatkräftig sie uns unterstützt.«

»Das stimmt. Trotzdem möchte ich mich nicht einfach so aus der Verantwortung stehlen.«

»Eine Verantwortung hast du auch deiner Familie gegenüber«, stellte Bettina fest. »Außerdem hast du bisher keinen Tag gefehlt und nicht mal Urlaub in Anspruch genommen. Vielleicht kann man es darüber laufen lassen? Herr Pothmann wird bestimmt Verständnis für deine Lage haben.«

»Wenn man dich so hört, könnte man fast glauben, du willst mich loswerden.« Imke grinste ihre Kollegin an.

Bettina lächelte, doch ihr Blick war ernst, als sie antwortete: »Ganz und gar nicht! Ich möchte eher verhindern, dass du später etwas bereust.«

Imke schwieg. Dann griff sie nach ihrem Handy und blickte nachdenklich auf das Display. »Ich muss dann wohl bald mal mit unserem Vorgesetzten telefonieren.«

»Das würde ich an deiner Stelle auch tun.« Bettina lächelte und nippte an ihrem Getränk. »Solltest du fahren, dann schreib mir eine Postkarte von der Nordsee.«

Am Abend saß Imke in ihrer Wohnung auf dem Sofa und starrte auf ihr Handy. Vor wenigen Stunden hatte sie ihrem Chef auf die Mailbox gesprochen und um Rückruf gebeten, der nach Feierabend erfolgt war. Herr Pothmann hatte verständnisvoll reagiert und ihr eine offizielle Beurlaubung angeboten. Immerhin bestand eine familiäre Notsituation. Außerdem hatte er angemerkt, dass sie sich in den letzten Monaten bewährt hätte und er sich für die Verlängerung ihres Arbeitsvertrages einsetzen wollte. Zum Schluss hatte die Entscheidung ganz bei ihr gelegen.

Sie atmete tief durch, dann wählte sie die Nummer ihrer Mutter.

»Imke?«, erklang die vertraute Stimme sofort am anderen Ende.

»Moin, Mama …« Imke drückte das Handy fester ans Ohr und spürte plötzlich eine unfassbare Erleichterung in sich. »Sag Papa, dass ich nach Hause komme.«

Kapitel 2

In der Bahnhofshalle zog es wie Hechtsuppe. Imke fröstelte. Sie schlang sich den Schal noch einmal um den Hals und zog sich die Mütze ganz über die Ohren. Der Münsteraner Hauptbahnhof war, wie eigentlich an jedem Freitagmittag, voller Menschen. Geschäftsreisende mit Laptop-Taschen eilten an ihr vorbei, Jugendliche mit Kopfhörern und Rucksäcken schlängelten sich durch die Menge, eine Familie mit Kindern suchte hektisch nach dem richtigen Gleis.

Imke blieb für einen Moment stehen, um die Ankündigungen auf der Anzeigetafel zu überfliegen. Der Zug nach Husum sollte bald abfahren. Gleis 12, Abfahrt in weniger als zehn Minuten – sogar pünktlich! Hastig zog sie sich noch ein paar Wollhandschuhe über, bevor sie ihren Koffer hinter sich herzog und den Bahnsteig ansteuerte.

Leichter Nieselregen hatte eingesetzt, als sie sich zu den Wartenden ans Gleis stellte. In die feuchte, klamme Luft mischten sich das Aroma von Kaffee aus einem nahen Kiosk und der metallische Geruch der Schienen. Die Lautsprecherdurchsage verkündete die bevorstehende Ankunft des Zuges. Imke trat einen Schritt zurück, hielt den Griff ihres Koffers fest in der Hand und sah in die Ferne. Es war schon länger her, dass sie diese Strecke das letzte Mal gefahren war. Ihre Eltern waren meistens mit dem Auto zu ihr nach Warendorf gekommen, wenn sie sie besucht hatten. Im

Pfarrhaus hatten sie im Gästezimmer mit Doppelbett übernachtet.

Als Imke sich jetzt die Arme rieb, beschlich sie das Gefühl, dass diese Reise für sie besonders werden würde. Sogleich schüttelte sie den Kopf, das war wahrscheinlich nur die Aufregung.

Als der Zug hielt und sich die Türen öffneten, stieg sie ein und fand bald ihren reservierten Fensterplatz.

Erleichtert ließ sie sich auf den Sitz fallen, nachdem sie ihren Koffer auf der Gepäckablage verstaut hatte.

Sie war müder als sonst. Kein Wunder, denn die letzten Tage waren hektisch gewesen. Das nochmalige Gespräch mit ihrem Vorgesetzten, die schriftliche Übergabe an Lena im Jugendzentrum und dann das hastige Packen. Außerdem waren ihre Gedanken in der vergangenen Nacht Achterbahn gefahren, sodass sie kaum geschlafen hatte.

Und nun saß sie hier mit Reisefieber im Bauch, auf dem Weg in ihre alte Heimat, mit der sie geglaubt hatte, längst abgeschlossen zu haben.

Als sich der Zug ruckelnd in Bewegung setzte, wich langsam das städtische Münster Feldern und Wäldern, die Imke gedankenverloren betrachtete. Unwillkürlich dachte sie an die Vergangenheit. Sie erinnerte sich an die langen Winter in St. Peter-Ording, an den Geruch von salziger Luft, den Weihnachtsmarkt in Husum und die beleuchtete Kirche in St. Peter-Dorf, in der sie so oft gesessen hatte. Ihr kam der Lichtschein der Laternen auf nassem Kopfsteinpflaster in den Sinn, wenn sie als Kind mit ihren Eltern vom abendlichen Adventsgottesdienst nach Hause gelaufen war. Ihr Vater war stets ein Fels in der Brandung für sie und eigentlich auch den ganzen Ort gewesen, er war es noch. Immer verlässlich, pflichtbewusst, jemand, der für seine Gemeinde lebte und zu jeder Tages- und Nachtzeit erreichbar war.

Sie legte die Stirn an die kühle Fensterscheibe. Seit die Christuskirche in Warendorf geschlossen war, war sie nicht mehr in die Rolle der Pastorin geschlüpft, die sich ganz auf eine Gemeinde konzentrierte. Aber als ihre Mutter sie angerufen und sie die Sorge in ihrer Stimme gehört hatte, hatte es eigentlich kein Zögern gegeben. Im Grunde genommen war ihr gleich klar gewesen, dass sie nach St. Peter fahren musste. Auch wenn sie nicht wusste, was die Rückkehr an die Nordsee am Ende mit ihr machen würde.

Draußen zog die Landschaft vorbei. Herbstlich-kahle Bäume, hin und wieder eine Weide, auf der Kühe im Nebel standen. Je weiter sie nach Norden kam, desto flacher wurde das Land, desto mehr erinnerte es sie an ihr nordfriesisches Zuhause.

Wieder dachte sie an die Adventszeit in St. Peter-Ording. Jedes Jahr organisierte die Kirche den kleinen Weihnachtsmarkt auf dem Marktplatz. Sie erinnerte sich an die Krippenspiele, die sie als Kind mit leuchtenden Augen verfolgt hatte und die sie später dann als rechte Hand ihres Vaters mitorganisiert hatte. Sie liebte auch die Weihnachtsbasare, die in der Adventszeit durch die Hilfe von Freiwilligen zu einem wahren Erlebnis wurden. Ihre Mutter verkaufte dort mit den anderen Frauen der Gemeinde jedes Jahr Selbstgebackenes. Früher hatten sie und ihr Vater an den Bastelständen geholfen. Doch nun war es durch den Ausfall ihres Vaters fraglich, ob es in diesem Jahr überhaupt einen Weihnachtsbasar geben würde. Dies lag nun voll und ganz in ihren Händen. Sie schluckte. Ihr wurde immer klarer, welche Erwartungen auf ihr ruhen würden.

Als die Zugbegleiterin ihre Fahrkarte kontrollierte, wurde Imke wieder in die Gegenwart zurückkatapultiert. Es waren noch zwei Stunden bis Husum. Dort musste sie umsteigen und würde dann bis zur letzten Station nach St. Peter-Ording durchfahren. Ihre Mutter hatte versprochen, sie vom Bahnhof abzuholen. Normalerweise wäre auch ihr Vater dort. Dieses Mal würde er fehlen.

Als der Zug in den kleinen Bahnhof von St. Peter-Ording einfuhr, der nur über ein Gleis verfügte, atmete Imke erleichtert auf. Endlich war sie am Ziel angekommen. Kurz vor Hamburg war es zu einer technischen Störung gekommen, sodass die Fahrt nicht weitergehen konnte und sie nun mit einer Verspätung von über einer Stunde ihren Heimatort erreichte. Der Bahnsteig war fast leer, und nur wenige Reisende wollten mit ihr aussteigen. In der Urlaubszeit im Sommer war das ganz anders. Dann waren der Zug und der Bahnsteig voll mit Touristen und deren Gepäckstücken.

Durch die leicht beschlagenen Fenster erkannte sie ihre Mutter vor dem Bahnhofgebäude, die sich in einen dicken Wintermantel gekuschelt hatte und erwartungsvoll dem Zug entgegenblickte.

Als die automatischen Türen sich zischend öffneten, nahm Imke ihren Koffer und stieg aus. Ein frostiger Wind blies ihr ins Gesicht, der salzig roch und gleich ein heimisches Gefühl in ihr weckte, das sich besser anfühlte, als sie gedacht hatte.

Ihre Mutter kam ihr sogleich winkend entgegen.

»Imke, mein Schatz!« Ihre Stimme klang warm und zugleich ein bisschen wie erlöst, dann zog sie sie in eine feste

Umarmung und strich mit einer Hand über ihren Rücken. »Lass dich knuddeln! Es ist so schön, dass du endlich in St. Peter-Ording bist.«

»Ich freue mich auch, Mama!«

Ihre Mutter löste sich von ihr. »Wie war die Fahrt?«

»Na ja … länger als geplant«, erwiderte Imke und verdrehte die Augen. »Aber es wäre auch ein Wunder gewesen, wenn es auf der Strecke zu keiner Panne gekommen wäre.«

»Na, hoffentlich hattest du ein gutes Buch dabei und konntest dir die Zeit mit Lesen vertreiben.«

»Hatte ich. Ein Glück!«, sagte Imke, auch wenn sie in Wahrheit vielmehr nachgedacht hatte, statt zu lesen. Sie hatte vor allem darüber gegrübelt, wie es ihr gelingen könnte, ihren Vater standesgemäß zu vertreten. Ihr war bewusst, welche hohen Erwartungen die Gemeinde an die Tochter des Pastors stellen würde. Sie wollte niemanden enttäuschen – besonders nicht ihre Familie. Vielleicht würde diese Weihnachtszeit die bisher größte Herausforderung ihres Lebens werden. Imke war bereit, ihr Bestes zu geben, und hoffte, dass es ausreichen würde.

Sie zog den Koffer bis zum Wagen ihrer Mutter auf dem kleinen Parkplatz neben dem Bahnhofsgebäude. Nur zwei weitere Autos standen dort. Eines davon war ein Taxi.

»Dann geht es nun auf nach Hause!«, sagte ihre Mutter beschwingt und startete den Motor, nachdem sie das Gepäck eingeladen hatten.

Kurz darauf waren sie auf der Landstraße Richtung Ortsteil Dorf unterwegs. Es dämmerte bereits, und in einigen Fenstern der Häuser im Ortskern leuchteten bereits die ersten Weihnachtslichter. In einem Vorgarten glitzerten beleuchtete Sterne und ein Rentier.

»Ein paar St. Peteraner scheinen ja schon in Weihnachtsstimmung zu sein«, bemerkte Imke.

»Na, hör mal! Schon ist gut … Übermorgen ist doch bereits der erste Advent. Aber ich bin auch noch gar nicht zum Schmücken gekommen, Papas Unfall ist mir dazwischengekommen. Das muss ich unbedingt aufholen, morgen vermutlich.«

Imke lächelte sie an. »Dann passt es doch wunderbar, dass ich jetzt da bin und dir dabei helfen kann.«

»Das ist lieb von dir.« Ihre Mutter setzte den Blinker. »Papa lässt dich übrigens grüßen. Ihm fällt natürlich die Decke auf den Kopf im Krankenhaus, aber das kannst du dir sicher denken.«

»Oh, ja! Und wie!« Imke sah bereits den mürrischen Gesichtsausdruck ihres Vaters vor sich, wie er die Arme vor der Brust verschränkte und in Gedanken durchging, was alles zu erledigen war.

»Die Ärzte haben ihm eingebläut, dass er sich strikt an die medizinischen Vorgaben halten muss, sonst wird das Bein nicht richtig heilen. Der Arme.« Sie seufzte. »Mit den Schrauben und dem Verband wird er eine Weile seinen Spaß haben.«

»Wie lange muss er denn voraussichtlich in Husum bleiben?«, erkundigte Imke sich.

»Mindestens eine Woche. Und danach soll er sich weiterhin schonen. Reha-Termine stehen dann natürlich auch an«, erzählte ihre Mutter.

Imke nickte. »Das klingt für mich nach einer längeren Genesungszeit.«

»Denke ich auch.« Ihre Mutter warf ihr einen kurzen Blick zu, bevor sie rechts in eine Straße einbog. »Das bedeutet natürlich auch, dass Weihnachten komplett ohne seine Hilfe organisiert werden muss … von dir, mein Schatz. Der Kirchenvorstand hat schon überlegt, einiges ausfallen zu lassen. Uns allen ist klar, dass wir nicht Papas ganze Planung auf deinen Schultern ablegen können. Du kannst immer sagen, wenn es dir zu viel wird.«

»Ach, lass uns einfach mal schauen, wie es läuft, bevor wir etwas abblasen. Vielleicht klappt ja alles.« Imke sah aus dem Fenster und beobachtete, wie die Dunkelheit das Land um sie herum scheinbar verschluckte. »Steht schon fest, wo Papa seine Reha machen wird?«, fragte sie beiläufig.

»Auf jeden Fall in St. Peter«, meinte ihre Mutter. »Schließlich sitzen wir hier ja an der Quelle mit den ganzen Reha-Einrichtungen.«

»Das stimmt allerdings.« Sofort musste Imke an Sinja denken. Früher waren sie unzertrennlich und Sinja ihr immer eine wichtige Stütze gewesen, egal bei was. Aber durch ihren Wegzug aus St. Peter-Ording war der Kontakt immer weniger geworden, bis er schließlich ganz eingeschlafen war. Ihr letzter Stand war, dass Sinja in einer Rehaeinrichtung in St. Peter-Ording als Physiotherapeutin arbeitete. Ob das noch aktuell war, wusste Imke nicht.

Vielleicht würde sie ihr zufällig begegnen … Wie es wohl wäre, nach so langer Zeit mit ihr zu sprechen? Das heißt, wenn sie überhaupt mir ihr reden wollte. Ein schlechtes Gewissen beschlich sie. Obwohl nie ein böses Wort zwischen ihnen gefallen war, hatte Imke das Gefühl, dass Sinja ihr übel nahm, sich nicht ums Kontakthalten bemüht zu haben.

»Da wären wir!« Ihre Mutter hielt vor dem reetgedeckten Friesenhaus, in dem Imke aufgewachsen war. »Ich habe dein Zimmer für dich vorbereitet und das Bett mit Flanellwäsche bezogen.«

»Danke, Mama.« Imke stieg aus dem Auto und hob ihr Gepäck aus dem Kofferraum.

Den Hausschlüssel in der Hand, ging ihre Mutter voraus zur Tür. Das alte Friesenhaus in der Deichstraße strahlte eine gemütliche Geborgenheit aus, die Imke nirgendwo sonst so empfunden hatte, wie ihr jetzt bewusst wurde. Schon als Kind hatte Imke ihr Elternhaus geliebt. Die massiven roten Backsteinwände waren teilweise von Efeu umrankt, das sich auch im Winter in satten Grüntönen an das Mauerwerk schmiegte. Neben den kleinen weiß gerahmten Sprossenfenstern hingen Fensterläden, die an stürmischen Tagen im Wind ordentlich klapperten. Die schwere Eichentür mit dem schmiedeeisernen Türklopfer war ein Relikt aus einer Zeit, in der Handwerkskunst noch für die Ewigkeit gemacht worden war.

Sie folgte ihrer Mutter in den kleinen Vorraum. Dort standen ordentlich aufgereiht die wetterfesten gelben Gummistiefel ihrer Eltern, darüber hingen an Haken Winterjacken. Imke umfing ein wohliges Gefühl von Geborgenheit, als sie den unvergleichlichen Geruch von Zuhause wahrnahm.

Sie streifte sich die Handschuhe ab und ließ den Blick durch den Flur gleiten. Alles sah aus wie immer. Die Wände waren mit hellem Holz vertäfelt, der robuste Dielenboden knarrte leise unter ihren Schritten. Imke fiel auf, dass an der großen Garderobe noch immer ihr alter Regenmantel von damals hing. Es schien, als hätten ihre Eltern seit ihrem Auszug darauf gehofft, dass sie eines Tages wieder zurück nach St. Peter-Ording kommen würde.

Nun war sie wieder da – zumindest für eine Weile.

Vom Wohnzimmer her schlug ihr der Duft von Bienenwachskerzen entgegen, die vor Kurzem gebrannt haben mussten. Die niedrige Decke mit den dunklen Holzbalken machte den Raum noch gemütlicher, als sie ihn in Erinnerung hatte. In der Ecke prasselte wie immer in der kalten Jahreszeit ein Feuer im Kachelofen. An den Fenstern hingen noch die altbekannten selbst genähten Vorhänge mit kleinen Stickereien, und auf dem massiven Esstisch standen eine Teekanne auf einem Stövchen und ein Teller mit Spekulatius bereit.

»Mach es dir ruhig schon gemütlich, Imke. Ich komme auch gleich, setze nur eben schnell Teewasser auf«, sagte ihre Mutter und fügte hinzu: »Ach ja, und deine warme Jacke kannst du ruhig ausziehen. Kälter wird es hier nicht.« Nachdem sie ihr zugezwinkert hatte, griff sie zur Teekanne und verließ damit das Wohnzimmer.

»Das hätte ich jetzt fast vergessen.« Lächelnd schälte Imke sich aus ihrem Mantel und hängte ihn dann zusammen mit dem Schal an der Garderobe auf. Die Mütze legte sie auf der Kommode ab.

Dann lugte sie in die Küche. »Kann ich dir bei etwas helfen?«

Ihre Mutter wandte sich zu ihr um. »Nimm doch Teetassen und Löffel mit.«

»Okay.« Imke nahm zwei Tassen aus dem Schrank und Teelöffel aus einer Schublade. Damit ging sie zurück ins Wohnzimmer, setzte sich an den Tisch und wartete auf ihre Mutter. Sie nahm einen Spekulatius vom Teller und biss ein Stück ab. Ein wohliger Seufzer entfuhr ihr. Sie war wirklich zurück, und es fühlte sich gut an.

Kapitel 3

Fahnen knatterten an den Masten, einige Leute hielten ihre Kapuzen fest. Imke zog die Schultern hoch und schob die Hände tiefer in die Manteltaschen. Der Wind fegte eisig über die Salzwiesen und ließ die wenigen Gräser erzittern, die noch aus dem gefrorenen Boden ragten. Nur die Laternen entlang der Seebrücke warfen ein gedämpftes goldenes Licht auf die hölzernen Planken. Dahinter erstreckte sich Dunkelheit. Der Strand, das Meer, der Horizont, alles versank in einer tiefen, endlosen Schwärze.

Imke blieb an einer Stelle am Geländer stehen, schloss für einen Moment die Augen und sog die kalte Meeresluft ein. Wie oft hatte sie hier früher bei jedem Wetter gestanden? In Sommernächten mit Sand unter den Füßen oder an stürmischen Herbsttagen, wenn der Wind das Meerwasser kräftig gegen die Pfähle drückte.

St. Peter-Ording hatte seinen eigenen Zauber, der sie jedes Mals aufs Neue erfasste. Sie spürte diese fast schon magische Atmosphäre, die nun tief in ihre Seele vordrang. Bedächtig zog sie den Reißverschluss ihres Mantels ganz hoch. Als sie aus dem Zug gestiegen war, hatte sie es eigentlich gleich gemerkt; und je länger sie in St. Peter war, umso deutlicher fühlte sie es: Die innere Anspannung fiel immer mehr von ihr ab. Dabei war sie ihr nicht einmal bewusst gewesen. Dachte sie jetzt aber genauer darüber nach, wurde ihr klar, dass sie sich zunehmend rastlos gefühlt hatte, seit sie aus dem Pfarrhaus in Warendorf nach Münster in ihre kleine Wohnung gezogen war – als wäre sie die ganze Zeit auf der Suche nach dem einen Platz gewesen, an den sie wirklich gehörte oder gehören würde. Sie hatte die Arbeit im Jugendzentrum ja auch tatsächlich als Zwischenstation angesehen.

Nach St. Peter scheine ich auch immer noch zu gehören, stellte sie mit Verwunderung fest, obwohl es eigentlich auf der Hand gelegen hatte.

Ein Lichtkegel huschte über das Holz. Kurz darauf fuhr ein Fahrradfahrer mit dicker Mütze und festgezurrter Kapuze an ihr vorbei. Er nickte ihr kurz zu, bevor er in der Dunkelheit verschwand. Imke lächelte unwillkürlich. Das war typisch für St. Peter. Menschen grüßten einander, die sich kannten – wenn auch bloß flüchtig –, drängten sich aber nicht auf.

Da war es in Münster schon anonymer zugegangen. In ihrer Warendorfer Kirchengemeinde war sie bekannt gewesen, aber in der Stadt mit über dreihunderttausend Einwohnern war sie nur ein Gesicht von vielen.

Nachdem sie noch einmal tief durchgeatmet hatte, drehte Imke sich um und überquerte den Seebrücken-Vorplatz. Ihre Mutter wartete zu Hause auf die Pizza, die Imke versprochen hatte mitzubringen. Keiner von ihnen hatte Lust gehabt zu kochen.

Die Trattoria lag auf dem Rückweg zum Parkplatz, auf dem sie den Wagen ihrer Eltern abgestellt hatte, nicht weit von der Dünen-Therme entfernt.

Im Restaurant saßen Gäste gemütlich zusammen, im Hintergrund lief ein italienischer Pop-Song. Es duftete lecker nach Tomatensauce und frisch gebackenem Teig, hausgemachten Nudeln und gebratenem Fisch. Imke bestellte zwei Pizzen mit Thunfisch und Zwiebeln, einen großen gemischten Salat und Pizzabrot zum Mitnehmen.

Während sie an der Theke wartete und in ihrer Manteltasche nach losen Geldscheinen kramte, fiel ihr Blick auf die kleine Kreidetafel neben der Kasse:

»Die beste Pizza ist die, die mit Freunden geteilt wird.«

Innerlich seufzte Imke auf. Freunde. Dieses Wort sorgte dafür, dass ihr plötzlich etwas schwer im Magen lag. Echte Freunde hatte sie weder in Warendorf noch in Münster gehabt. In der Kirche waren es die Gemeindemitglieder gewesen, mit denen sie sich regelmäßig unterhalten hatte, und in Münster hatte sie kollegiale Kontakte zu den Mitarbeitern des Jugendzentrums gepflegt. Wie lange war es jetzt her, dass sie sich das letzte Mal mit einer Freundin oder einem Freund getroffen hatte? Wie oft hatte sie sich in der Vergangenheit vorgenommen, Sinja einfach mal eine Nachricht zu schreiben – nur um es dann doch nicht zu tun?

Der Gedanke begleitete sie, als sie wenig später mit den warmen Pizzaschachteln und der Tragetasche, in der sich der Salat und das Pizzabrot befanden, in Händen zum Auto zurückkehrte.

Der Abend schien noch dunkler geworden zu sein. Als sie durch einsame Straßen zurück nach St. Peter-Dorf fuhr, fühlte sie sich dennoch nicht allein. Vielmehr erschien St. Peter-Ording jetzt noch mehr Platz in ihrem Herzen einzunehmen als noch am Mittag auf dem Bahnsteig in Münster.

Imke stellte die leeren Pizzakartons mit der Salatschale und der Papiertüte auf die Arbeitsplatte in der Küche ab und wischte sich die Hände an einem Geschirrtuch ab. »Soll ich schon mal die Weihnachtskisten aus dem Keller holen?«, fragte sie ihre Mutter, die ihr mit dem Besteck und leeren Weingläsern aus dem Wohnzimmer gefolgt war.

Sie nickte, stellte die Gläser ab und schenkte sich aus einer Flasche noch etwas Wein nach. »Das wäre schön. Durch Papas Unfall habe ich dieses Jahr wirklich noch gar nichts vorbereitet. Die Herbst-Deko steht noch überall rum.« Wie zum Beweis blickte ihre Mutter zur Fensterbank, auf der Zierkürbisse und Kastanien lagen. »Ich war noch nicht mal im Keller, um nach den Kartons zu schauen.«

Imke konnte es ihrer Mutter nicht verdenken. Mit ihrem Vater im Husumer Krankenhaus und all dem Chaos um die anstehenden Gottesdienste und Veranstaltungen war die Weihnachtsdekoration im Haus sicher einer der letzten Punkte auf ihrer Liste.

»Dann gehe ich gleich mal runter. Möchtest du, dass ich bestimmten Weihnachtsschmuck mit hochbringe?«

Ihre Mutter schüttelte den Kopf. »Such einfach was Schönes aus. Hauptsache, das Häuschen sieht ein bisschen nach Weihnachten aus, wenn Papa nach Hause kommt.«

»Alles klar.« Imke ging die Kellertreppe hinunter und öffnete die Tür zum großen Abstellraum. Es roch nach dem alten Holz der Regale, nach Farbdosen und ein bisschen nach Schmiere. Auch hier hatte sich seit ihrem Auszug kaum etwas verändert. Die Regalfächer waren gut bestückt mit Eingemachtem und allerhand Konserven, Kartons voller Erinnerungsstücke und eben den Kisten, in denen sich die Weihnachtsdekoration befand.

Vorsichtig zog sie einen der größeren Kartons hervor und pustete die dünne Staubschicht vom Deckel. »Weihnachtsschmuck – Krippe« stand in akkurater Handschrift mit Edding-Stift darauf. Nachdem sie den Deckel angehoben hatte, erblickte sie den hölzernen Stall, der jedes Jahr auf dem Sideboard im Wohnzimmer ihrer Eltern stand, solange sie denken konnte. Daneben lagen in Seidenpapier gewickelte Figuren: Maria, Josef, das Jesuskind, die Heiligen Drei Könige und ein Esel. Alles kunstvoll geschnitzt und von Hand bemalt. Sie hatte diese Figuren von jeher geliebt. Vorsichtig hob sie die Mariafigur heraus und betrachtete die feinen Konturen des Gewandes.

»Kommst du da unten klar?«, rief ihre Mutter von oben.

»Ja, ich bringe gleich die ersten Kartons mit nach oben!«, antwortete Imke sofort, legte die Figur zurück, schloss den Karton und hob ihn hoch. Als sie ihn auf der untersten Treppenstufe abgesetzt hatte und wieder vor dem Regal stand, fiel ihr Blick auf eine kleinere, schlichte Holzschachtel in einer Ecke. Sie kam ihr bekannt vor.

Ihr Atem wurde flacher, als ihr einfiel, was sich in ihr befand. Zögerlich griff sie nach der Kiste. Die Holzmaserung war glatt, die Kanten leicht abgerundet. Die Schachtel war nicht groß, sie hatte gerade einmal Schuhkartongröße. Mit klopfendem Herzen nahm sie den Deckel ab. Da lagen sie: die geschnitzten Engel.

Einer neben dem anderen, ebenfalls in Seidenpapier eingeschlagen, mit filigranen Flügeln und feinen Gesichtszügen. Jeder von ihnen war ein echtes Unikat und mit der gleichen Sorgfalt gefertigt worden. Imke strich sachte über das glatte Holz eines Engels und erinnerte sich an den Moment, als Simo ihr den ersten geschenkt hatte. Damals, als sie noch geglaubt hatte, dass sie eine gemeinsame Zukunft verband. Ach, Simo!

Lange war es her, und trotzdem fühlte sich die Erinnerung an ihn wie eine alte Wunde an, die immer mal wieder schmerzte. Simo hatte die Figuren für sie geschnitzt, weil er wusste, wie sehr sie Engel liebte. Einmal hatte sie ihm erzählt, dass sie als Kind davon geträumt hatte, eines Tages mit ihnen sprechen zu können. Als Jugendlicher hatte er sie deswegen belächelt, aber nie auf gemeine Weise. Immer nur mit diesem warmen, fast ungläubigen Blick, als könnte er sich nicht vorstellen, dass jemand so etwas tatsächlich dachte.

Sie hatten einander in der Schule kennengelernt und waren Freunde gewesen, lange bevor es irgendwann sehr viel später mehr zwischen ihnen geworden war. Die erste große Liebe, die jedoch nicht für die Ewigkeit gemacht war. Denn Simo wollte St. Peter-Ording damals nie verlassen – im Gegensatz zu ihr. Sein Leben war hier, am Strand und in den Dünen. Aber vor allem auf dem Meer und seinem Surfbrett. Er liebte die Wellen und das Möwengeschrei, die Salzwiesen mit den vielen Vögeln, das Holz unter seinen Händen, wenn er mit seinem Großvater in der kleinen Tischlerei arbeitete. Er war tief in St. Peter verwurzelt, während sie schon immer ein bisschen von der Welt da draußen geträumt hatte.

Der erste Riss zwischen ihnen war mit Imkes Entscheidung entstanden, fürs Theologiestudium nach Hamburg zu gehen. Es hatte bedeutet, dass sie sich irgendwann nicht mehr wie sonst täglich gesehen hatten, sondern nur an den Wochenenden. Während Simos Alltag sich weiter in gewohnten Bahnen bewegt hat, war Imke in das aufregende Großstadtleben eingetaucht, hatte neue Leute kennengelernt und ungekannte Seiten an sich entdeckt. Simo hatte nicht verstanden, wie sie sich für einen Beruf entscheiden konnte, der sie weg von ihrer Heimat führte. Vielleicht in eine Stadt ohne Anbindung ans Meer, ohne den salzigen Wind, ohne Schafe und ohne Deiche. Imke wiederum war verschlossen geblieben, warum er St. Peter-Ording nicht einmal für begrenzte Dauer verlassen wollte. Es musste ja nicht gleich für immer sein, wenn man woanders lebte, um neue Erfahrungen zu machen und den eigenen Horizont zu erweitern.

Der endgültige Bruch war eingetreten, als er ihr in einer hitzigen Debatte eröffnet hatte, nicht an Gott zu glauben. Sie erinnerte sich noch genau an seine Worte: »Für mich sind das nur Geschichten, Imke. Gute Geschichten, ja. Aber doch nicht mehr.«

In diesem Moment hatte sie sich von ihm getäuscht gefühlt, hatte er ihr doch sonst stets den Eindruck vermittelt, dass er ihr Weltbild teilte und verstand. Es war keine laute Trennung gewesen, und es hatte auch keinen Streit mit scharfen Worten gegeben. Nur diese eine Erkenntnis, dass sie sich in entgegengesetzte Richtungen entwickelten. Und das hatte Imke mehr wehgetan als ein handfester Streit, wonach sie sich wieder hätten versöhnen können. Doch an ihren unterschiedlichen Auffassungen war nicht zu rütteln gewesen. Es hatte lange gedauert, bis sie gelernt hatte, es ansatzweise zu akzeptieren. Der Schmerz darüber war jedoch geblieben. Er hatte sie noch mehr dazu getrieben, ihr berufliches Glück außerhalb von St. Peter-Ording zu suchen.

Imke legte den Engel zurück in die Schachtel und schloss den Deckel. Dann hob sie die Kisten mit beiden Händen an und trug sie energisch nach oben.

Ihre Mutter war gerade dabei, große Stumpenkerzen für den Adventskranz auszuwählen, als Imke ins Wohnzimmer kam und die Kartons auf den Tisch stellte.

Ihre Mutter sah auf. »Was hast du Schönes ausgesucht?«

»Die Krippe mit den Figuren.« Imke räusperte sich. »Und die Engel, die Simo damals für mich geschnitzt hat. Sie waren unten im Regal.«

Nachdenklich betrachtete ihre Mutter die Schachtel. Dann lächelte sie sanft. »Ach, sie sind so schön. Richtig kleine Kunstwerke. Ich fand es schade, dass du sie damals nicht mit ins Münsterland genommen hast.«

Imke zuckte mit den Schultern. »Vielleicht habe ich sie hiergelassen, weil die Erinnerung an Simo mich nicht froh gestimmt hätte.«

Ihre Mutter nickte verständnisvoll. »Bei manchen Enttäuschungen braucht es besonders viel Zeit, bis Gras über die Sache gewachsen ist. Aber meistens kommt dann irgendwann der Moment, wo man merkt, dass man nun verzeihen kann.«

Imke nickte und blickte wieder auf die Schachtel. Sie hoffte, dass der Moment des Verzeihens für sie in greifbarer Nähe lag.

Später am Abend trug Imke einen Stapel Unterlagen die Treppe in ihr altes Zimmer unter dem Reetdach hinauf. Leise drückte sie die Tür mit dem Oberarm hinter sich ins Schloss. Im Zimmer war es angenehm warm, ein leichtes Zitronenaroma lag in der Luft, das von Duftsäckchen aus dem Kleiderschrank herrührte. Die Zimmerdecke mit den sichtbaren Balken und das kleine Fenster, das zum Garten hinaus lag und den Blick über die Dünen öffnete, ließen den Raum behaglich wirken.

In ihrer Kindheit hatte sie oft am Fenster gesessen und dem Regen gelauscht, der sanft auf das Reet und gegen die Scheibe getrommelt hatte.

Ihr Bett stand unter der Dachschräge, darauf lag eine karierte Decke in warmen Rottönen, die ihre Mutter wohl extra für sie frisch gewaschen hatte. Auf dem Nachttisch stand ein gläsernes Windlicht mit einer Kerze, daneben befand sich eine alte Tischlampe mit cremefarbenem Schirm. In der Ecke, nahe der Kommode aus weiß gestrichenem Holz, thronte ein alter Ohrensessel, dessen großes Kissen einladend wirkte.

Imke setzte sich jedoch an den schmalen Schreibtisch vor dem Fenster, der schon zu Schulzeiten ihr Rückzugsort gewesen war. Seufzend legte sie die Papiere vor sich aus und begann, die Aufzeichnungen ihres Vaters zu studieren. In gut lesbarer Handschrift hatte er alles notiert: die Abläufe der kommenden Gottesdienste, Gedanken zu seiner Predigt, Hinweise für den geplanten Adventsbasar und den bevorstehenden Weihnachtsmarkt. Seine Arbeitsnotizen verfasste er alle handschriftlich. Imke lächelte. Nur wenn er musste, arbeitete er mit dem Computer.

Nach einer Weile ließ sie die Schultern sinken. Je mehr sie versuchte, sich auf die Notizen und Texte zu konzentrieren, desto mehr schweiften ihre Gedanken ab. Immer wieder kam ihr sein Name in den Sinn: Simo.

Es war Jahre her. Aber in diesem Augenblick fühlte es sich an, als wäre es erst gestern gewesen. Sie konnte sein Gesicht genau vor sich sehen, seine himmelblauen Augen, die so oft diesen nachdenklichen Ausdruck gehabt hatten. Sie hörte in ihrer Erinnerung sein Lachen, das sie damals durch so manche Zeit des Zweifelns getragen hatte. Und sie spürte wieder den alten Stich in ihrem Herzen, als sie daran dachte, wie alles zwischen ihnen geendet war.

Sie hatte ihn aus tiefstem Herzen geliebt und ihm ihr ganzes Vertrauen geschenkt. Vielleicht tat sie es immer noch, auf eine Weise, die sich in der Vergangenheit verfangen hatte. Damals jedenfalls hatte die Realität sie unsanft eingeholt. Was hätte sie anders tun können? Würde sie aus heutiger Sicht genauso handeln?

Damals hatte sie ihre Zukunft in der Theologie gesehen, in einer Aufgabe, die größer war als sie selbst. Und Simo? Er hatte seinen eigenen Weg verfolgt – ohne sie. Irgendwann hatte er die Firma seines Großvaters übernehmen wollen, sich mit seiner Holzschnitzkunst etwas Eigenes aufbauen und immer dann surfen gehen, wenn der Wind wehte. Ihre Träume waren zu verschieden gewesen, und wahrscheinlich wären sie zusammen nicht glücklich geworden, wenn einer von ihnen für den anderen den entgegengesetzten Weg eingeschlagen hätte.

Ob er noch hier war? Oder war Simo irgendwann auch fortgegangen? Sie wusste es nicht und hatte sich nie getraut, bei ihren Eltern nachzufragen.

Seufzend lehnte sie sich auf dem Stuhl zurück und rieb sich die Augen. Morgen würde ein langer Tag werden, das stand jetzt schon fest. Ihr Vater und die Gemeinde zählten auf sie. Sie musste konzentriert bei der Sache sein und durfte sich jetzt nicht in alten Erinnerungen verlieren.

Doch als sie schließlich das Licht löschte und sich in die warme Flanellbettwäsche kuschelte, ließ der Gedanke an Simo sie nicht los.

Kapitel 4

Imke folgte ihrer Mutter durch die Drehtür des Husumer Krankenhauses. In der Empfangshalle schlugen ihnen warme Luft und Stimmengewirr entgegen. Sie fuhren mit dem Fahrstuhl in die erste Etage und liefen zunächst einen langen Flur entlang, der zur Station führte, auf der ihr Vater lag.

Da am Samstagvormittag viele ihre Angehörigen in der Klinik besuchten, begegneten sie mehreren Besuchern, die Reisetaschen oder Blumen in Händen trugen.

»Papa liegt im Zimmer 214«, sagte ihre Mutter zum wiederholten Mal und bog am Ende des Gangs rechts ab. »Hier müssen wir lang.«

Imke hielt mit dem Eiltempo ihrer Mutter Schritt. Solange sie denken konnte, war ihr Vater nur selten krank gewesen. Und wenn, war es höchstens mal ein Schnupfen gewesen, der nach ein paar Tagen wieder verschwunden war. »Bei der guten Nordseeluft kann man gar nicht ernsthaft krank werden«, pflegte ihr Vater immer zu sagen. Es war für sie eine ungewohnte Vorstellung, ihn nun ans Bett gefesselt zu sehen.

Als sie sein Zimmer betraten, saß ihr Vater aufrecht im Bett. Das rechte Bein steckte in einem dicken Gips. Auf dem Nachttisch lag ein Stapel Bücher, die er vermutlich schon alle gelesen hatte.

»Na, da seid ihr ja endlich!« Seine Miene hellte sich auf, als er sie erblickte. »Ich sitz hier schon seit heute früh auf heißen Kohlen.«

»Moin, Papa!« Imke umarmte ihn lächelnd. »Wie geht es dir denn? Hast du Schmerzen?«

»Ach!« Er winkte ab. »Alles halb so schlimm. Was mich aber wirklich stört, ist, dass die Ärzte mich immer noch hierbehalten wollen. Mindestens bis Montag.« Er verdrehte die Augen. »Dabei kann ich genauso gut zu Hause dumm rumliegen.«

»Das wirst du dann ja wohl auch müssen«, meinte Imkes Mutter und legte die aktuelle Ausgabe einer Tageszeitung auf die Bücher.

»In St. Peter geht's dann wenigstens mit der Reha-Geschichte weiter, bis ich wieder fit bin. Immerhin habe ich dann mehr zu tun, als den ganzen Tag die Wände anzustarren. Das ist eine harte Geduldsprobe für mich!«

Imke tauschte einen Blick mit ihrer Mutter aus. Sie wusste, dass ihr Vater nicht der Typ war, der sich gern von anderen bedienen ließ. Umso mehr bedeutete es ihr, dass er ihr die Verantwortung für die Gemeinde übertrug. »Ich habe gestern Abend deine Notizen durchgesehen.« Sie zog einen Stuhl zu seinem Bett und setzte sich.

»Na, hoffentlich konntest du meine Sauklaue lesen.« Er zwinkerte ihr zu.

»Ohne Probleme! Trotzdem wollte ich gern mit dir besprechen, was als Nächstes ansteht, damit ich mich nicht verzettle«, erklärte Imke und lächelte ihm zu.

Ihr Vater nickte dankbar. »Weißt du eigentlich, dass es für mich eine große Beruhigung ist, dass ausgerechnet du meine Vertretung übernimmst, Imke?«

»Na, hoffentlich schaffe ich das auch alles so, wie es sein soll.«

»Aber ja!«, erwiderte ihr Vater voller Überzeugung. »Ich weiß, dass ich mich auf dich verlassen kann. Und wenn etwas unklar ist, dann fragst du mich einfach.« Er deutete auf sein Handy, das auf seinem Nachtschrank neben den Büchern lag. »Es gibt zwar viel zu tun bis Weihnachten, aber das Wichtigste ist, dass die ganzen Gottesdienste organisiert werden. Der erste Adventsgottesdienst steht ja schon morgen an. Das wird wie immer eine große Sache! Ich habe vor meinem Sturz einige Predigtnotizen aufgeschrieben, aber du kannst sie natürlich anpassen oder dir etwas ganz Neues überlegen.«

»Okay.« Imke blätterte durch die losen Zettel, die sie in einer Mappe mitgebracht hatte. »Und was ist mit dem Krippenspiel? Wie weit seid ihr da mit der Organisation gekommen?«

Ihr Vater lächelte und tätschelte beruhigend ihren Unterarm. »Keine Sorge, Imke. Die Proben laufen schon seit ein paar Wochen. Aber du kennst das ja, die Kinder sind natürlich aufgeregt. Die Proben hatte eigentlich ich geleitet – das heißt, du müsstest das nun auch für mich übernehmen. Oder Frau Petersen hilft.«

Imke hob eine Augenbraue und zog Luft durch die Zähne ein. »Das bedeutet, ich muss mit zirka zehn hibbeligen Kindern die Weihnachtsgeschichte inszenieren?«

»Genau das bedeutet es«, bestätigte er schmunzelnd. »Aber keine Bange, meine Kleine, die meisten haben ihre Texte schon gelernt. Es geht eher darum, sie zusammenzuhalten und dafür zu sorgen, dass am Ende auch wirklich alle am Heiligen Abend in der Kirche stehen und auch, dass keiner bis dahin seinen Text wieder vergessen hat.«

»Gut, das kann ja spaßig werden.« Imke atmete tief durch. Sie hatte natürlich schon mit Jugendlichen gearbeitet und auch mit Kindern, deswegen war sie sich darüber bewusst, dass es eine ganz andere Herausforderung darstellte, als eine Sonntagspredigt vorzubereiten.

»Du weißt doch, die Weihnachtsgeschichte ist jedes Jahr eine Herzensangelegenheit für die Gemeinde«, fügte ihr Vater hinzu und zuckte schmunzelnd die Schultern. »Aber nun bist du da und wirst das Ding schon schaukeln. Am Ende werden die Leute gar keine großen Unterschiede bemerken. Ich bin so froh, dass du gekommen bist, Imke. Ehrlich!«

Seine Worte berührten sie. Manchmal hatte sie befürchtet, dass ihr Vater mit ihrem Weggang aus St. Peter-Ording gehadert hatte. Nun klang er einfach stolz und zutiefst erleichtert. »Ich werde mein Bestes geben, Papa«, versprach sie und legte ihre Hand auf seine.

»Du wirst die Beste sein«, bekräftigte ihre Mutter.

»Na gut.« Imke lächelte erst sie, dann ihren Vater an. »Aber sobald du fit bist, übernimmst du alles wieder, nicht wahr, Papa?«

Er lachte. »Abgemacht. Und bis dahin bist du meine beste Vertretung.«

Imke nickte. »Wird schon schiefgehen«, sagte sie betont leichthin, obwohl sie ahnte, dass ihre Verantwortung größer sein würde, als es den Anschein machte.

Eine Stunde später ließ Imke sich auf den Beifahrersitz des Autos ihrer Eltern fallen. Der Krankenhausbesuch hatte sie nachdenklich gestimmt. Obwohl er sich sichtlich gefreut hatte, sie zu sehen, hatte ihr Vater am Ende des Besuchs deutlich angeschlagener gewirkt, als sie erwartet hatte. Er gab sich tapfer und zuversichtlich. Nun war es an ihr, ihn nicht zu enttäuschen und sich gut um die Weihnachtsplanung und Durchführung der verschiedenen Veranstaltungen in der Gemeinde zu kümmern – und auch ein bisschen um ihre Mutter.

Imke fiel auf, dass sie schweigsamer war als sonst. Mit beiden Händen umklammerte sie das Lenkrad, während sie den Blick starr auf die Landstraße gerichtet hielt und die Lippen zusammenpresste. »Mama?«, fragte Imke leise.

Ihre Mutter zuckte leicht zusammen, als hätte sie sie aus tiefen Gedanken gerissen. »Hm?«

»Mach dir keine Sorgen wegen Papa. In ein paar Wochen wird er wieder fast der Alte sein.«

Ihre Mutter atmete hörbar aus und zwang sich zu einem Lächeln. »Das muss er auch. Schließlich haben wir geplant, im Februar das Erdgeschoss neu zu streichen.«

Imke hob eine Augenbraue. »Na ja, vielleicht solltet ihr das Streichen doch lieber auf März schieben?«

»Dein Vater ist kein geduldiger Patient«, gab ihre Mutter zu bedenken.

Imke grinste leicht. »Ach was. Papa und ungeduldig? Das ist mir ja völlig neu.«

Ihre Mutter schnaubte. »Oh, wie er es hasst, fremde Hilfe anzunehmen. Und wenn er wieder zu Hause ist, wird es bestimmt noch schwieriger werden, ihn zu bremsen. So wie ich ihn kenne, wird er dann am liebsten sofort wieder alles selbst machen wollen.«

»Ich kann dir ja dabei helfen, seinen Tatendurst dann ein bisschen im Zaum zu halten«, bot Imke an.

Lächelnd warf ihre Mutter ihr einen kurzen Blick zu.

»Vielleicht hört er ja auf dich. Es bedeutet mir wirklich viel, dass du uns unterstützt, Imke.«

»Ach, Mama.« Imke legte ihre Hand auf den Arm ihrer Mutter. »Wir werden das Kind schon irgendwie zusammen schaukeln.«

Zurück im Reetdachhaus in der Deichstraße, machte Imke sich gleich daran, ihrer Mutter beim Schmücken des Hauses zu helfen. Der Adventskranz lag schon auf dem Küchentisch, daneben stand ein Karton voller Strohsterne, glitzernder Schleifen, Zimtstangen und roter Kerzen. Imke nahm die bereitgelegte Lichterkette und hängte sie über den Türrahmen. Anschließend platzierte sie kleine Tannenzweige und goldene Kugeln auf der Fensterbank, danach stellte sie die Weihnachtskrippe auf der Anrichte im Wohnzimmer auf.

»Nun sieht es fast nach Weihnachten aus.« Ihre Mutter wirkte zufrieden.

»Nur fast?«

»Hier und da fehlt noch etwas.« Sie rückte den Esel vor der Krippe zurecht. »Um wie viel Uhr hast du eigentlich das Treffen mit Frau Petersen und dem Gemeinde-Stammtisch?«

»Erst um sechs, und im Olsdorfer Krug soll ich gegen sieben erscheinen«, antwortete Imke und setzte sich auf die gemütliche Couch. Der Verabredung mit der Küsterin sah sie gelassen entgegen. Anders verhielt es sich mit dem Treffen der Gemeindemitglieder am Abend. Sie konnte nicht einschätzen, wie sie von ihnen aufgenommen werden würde. Welche Erwartungen würden sie an sie stellen, und würde sie alles tatsächlich unter einen Hut bekommen? Diese Fragen gingen ihr immer wieder durch den Kopf. Irgendwann hielt sie es nicht mehr aus und stand von der Couch wieder auf.

»Mutti? Wenn du mich nicht mehr brauchst, würde ich gern noch kurz an den Strand gehen, bevor ich zu meinen Terminen muss.«

»Geh nur.« Ihre Mutter nickte verständnisvoll. »Der Autoschlüssel liegt auf dem Schuhschrank in der Diele.«

Kurz darauf saß Imke im Auto und fuhr nach St. Peter-Bad. In der Nähe der Tourismusinformation parkte sie und schlenderte dann zu den Läden, deren Schaufenster sehr weihnachtlich geschmückt waren. Sie ließ sich einfach treiben, kaufte ein paar Kleinigkeiten – einen Roman im Buchladen und ein Paar warme Handschuhe in einer Boutique. Nichts davon brauchte sie dringend. Es war mehr, um sich abzulenken und um nicht ins Grübeln zu kommen. Schließlich zog es sie Richtung Strand.

Der Winterwind war schneidend kalt, aber genau das half ihr, den Kopf freizubekommen. Sie zog ihre Kapuze tief ins Gesicht und lief bis zum Wasser, wo die Wellen mit rauschender Beharrlichkeit auf den Sand trafen.

Die kalte Jahreszeit hatte den Strand wie jedes Jahr in eine stille, fast melancholische Landschaft verwandelt. Die weite Sandbank lag im blassen Spätnachmittagslicht vor ihr, der Horizont schimmerte in zarten Grau- und Blautönen. Hin und wieder entdeckte sie ein paar Muscheln, die halb im feuchten Sand vergraben waren. Die Fenster der Pfahlbauten leuchteten einladend in der einsetzenden Dämmerung. Weit über ihrem Kopf kämpften ein paar Möwen gegen den Wind an, ließen sich dann aber doch von ihm tragen.

Imke atmete tief ein. Die salzige Luft prickelte in ihrer

Lunge, vermischt mit dem Duft von Frost und feuchtem Holz. Sie schloss kurz die Augen und lauschte nur dem Klang der Wellen. Das stetige, verlässliche Rauschen, das hier schon immer da gewesen war. Manches änderte sich einfach nie, egal wie sehr sich das eigene Leben auch drehte.

Sie konnte nicht verhindern, dass ein leichter Anflug von Wehmut in ihr aufstieg. Hatte Simo damals am Ende doch recht behalten und auch sie gehörte nach St. Peter-Ording? Oder war sie hier nur eine Besucherin an dem Ort, den sie einmal Heimat genannt hatte? Sie konnte darauf keine eindeutige Antwort finden.

Nach einer Weile machte sie sich auf den Rückweg. Der breite Holzsteg der Seebrücke war fast menschenleer. Mit ihr hatten sich bloß eine Handvoll Hartgesottene auf den langen Steg verirrt. Als sie sich dem Ende der Brücke näherte, blieb Imke abrupt stehen. Vor dem Restaurant Gosch, wo sich auch um diese Jahreszeit einige Gäste versammelt hatten und miteinander sprachen, entdeckte sie eine ihr vertraute Gestalt. Schulterlange braune Haare und ein glockenhelles Lachen. Es war Sinja, die offensichtlich mit zwei Frauen in dicken Steppjacken scherzte, die kurz darauf ins Restaurant gingen. Imkes Herz setzte für einen Schlag aus. Sollte sie sie ansprechen? Oder einfach weitergehen? So tun, als hätte sie sie nicht bemerkt? Aber wäre das nicht unheimlich feige – und falsch?

Ihr wurde die Entscheidung abgenommen, als Sinja sich im nächsten Augenblick umdrehte und in ihre Richtung blickte. Für ein paar Sekunden musterten sie einander, dann verzog sich Sinjas Gesicht zu einem erstaunten Lächeln.

»Imke?« Sie klang überrascht, aber nicht unfreundlich. »Mensch, Imke!« Kopfschüttelnd kam Sinja auf sie zu.

Imke zwang sich zu einem Lächeln. »Ja, ich bin's. Hallo, Sinja.«

»Was für eine Überraschung, dass ich dich hier treffe! Wir haben uns doch bestimmt fünf Jahre nicht gesehen.« Ihre damals beste Freundin legte nachdenklich einen Finger ans Kinn.

Imke nickte. »Ich glaube, es waren sogar mehr.«

»Was machst du in St. Peter? Besuchst du deine Eltern?«, wollte sie wissen.

»Ja, könnte man so sagen. Mein Vater … Er hat sich das Bein gebrochen und ist nun im Krankenhaus. Ich vertrete ihn in der Gemeinde.«

Sinja nickte langsam. »Ich meine, gehört zu haben, dass er krank ist. Tut mir wirklich leid.«

»Danke.« Imke schob die Hände in ihre Manteltaschen und fröstelte leicht. »Und du? Arbeitest du immer noch in der Reha-Einrichtung?«

Sinja grinste. »Na klar. Jemand muss den verspannten Touristen doch die Muskeln lockern. Und den Einheimischen natürlich auch.«

Imke lachte leise auf. »Stellt sich nur die Frage, zu welcher Kategorie ich mittlerweile gehöre.«

»Einmal St. Peteraner, immer St. Peteraner, oder?«, erwiderte Sinja sofort. »Hast du vielleicht Lust reinzugehen?«, fragte sie schließlich und wies auf den Restauranteingang. »Hier draußen ist es doch etwas kühl. Gerade wollten mich zwei Patientinnen schon dazu überreden, mit ihnen essen zu gehen, aber ich habe abgelehnt – Gespräche über Rücken- und Knieschmerzen habe ich auf der Arbeit schon zur Genüge. Obwohl mein Magen ganz schön knurrt, wenn ich ehrlich bin.«

Imke zögerte kurz. »Moment.« Sie warf einen Blick auf die Zeitanzeige ihres Handys, dann nickte sie. »Ja, das schaffe ich noch bis zu meinem Termin. Gehen wir rein und schlagen uns die Mägen voll.«

»Lass uns einen Tisch am Fenster nehmen«, schlug Sinja vor.

Imke nickte. Sie war noch immer ein wenig unsicher im Umgang mit Sinja, doch die Freude über das Wiedersehen überwog auch auf ihrer Seite.

Sie fanden einen freien Tisch, von wo aus sie einen großzügigen Blick auf die Seebrücke genossen. Eine Kellnerin brachte die Speisekarten, sie bestellten beide Fischgerichte. Imke entschied sich für ein schlichtes Backfischbrötchen mit Remoulade, Sinja wählte Matjes mit Bratkartoffeln. Dazu bestellten sie zweimal Apfelschorle – das hatten sie früher schon gern getrunken.

Während sie auf ihr Essen warteten, lehnte sich Sinja zurück und musterte Imke. »Ehrlich gesagt, ich habe immer gehofft, dass du eines Tages nach St. Peter zurückkommst. Aber ich hätte nicht gedacht, dass es so lange dauern würde.«

Imke umklammerte das kalte Glas, das vor ihr auf den Tisch gestellt worden war. »Ich muss gestehen, ich weiß überhaupt nicht, ob ich wirklich richtig zurück bin. Eigentlich bin ich ja nur hier, um meinen Vater zu vertreten, solange er krankgeschrieben ist.«

Sinja lächelte nachsichtig. »Das könnte erfahrungsgemäß eine Weile dauern. Bis dahin hat St. Peter-Ording dich wieder eingefangen. Du wirst schon sehen.«

Beschwichtigend wiegte sie den Kopf. »Da bin ich mir nicht sicher. Ich arbeite in Münster in einem Jugendzentrum, und mein Vertrag wird Anfang kommenden Jahres wohl verlängert. Mein Vorgesetzter war so nett, mich freizustellen, solange mein Vater mich als Vertretung in der Kirche braucht.«

»Jugendzentrum?« Sinja legte den Kopf schief. »Wie bist du als Pastorin denn da gelandet?«

»Ach, meine Gemeinde in Warendorf wurde vor einiger Zeit geschlossen«, erklärte Imke. »Wir hatten zum Schluss zu wenig Mitglieder, und ich wurde nicht mehr gebraucht. Also habe ich die Stelle im Jugendzentrum angenommen – eine neue Herausforderung kam mir ganz gelegen.«

Ihre alte Freundin nickte. »Ja, das passt zu dir. Immer da zu sein, wo man dich braucht.«

»So ist es«, stimmte sie zu. »Ich hoffe, das Bein meines Vaters wird schnell heilen.«

Sinja zog die Augenbrauen hoch und zwinkerte ihr amüsiert zu. »Dann werde ich deinen Vater wohl bald sehen – zu Gehübungen in der Reha.«

»Bestimmt sogar. Seine Ärzte haben ihm schon einige Wochen Therapie angedroht«, erwiderte Imke augenzwinkernd. »Aber ich glaube, das findet er besser, als im Krankenhaus zu liegen.«

Die Kellnerin brachte ihr Essen. Der Fisch schmeckte köstlich.

Eine Weile aßen sie schweigend, dann fragte Sinja vorsichtig: »Hast du eigentlich noch Kontakt zu ein paar unserer alten Freunde? Zu Simo vielleicht?«

Imke hielt kurz inne und hob den Blick. »Nein. Wieso fragst du?«

Langsam trank Sinja einen Schluck Schorle, bevor sie antwortete: »Och, ich habe ihn kürzlich erst wieder am Ordinger Strand surfen gesehen und musste dabei auch an dich denken. Er arbeitet noch immer in der Tischlerei seines Opas. Wusstest du das?«

»Nein.« Aber gehofft hatte sie es irgendwie. Ihr Herz schlug schneller.

Sinja musterte sie einen Moment, dann sagte sie einfühlsam: »Es scheint dir immer noch nahezugehen, oder? Entschuldige bitte. Ich wollte nicht … nachbohren.«

Imke legte die Gabel auf dem Teller ab. »Schon gut.« Ihre Stimme klang unsicherer als beabsichtigt. »Simo ist für mich … kein leichtes Thema.«

»Habe ich gerade gemerkt.« Sinja schob ihr Glas hin und her. »Wir müssen nicht darüber sprechen. Aber wenn du mal reden willst – ich bin immer für dich da.«

Der Druck auf Imkes Brust ließ ein wenig nach. Sie atmete erleichtert aus. »Danke.«

Sinja lächelte. »Ach, ich freu mich wirklich, dich endlich getroffen zu haben.«

»Geht mir genauso.«

Sinja nahm ihr Handy aus der Tasche. »Ich finde, wir sollten uns das nächste Mal richtig verabreden und das Wiedersehen nicht noch einmal dem Zufall überlassen.«

Ohne zu zögern, zog Imke ebenfalls ihr Telefon heraus. »Sollen wir Nummern tauschen?«

»Natürlich!«

Sie tippten jeweils die Handynummern der anderen ein und steckten die Smartphones dann zurück in ihre Taschen.

Sinja grinste. »Jetzt gibt's kein Entkommen mehr. Ich schreibe dir.«

»Deal.« Imke lachte.

Beim Verlassen des Restaurants spürte sie, dass das unverhoffte Treffen mit Sinja etwas in ihr bewegt hatte. Sie hatte es genossen, mit ihrer alten Freundin Zeit zu verbringen.

Inzwischen war der Wind schärfer geworden und trieb feine Sandkörner über den Boden. Imke zog sich wieder ihre Kapuze über den Kopf. »Weißt du«, rief sie gegen den Wind an, »ich bin echt erleichtert, weil du mir es nicht übelnimmst, dass unser Kontakt irgendwann eingeschlafen ist. Ich habe wirklich oft daran gedacht, dir zu schreiben … aber es irgendwie nie geschafft«, gab sie zu.

Sinja blieb stehen und sah sie mit weichem Blick an. »Ach, Imke. Natürlich war ich traurig, als ich nichts mehr von dir gehört habe. Wir waren doch eigentlich immer wie Schwestern. Aber dir das übelnehmen? Im Leben nicht! Manchmal zieht das Leben einen einfach mit sich fort.« Sie lächelte. »Wichtig ist doch, dass du jetzt hier bist und wir uns wiedergefunden haben.«

Sinjas Worte lösten etwas tief in Imke. Eine Art Last, die sie mit sich getragen und es gar nicht so richtig bemerkt hatte. »Ich bin auch so, so froh. Danke, Sinja.«

Wortlos legte Sinja ihr kurz die Hand auf die Schulter. Es war eine freundliche, stille Geste. »Komm, lass uns gehen. Dein Termin wartet. Und ich muss noch kurz bei meinen Eltern vorbei.«

Mit einem leichteren Gefühl als zuvor stieg Imke wenig später ins Auto. Die ungemütliche Kälte kümmerte sie nicht, sie spürte Sinjas Worten nach und genoss die Wärme, die darin gelegen hatte.

Kapitel 5

»Brrr!« Imke zog die Nase kraus und streifte schnell ihre Handschuhe über. Der Abendwind pfiff frostig über den Marktplatz in St. Peter-Dorf, als sie aus dem Auto stieg. In der salzigen Nordseeluft lag eine Kaminfeuernote – aber es roch auch ein bisschen nach Schnee, wie sie fand. Vor ihr zeichnete sich schemenhaft der Turm der St. Peter-Kirche gegen den dunklen Himmel ab.

Imke lief auf das Gotteshaus zu, in dem sie nicht nur getauft, sondern auch konfirmiert worden war. Die schlichte Saalkirche mit ihren roten Backsteinmauern und dem frei stehenden hölzernen Glockenturm strahlte eine besondere Ruhe und Beständigkeit aus. Leise Orgelklänge drangen an ihr Ohr – der Organist übte wohl für den morgigen Gottesdienst.

Sie trat durch die halb offene Tür ein. Ihre Schritte hallten auf dem Steinboden wider, während ihr der typische Kirchengeruch von Weihrauch, Kerzenwachs und einem Hauch von Tannengrün in die Nase stieg. Offenbar hatte die Küsterin bereits mit den Adventsvorbereitungen begonnen.

Langsam ließ Imke den Blick durch das Kirchenschiff gleiten. Im Kerzenschein wirkten die weiß getünchten Wände noch heller als bei Tageslicht, die dunklen Holzbalken der Empore lenkten dagegen dazu, nach oben zu schauen. Wie immer, wenn sie den spätgotischen Chorabschluss betrachtete, wurde Imke bewusst, wie viele Generationen hier gebetet, getrauert und gefeiert hatten.

Ehrfurcht stieg in ihr auf. Als Kind hatte sie schon auf diesen Stühlen gesessen, die zwischendurch neu gepolstert worden waren. Im Gegensatz zu ihrer ehemaligen Kirchengemeinde in Warendorf gab es hier keine Sitzbänke, sondern eben Stühle.

Früher hatte sie es geliebt, wenn ihr Vater mit seiner tiefen Stimme der Gemeinde die Weihnachtsgeschichte vorgelesen hatte. Dabei hatte sie die Adventsstimmung genossen und sich immer versucht vorzustellen, wie es in jener Heiligen Nacht für Maria und Josef gewesen sein musste.

Und nun war es an ihr, an diesen für sie so wichtigen Ort den Zauber der Weihnacht zu rufen.

»Imke?« Eine freundliche Stimme riss sie aus ihren Gedanken.

Sie blinzelte und sah eine kleine, rundliche Frau mit grauem Dutt in dickem Wollrollkragenpullover am Altar stehen – Frau Petersen, die Küsterin. Ihre Augen weiteten sich hinter der runden Brille. »Moin! Ach, ist das schön, dich nach so langer Zeit wiederzusehen! Obwohl die Umstände für unser Treffen natürlich erfreulicher hätten sein können.«

»Moin, Frau Petersen.« Imke lächelte und ging auf sie zu. Die Küsterin kannte sie schon seit ihrer Geburt. Deswegen wäre es Imke komisch vorgekommen, wenn Frau Petersen sie irgendwann angefangen hätte zu siezen, nur weil sie ein bestimmtes Alter erreicht hatte. »Ja, das ist wohl wahr. Ich hoffe, ich bin nicht zu spät.«

»Ach, Unsinn! Genau richtig, würde ich sagen.« Frau Petersen rückte noch einen großen goldenen Kerzenständer zurecht und ging dann auf sie zu. »Komm, wir setzen uns am besten. Ich habe schon den Adventskranz vorbereitet – die erste Kerze muss ja morgen schließlich angesteckt werden. Sieht er nicht schön aus?«

»Wirklich sehr hübsch.« Imke folgte ihr zu einer Stuhlreihe mit blauen Sitzpolstern nahe dem Altar, auf der schon ein Ordner und einige Zettel lagen. Der Adventskranz stand auf einem hohen Metallständer neben dem Opfertisch, ein paar schlichte goldene Schleifen und vier unberührte rote Kerzen schmückten das Tannengrün. Daneben lagen eine Schachtel mit langen Streichhölzern und ein Stapel Liederzettel.

»Aber nun sag mal, wie geht's deinem Vater überhaupt?«, fragte Frau Petersen und legte die Hände in den Schoß. »Ich weiß nur, dass er nach Husum in die Klinik gebracht wurde.«

»Ach, schon etwas besser. Die Operation ist gut verlaufen, er ist allerdings ziemlich ungeduldig.« Imke schmunzelte. »Das Krankenhaus und die vielen Ärzte machen ihn wahnsinnig, sagt er. Am liebsten würde er seine Sachen packen und nach Hause kommen – und dann weitermachen wie bisher.«

Frau Petersen lachte leise. »Das glaub ich dir sofort! Seit ich ihn kenne, ist er ja ständig in Bewegung gewesen. Ein Beinbruch und die sich daraus ergebende Untätigkeit belasten ihn darum sicherlich sehr. Es ist ein Segen, dass du nun die Vertretung machst … Das beruhigt ihn doch bestimmt ungemein, oder?«

»Ich hoffe es zumindest.« Imke zog die Mappe mit den Notizen ihres Vaters aus der Tasche. »Ich habe seine Unterlagen dabei. Wollen wir den Ablauf des Gottesdienstes einmal kurz durchgehen?«

»Gerne. Lass mal sehen.« Frau Petersen schlug die Mappe auf und überflog die Stichpunkte. »Der Gottesdienst am ersten Advent ist ja immer etwas besonders. Normalerweise fangen wir mit ›Macht hoch die Tür‹ an. Danach kommt die Lesung, Psalm 24, und dann wäre deine Predigt an der Reihe. Hast du schon was vorbereitet?«

»Natürlich.« Imke nickte. »Ich habe Papas Notizen etwas in meinem Stil angepasst. Er wollte über das Thema Hoffnung sprechen, dass der Advent in gewisser Weise ein Warten auf Licht ist. Gerade in dunklen Zeiten, die sich allgemein auf die Jahreszeit, aber auch auf persönliche Umstände beziehen können. Ich finde, das passt jetzt besonders gut, da mein Vater sich nicht wie gewohnt um alles kümmern kann.«

»Ach, das ist eine sehr schöne Idee.« Frau Petersen nickte. »Die Leute brauchen das wirklich aus ganz verschiedenen Gründen. Zurzeit sind viele krank, und in den letzten Wochen hatten wir auch einige Todesfälle in der Gemeinde zu beklagen.«

»Oje. Das ist natürlich sehr traurig«, sagte Imke mitfühlend.

»Ja, das finde ich auch.« Frau Petersen rang sich ein Lächeln ab. »So, und nach der Predigt kommen die Fürbitten. Ich habe sogar schon ein paar geschrieben, aber du kannst sie natürlich noch ändern. Betrachte sie einfach als Vorschläge.« Sie reichte Imke ein bedrucktes Blatt Papier in einer Klarsichthülle. »Zum Schluss singen wir dann noch ›O Heiland, reiß die Himmel auf‹. Passt das für dich?«

»Das klingt gut. So in der Art habe ich es mir auch vorgestellt.« Imke warf einen Blick auf die aufgelisteten Lieder. »Und dann gibt es ja noch das Krippenspiel zu besprechen, das an Heiligabend aufgeführt werden soll. Mein Vater meinte zu mir, die Kinder sind fast bühnenreif vorbereitet?«

Ein Schmunzeln stahl sich auf Frau Petersens Miene, was ihre freundlichen Falten um die Augen betonte. »Fast. Die Proben laufen schon seit einer Weile, aber du kennst das ja. Schau am besten morgen mal vorbei und mach dir dein eigenes Bild. Ich habe das Proben ja nun vorübergehend für deinen Vater übernommen. Die Kinder sind natürlich extrem aufgeregt wegen ihres Auftritts. Wie jedes Jahr.« Sie hob eine Schulter. »Die Kostümprobe haben wir auch schon hinter uns. Die Kleidungsstücke liegen im Gemeindehaus bereit, falls du sie noch einmal ansehen möchtest. Ein paar Änderungen nehmen demnächst ein paar Damen aus dem Senioren-Treff vor.«

»Ja, das mache ich nächste Woche, und dann übernehme ich auch die Leitung der weiteren Proben.« Imke lachte leise. »Irgendwie werde ich die Kinder schon im Zaum halten.«

»Aber natürlich schaffst du das! Du hast bestimmt das gute Händchen von deinem Vater«, war sich Frau Petersen sicher. Dann legte sie den Ordner beiseite und betrachtete Imke einen Moment schweigend. »Weißt du, ich erinnere mich noch gut an früher. Damals habe ich dich als kleines Mädchen hier rumflitzen sehen, mit deinen langen Zöpfen und dem neugierigen Blick. Und nun wirst du vor dem Altar stehen, wo sonst der Platz deines Vaters ist. Das ist schon was Außergewöhnliches, wenn die Tochter des Pastors quasi sein Amt übernimmt.«

»Na ja, es ist ja keine direkte Nachfolge, sondern nur vertretungsweise.« Imke lächelte verlegen. »Aber ich muss gestehen, für mich fühlt es sich auch ein bisschen unwirklich an. Seit meine Gemeinde in Warendorf geschlossen werden musste, dachte ich, das Kapitel Gemeindearbeit sei für mich erst mal abgeschlossen. Und nun geht es doch irgendwie weiter.«

Frau Petersen nickte verständnisvoll. »Die Gemeindeabwicklung damals ist bestimmt schwer für dich gewesen. Aber ich kann dir versichern, die Menschen in St. Peter freuen sich, dass du nun zur Stelle bist. Immerhin bist du ja sowieso eine von uns.«

Imke schluckte. Die Worte der Küsterin taten ihr gut, gleichzeitig sanken die an sie gestellten Erwartungen dadurch nicht gerade. »Ich hoffe, ich enttäusche niemanden.«

»I wo!« Frau Petersen zwinkerte ihr zu und stupste sie dann mit einer Schulter an. »Du bist Pastor Claasens Tochter. Und falls etwas haken sollte, sag mir einfach Bescheid. Ich kenne doch unsere Gemeinde wie meine Westentasche.«

Imke lachte. »Das beruhigt mich tatsächlich. Dann sehen wir uns morgen früh?«

»Das sowieso. Um neun bin ich hier und stelle alles bereit.« Schwerfällig erhob sie sich. »Aber zum Treffen im Olsdorfer Krug begleite ich dich natürlich. Dann können wir gleich in einem Abwasch die Weihnachtsvorbereitungen und alle noch ungeklärten Punkte mit den anderen durchsprechen.«

»Das ist eine gute Idee!«, sagte Imke erfreut. »Vielen Dank für die Unterstützung!«

»Wird schon schiefgehen«, meinte Frau Petersen und klopfte gegen die hölzerne Stuhllehne. »Komm, lass uns gehen. Sonst verspäten wir uns noch.«

Der gemütliche Friesische Landgasthof lag nur einen Steinwurf von der St. Peter-Kirche entfernt. Als Imke mit der Küsterin das Restaurant betrat, wurden sie vom appetitanregenden Essensduft nach frisch Gebratenem und Grünkohl empfangen. Der lange Holztisch in der Ecke, an dem der Stammtisch tagte, war bereits voll besetzt. Ein Dutzend Gemeindemitglieder hatten sich dort versammelt. Vor ihnen standen Gläser oder Tassen sowie Teller mit verschiedenen Gerichten, dazwischen flackerten Kerzen, deren Lichter eine angenehme Atmosphäre verbreiteten.

Imke atmete tief ein. Nun wurde es ernst. Sie würde ihre erste Probe bestehen müssen.

»Moin!«, rief eine Frau ihnen zur Begrüßung entgegen und winkte sie heran. »Setzt euch!«

»Moin zusammen!« Imke nickte in die Runde.

Manche bedachten sie mit erleichterten Blicken, andere betrachteten sie ein wenig argwöhnisch. Sie kannte fast alle am Tisch: Herr Büx, einst im Kirchenvorstand, Frau Lüders, die sich, so lange sie denken konnte, jedes Jahr um die Organisation des Weihnachtsbasars kümmerte, Herr Tiedemann von der Jugendgruppe, den sie vor ein paar Jahren kennengelernt hatte. Doch einige ältere Gemeindemitglieder, allen voran Frau Hansen mit ihrem strengen Blick, musterten sie mit einer offenkundigen Portion Skepsis.

»Schön, dass du da bist«, begrüßte Herr Büx sie nach der kurz eingetretenen Stille lachend, wobei sein grauer Bart wippte. »Ohne dich würde der erste Advent hier wohl ins Wasser fallen.«

»Hallo, Herr Büx. Na, ich werde jedenfalls alles tun, was in meiner Macht steht, um das zu verhindern«, erwiderte Imke lächelnd und nahm auf dem Holzstuhl neben Frau Petersen Platz. Eine Kellnerin gab ihnen zwei Speisekarten und nahm die Bestellung ihrer Getränke auf.

»Ich hoffe, die Gemeinde wird morgen mit zahlreichem Erscheinen glänzen und dass ich meinen Vater gut vertreten werde.«

»Natürlich wirst du das«, erwiderte Herr Tiedemann bestimmt. »Wir sind doch alle froh, dass du so spontan einspringst. Immerhin kennst du die Gemeinde besser, als jeder von außen es könnte.«

»Meine Worte«, stimmte Frau Petersen zu. »Der Gottesdienst morgen ist durch Imke jedenfalls gesichert.«

Imke lächelte, dann schnitt Frau Hansens Stimme durch die gesellige Runde. »Erleichtert, ja, das bin ich auch. Aber ich frage mich, ob du wirklich bis Weihnachten durchhältst? Damals bist du ja einfach aus St. Peter verschwunden. Erst nach Hamburg zum Studieren und dann ins Münsterland. Manche haben ja wirklich gedacht, dass du zusammen mit deinem Vater für unsere Gemeinde da sein würdest. Ich hatte dem Frieden ja ohnehin nicht getraut.«

Betretenes Schweigen entstand unter den Anwesenden. Frau Hansens Worte hatten Imke einen Stich versetzt. Sie hatte geahnt, dass nicht alle ihren damaligen Weggang vergessen hatten. Selbstbewusst begegnete sie dem Blick der älteren Frau und sagte ruhig: »Ich verstehe Ihre Kritik. Damals bin ich aus St. Peter fortgegangen, weil ich meinen eigenen Weg finden und mich nicht ins gemachte Nest meines Vaters setzen wollte.« Sie wandte sich zu den Seiten und sah einige nicken. »Sie brauchen sich aber keine Sorgen machen, Frau Hansen. Bis Weihnachten bleibe ich auf jeden Fall in St. Peter – vielleicht sogar länger. Je nachdem wie schnell mein Vater wieder auf die Beine kommt. Ich werde mir Mühe geben, niemanden zu enttäuschen.«

Frau Lüders ergriff nun das Wort. »Na, das ist doch jetzt die Hauptsache, nicht wahr? Lasst uns froh sein, dass Pastor Claasens Tochter übernimmt.«

»Genau«, pflichtete Herr Büx bei. »Sonst hätte ich am

Ende noch predigen müssen«, fügte er hinzu und erntete einige Lacher.

»So, nun ist aber genug gesabbelt«, sprach Frau Petersen ein Machtwort und zog eine Liste hervor. »Lasst uns mit den Planungen beginnen.« Sie überflog die Übersicht. »Meines Erachtens ist der Weihnachtsbasar momentan das Wichtigste. Da gibt's noch einiges zu tun und zu klären.«

»Wie sind denn die letzten Basare genau abgelaufen?«, fragte Imke interessiert. »Ich fürchte, da bin ich inzwischen nicht mehr ganz auf dem Laufenden.«

»Jedes Jahr«, erklärte Frau Lüders, »verkaufen wir selbst gebackene Plätzchen, Handarbeiten, zum Beispiel selbst gestrickte Socken oder gehäkelte Deckchen. Die Einnahmen gehen immer an ein bestimmtes Spendenprojekt. Die letzten Jahre haben wir die Seemannsmission damit unterstützt. Dieses Mal sammeln wir für bedürftige Familien hier im Ort.«

»Das ist eine sehr gute Idee«, sagte Imke. »Wie genau ist da der Ablauf?«

»Nun«, setzte Herr Tiedemann an und faltete die Hände auf dem Tisch. »Wir fangen morgens an. Die meisten Stände stehen vor der Kirche, wenn das Wetter schön ist, nur ein paar befinden sich drinnen. Dann bieten wir so das Übliche an: Kaffee und Kuchen, Plätzchen und Tee, und wie schon erwähnt ein paar Handarbeiten. Für die Frostbeulen unter uns gibt es auch Glühwein und Punsch.« Er zwinkerte in die Runde. »Unsere Jugendgruppen helfen jedes Mal beim Auf- und Abbau. Am späten Nachmittag wird dann Kassensturz gemacht.«

»Das klingt doch durchdacht«, fand Imke. »So ähnlich haben wir es in Warendorf auch gehandhabt.«

»Trotzdem gibt es natürlich jedes Jahr die gleichen Fragen: Wer verkauft an welchem Stand? Fehlt noch etwas?«, warf Frau Petersen ein.

Frau Hansen hob spontan die Hand. »Also, ich backe wie immer meine Plätzchen. Vanillekipferl und Zimtsterne. Wenn ihr wollt, biete ich auch Christstollen an. Aber wer ist dann am Stand und verkauft? Ich kann wegen meiner Hüfte nicht stundenlang stehen. Letztes Jahr war es ja ein einziges Chaos, weil so viele mit Grippe flachlagen.«

»Ich übernehme gerne den Plätzchenstand für eine Weile«, bot Frau Lüders an. »Das heißt, wenn noch jemand mitmacht. Alleine ist mir das zu viel.«

»Ich helfe auch gern mit«, bot Imke sich an. »Backen ist zwar nicht gerade meine Stärke, aber verkaufen kann ich dafür ganz gut.«

»Das wäre prima«, sagte Frau Petersen und machte eifrig Notizen. »Der Handarbeitsstand braucht auch noch Unterstützung. Frau Möller strickt schon seit September an den Socken. Aber wie ihr wisst, kann sie auch nicht lange ohne Pause stehen und Standdienst machen.«

»Ich könnte den Vormittag übernehmen«, bot Herr Büx an. »Danach müsste mich jedoch jemand ablösen. Meine Schwester feiert an dem Tag Geburtstag.«

»Und was ist mit dem Glühweinstand?«, erkundigte sich Herr Tiedemann. »Die über Achtzehnjährigen der Jugendgruppe haben sich zwar bereit erklärt, den Verkauf zu übernehmen, aber ohne Kessel fällt das aus. Der alte ist doch letztes Jahr kaputt gegangen.«

»Ich schaue mal im Fundus im Gemeindehaus nach«, schlug Imke vor. »Vielleicht haben wir da noch einen. Ich meine, mein Vater hatte immer einen in Reserve deponiert. Und falls nicht, kümmere ich mich um Ersatz.«

»Das ist gut.« Frau Petersen nickte. »Und wie verhält es sich mit den Tischen? Wer baut zusammen mit unserem Hausmeister auf? Und eine ganz wichtige Frage: Wer übernimmt Verantwortung für die Kasse?«

»Ich kümmere mich mit meinen Söhnen um den Aufbau«, erklärte Herr Tiedemann sich bereit. »Und ich kann auch die Kasse übernehmen.«

»Perfekt«, sagte Imke. Langsam schlüpfte sie wieder in ihre gewohnte Rolle. Organisieren und vermitteln, das konnte sie.

Aus dem Augenwinkel fing sie jedoch Frau Hansens Blick auf. Sie zweifelte immer noch. Sie würde sich ihr und einigen anderen Gemeindemitgliedern beweisen müssen, mit etwas anderem hatte Imke ja auch nicht gerechnet. »Wann findet der Basar denn eigentlich statt? Mir fällt auf, dass ich darüber noch keine Informationen bekommen habe.«

»In drei Wochen«, antwortete Frau Petersen prompt. »Es ist immer der Samstag vor dem vierten Advent.«

Die Runde nickte, dann wurden die Gespräche allmählich entspannter. Es ging um die besten Plätzchenrezepte, das nasskalte Wetter der letzten Tage und die Adventszeit im Allgemeinen. Imke nippte an dem Kräutertee, den sie sich bestellt hatte. Die Atmosphäre löste sich allmählich, was aber blieb, war Frau Hansens argwöhnischer Blick.

Als sich die Runde schließlich auflöste, verließ Imke mit gemischten Gefühlen das Gasthaus. »Das wäre geschafft …«, meinte sie zu Frau Petersen und blieb mit ihr vor dem Olsdorfer Krug stehen, als die anderen sich bereits verabschiedet hatten.

»Lief doch ganz gut«, erwiderte die Küsterin.

»Na ja, zumindest von Frau Hansen scheine ich keine

Vorschusslorbeeren zu bekommen«, merkte Imke an und verdrehte die Augen.

»Ach!« Frau Petersen winkte lachend ab. »Im Grunde genommen sind doch alle froh, dass du einspringst. Auch wenn einige etwas Zeit brauchen, um sich darauf einzustellen. Du warst lange weg aus St. Peter. Zeig ihnen einfach morgen im Gottesdienst, dass du eine gute Pastorin bist. Das wird sie überzeugen.«

Imke nickte. »Das habe ich vor. Und ich freue mich wirklich darauf!«

»Wird schon werden«, sagte Frau Petersen voller Überzeugung. »Und danach wird garantiert keiner mehr an dir zweifeln.«

»Na, dann bis morgen«, verabschiedete Imke sich von der Küsterin, da ihre Wege sie in entgegengesetzte Richtungen führten. Die aufmunternden Worte und der Rückhalt der älteren Gemeindemitglieder schenkten ihr Zuversicht. Mit einem Lächeln stieg sie wenig später auf dem Marktplatz in das Auto ihrer Eltern ein.

»Na, wie war es?«, empfing ihre Mutter sie und blickte von einem Rätselheft auf. Sie saß im Wohnzimmer im Sessel vor dem warmen Kachelofen, über ihren Knien lag eine Wolldecke, und ihre Füße steckten in dicken Socken.

»Ich glaube, es ist soweit ganz gut gelaufen.« Imke setzte sich zu ihr auf die breite Sessellehne. »Zumindest haben die meisten mich freundlich empfangen. Aber ein paar trauen mir wohl nicht so recht über den Weg.«

»Wegen damals etwa?«, fragte ihre Mutter und zog die Augenbrauen hoch.

»Ja. Frau Hansen hat mich direkt darauf angesprochen.

Bei ihr muss ich mich auf jeden Fall erst mal bewähren, bevor sie mich vorbehaltlos akzeptiert.«

»Ach, die gute Frau Hansen. Sie wird bald von dir überzeugt sein, da mache ich mir keine Sorgen.« Ihre Mutter lächelte milde. »Und der Gottesdienst morgen?«

»Es ist so weit alles mit Frau Petersen geklärt. Morgen um neun geht's los.« Imke rieb sich die Augen. »Nun werde ich mich noch ein wenig vorbereiten. Die Predigt muss schließlich sitzen.«

»Mach nur.« Ihre Mutter nickte verständnisvoll. »Ich telefoniere gleich noch mal kurz mit Papa, und dann gehe ich auch langsam ins Bett.«

Imke gab ihrer Mutter noch einen Kuss auf die Wange, bevor sie die Treppe zu ihrem Zimmer hinaufstieg. Oben angekommen, knipste sie das Licht an und setzte sich an den Schreibtisch. Sie schlug ihre Notizen auf.

Hoffnung in dunklen Zeiten hatte sie als Überschrift gewählt.

Nach einer Dreiviertelstunde schob sie den Text zufrieden zurück in die Mappe. Die Predigt stand, der morgige Gottesdienst konnte kommen.

Sie spürte, dass der Abend im Olsdorfer Krug wieder etwas in ihr geweckt hatte, das für eine Weile verschwunden gewesen war. Es war ein Gefühl von Verantwortung, das sie tief in ihrem Herzen trug. Und etwas, das sich nach zu Hause anfühlte. Eine Art Gewissheit, dass sie genau hier und jetzt sein sollte.

Schließlich legte sie die Mappe in die Schublade und schlüpfte kurz darauf in ihren Pyjama und legte sich ins Bett. Die Flanellwäsche wärmte sie und war schön kuschelig. Über ihr knarrte die Dachschräge leise.

Imke zog die Decke bis zur Nasenspitze hoch und dachte voller Spannung an den nächsten Morgen. Sie schloss die Augen und gab einen wohligen Seufzer von sich. Ein Lächeln umspielte ihre Lippen. Frau Hansen würde sie schon noch überzeugen.

Kapitel 6

Am nächsten Morgen erwachte Imke, kurz bevor der Wecker klingelte. Sie schaltete die Alarmfunktion aus und schwang die Beine aus dem Bett. Ihr Flanellpyjama wärmte sie angenehm, nur ihre Füße waren etwas kalt. Auf nackten Sohlen tappte sie zum Fenster und spähte hinaus.

Ein fahler Schimmer kroch über die Dünen, Frost glitzerte auf den Gräsern. Es war ein klarer, kalter Morgen, geradezu ideal für den ersten Advent! Ihr Herz schlug schneller, wenn sie an ihre bevorstehende Aufgabe dachte.

Heute würde sie endlich ihr Comeback als Pastorin geben. Zum ersten Mal seit dem letzten Gottesdienst in Warendorf, was ihr inzwischen wie eine Ewigkeit vorkam. Beschwingt griff Imke nach frischer Wäsche und warmen Socken. Im Bad wusch sie sich, zum Schluss das Gesicht mit kaltem Wasser, und zog sich an.

Zurück im Zimmer öffnete sie den Kleiderschrank, wo ihr Talar ordentlich auf einem Bügel hing. Er war schlicht und schwarz, mit einer leichten Falte vom langen Liegen, die sich noch nicht ausgehängt hatte. Lächelnd zog Imke ihn heraus und strich mit der Hand über den Stoff.

Als sie hineinschlüpfte, überkam sie sogleich ein Glücksgefühl. Sie stellte sich vor den kleinen Spiegel neben der Kommode und betrachtete sich. Ihr Spiegelbild blickte sie erwartungsvoll an. Das blonde Haar hatte sie zuvor locker hochgesteckt, und ihre Augen funkelten unternehmungslustig. Der Talar fühlte sich wie eine zweite Haut für sie an. Die Gewissheit, dass sie nun wieder ihrer Berufung folgen konnte, war Balsam für ihre Seele.

»Das schaffe ich!«, sagte sie selbstbewusst. Sachte strich sie abermals über den Stoff und atmete tief ein. Ihr Mobiltelefon auf dem Nachttisch vibrierte.

Sie nahm es in die Hand und schaute auf das Display. Es war ihr Vater.

»Moin, Papa«, sagte sie überrascht. »Wie schön, dass du dich meldest.«

»Moin, mein Mädchen. Mit deiner Mutter habe ich eben schon gesprochen.« Erleichtert stellte sie fest, dass er gut gelaunt klang, obwohl er noch im Krankenhaus ausharren musste. »Ich wollte dir alles Gute wünschen.«

»Das ist lieb. Der erste Advent ist ja ein wichtiges Datum.« Sie setzte sich aufs Bett.

»Ich denke an dich, Imke«, sagte er mit seiner tiefen, angenehmen Stimme.

»Danke, Papa.« Sie spürte einen Kloß im Hals. »Ich hoffe, ich werde dich stolz machen«, fügte sie emotionaler hinzu, als sie wollte.

»Das tust du doch immer. Gott geht mit dir – das weißt du ja«, erinnerte er sie und lachte leise. »Grüß die Gemeinde ganz lieb von mir.«

»Das mache ich.« Sie lächelte. »Und du ruhst dich weiter aus, ja?«

»Ich gebe mein Bestes! Viel Glück, Imke.«

Als sie auflegte, fühlte sie sich innerlich noch gestärkter. Der Rückhalt ihres Vaters tat ihr sehr gut.

Um kurz vor neun öffnete Imke die schwere Holztür der Kirche, kalte Luft strich über ihr Gesicht. Drinnen brannten bereits Kerzen, deren flackerndes Licht über die Wände tanzte.

»Moin, Imke!«, rief Frau Petersen zur Begrüßung. Sie hielt ein Bündel Zettel in der Hand und legte jeweils einen auf jeden Sitzplatz. »Hast du gut geschlafen?«

»Moin«, erwiderte Imke und schenkte ihr ein zaghaftes Lächeln. Jetzt spürte sie doch ein wenig Lampenfieber, dass sie einen Gottesdienst geleitet hatte, war immerhin schon länger her. »So halbwegs gut. Ich merke, dass ich etwas nervös bin. Hoffentlich unterläuft mir kein größerer Patzer.«

»Das wird bestimmt nicht passieren«, munterte Frau Petersen sie auf. »Du machst das ja auch nicht zum ersten Mal.«

»Stimmt.« Imke nickte.

Ihr Gespräch wurde beendet, da die ersten Gemeindemitglieder die Kirche betraten, ein älterer Mann und eine junge Frau. Sie nickten ihr zu. Mit einer gewissen Herzlichkeit zwar, Imke meinte dennoch Vorbehalte in ihren Blicken zu erkennen. Sie erwiderte den Gruß. Vielleicht bildete sie sich die Skepsis der anderen auch bloß ein?

Die Stuhlreihen füllten sich langsam. Es kamen mehr Menschen, als sie erwartet hatte. Familien mit Kindern, ältere Gemeindemitglieder und sogar ein paar Jugendliche, die vom Alter zukünftige Konfirmanden sein konnten. Imke ließ den Blick über die Menschen schweifen, die bereits Platz genommen hatten. Dann entdeckte sie Frau Hansen in der dritten Reihe. Sie hielt die Arme vor dem Oberkörper verschränkt, ihr Mund war schmal. Sie erblickte ihre Mutter in der zweiten Reihe. Sie hatte sich einen breiten

Wollschal um die Schultern gelegt, ein warmherziges Lächeln umspielte ihre Lippen. Als sich ihre Blicke trafen, zwinkerte sie Imke aufmunternd zu. Ihre Mutter würde ihr Anker sein. Imke atmete tief ein.

Als der Organist zu Beginn des Gottesdiensts »Macht hoch die Tür« anstimmte, trat Imke an den Altar. Die Gemeindemitglieder sangen das Lied beherzt mit. Ihre Stimmen erfüllten das Kirchenschiff und entfachten eine Energie, die Imke auf der Haut ihrer Arme spürte. Sie begrüßte die Gemeinde und las Psalm 24 vor. Danach stieg sie die Kanzel hinauf und legte die Mappe mit dem Predigttext vor sich ab. Bevor sie sprach, sah sie in die Gesichter der Anwesenden.

»Liebe Gemeinde«, begann sie, ihre Stimme zitterte zunächst leicht, wurde dann aber fester. »Die Adventszeit ist ein Warten auf das Licht in dunklen Zeiten. Wir alle kennen aus eigener Erfahrung Dunkelheit, die sich uns oft durch Krankheit, Verlust oder Enttäuschungen zeigt. Obwohl mein Vater in diesem Moment im Krankenhaus ist, spüre ich jedoch, dass er in Gedanken bei uns ist. Er hat mich gebeten, einen Gruß an alle auszurichten.« Sie hielt inne und suchte den Blick ihrer Mutter, die ihr fast unmerklich zunickte. Danach schaute sie zu Frau Hansen, die jetzt aufmerksam lauschte und deren Hände entspannt auf den Oberschenkeln lagen.

»Unsere Hoffnung ist nicht bloß ein bedeutungsloses Wort«, setzte Imke erneut an. »Sie lebt in uns. Egal, ob wir allein hoffen oder ob wir zusammenstehen. Der heutige erste Advent bringt uns Licht in Form einer brennenden Kerze. Es ist eine neue Kerze, und darum kann man sich sagen: Es wird nicht genau gleich, nicht so, wie ihr es kennt«, spielte sie auf die Vertretung für ihren Vater an. »Aber es ist eben immer eine brennende Kerze, die wir anzünden wie jedes Jahr. Darauf ist Verlass.« Einige Gemeindemitglieder nickten zustimmend, andere wirkten nachdenklich.

Imke sprach die Fürbitte, danach stimmte der Organist »O Heiland, reiß die Himmel auf« an. Als der letzte Ton verklungen war, stieg Imke von der Kanzel herunter. Ein Gefühl von purer Erleichterung durchströmte sie, als sie den Segen sprach. Ihren ersten Gottesdienst in der St.-Peter-Kirche hatte sie ohne Hänger über die Bühne gebracht.

Ihre Mutter war die Erste, die nach dem Gottesdienst zu ihr kam und eine Hand auf ihren Arm legte. »Das war wunderschön, Imke. Ich bin unfassbar stolz auf dich. Und Papa ist es sicher auch. Schade, dass er nicht bei uns sein kann.«

»Danke, Mama.« Imke drückte ihre Hand.

»Wie der Vater, so die Tochter. Aber trotzdem in deinem ganz eigenen Stil«, lobte Frau Lüders, als sie vor Imke stand.

»Danke, Frau Lüders. Das ist wirklich sehr nett von Ihnen!« Imke lächelte.

Als Nächstes kam Herr Tiedemann auf sie zu. »Das war eine wirklich gelungene Predigt. Ich glaube, den anderen hat es auch gefallen.«

Schon war Frau Hansen zur Stelle, um ihre Meinung kundzutun. »Na ja … Es war eine ganz nette Predigt. Aber kein Vergleich zu Pastor Claasen, das versteht sich«, sagte sie schmallippig. »Wir werden sehen, wie es am nächsten Sonntag läuft.« Dann wandte sie sich an Imkes Mutter und lächelte breit. »Richten Sie doch bitte Ihrem Mann einen schönen Gruß von mir aus. Ich hoffe, er kommt bald wieder zurück.«

»Ich fahre ihn gleich besuchen und richte es ihm gern aus, Frau Hansen«, antwortete Imkes Mutter.

Frau Hansen nickte noch einmal, schritt dann aus der Kirche und ließ Imke mit gemischten Gefühlen zurück.

»Hat es ihr nun gefallen oder nicht?« Sie sah ihre Mutter fragend an.

»Wahrscheinlich mehr, als sie gedacht hat … und vor allem zugeben wollte«, meinte sie mit einem vielsagenden Lächeln.

»Dann nehme ich es einfach als Kompliment«, beschloss Imke und straffte die Schultern. Vielleicht war es ein erstes Zeichen von Akzeptanz. Ein kleiner Schritt. Kein Siegeszug, aber ein Anfang. Fürs Erste hatte sie sich wacker geschlagen. Und was am nächsten Sonntag kam, das würde sie dann sehen.

Frau Petersen legte eine CD ein und drückte auf Play. Aus den Boxen der schon fast antik anmutenden Kompaktanlage erklang ein Kinderchor, der ein Weihnachtslied anstimmte.

Wie früher auch hatten sie nach dem Gottesdienst zum Adventstee ins Gemeindehaus geladen. An zwei Tischen saßen die Gemeindemitglieder nun, tranken Kaffee oder Tee und aßen dazu Plätzchen. Mittig stand je ein Adventskranz, auf dem die erste Kerze brannte.

Mit einiger Erleichterung stellte Imke fest, dass Frau Hansen nicht erschienen war. Sie wollte gerade ihre Mappe mit den Predigtexten auf einen Tisch ablegen, als eine vertraute Stimme sie innehalten ließ.

»Imke? Das glaub ich ja jetzt nicht!«

Sofort schwang sie herum und sah einen Mann mit breiten Schultern und kurzen, dunklen Haaren vor sich, die unter einer Wollmütze hervorlugten. Er trug einen dicken

Troyer-Pullover, darüber eine beige Steppweste und hielt eine Ledertasche in der Hand. Ein Lächeln breitete sich auf seinem Gesicht aus, als er näher kam.

»Hauke? Mensch, Hauke!«, rief Imke überrascht und erfreut zugleich. »Was machst du denn hier?«

»Ich wollte nur eben die Arbeitsblätter für die Kids deponieren«, erwiderte er und hob die Tasche mit der rechten Hand leicht an. »Ich unterrichte jetzt als Klassenlehrer an der Grundschule und gebe zusätzlich Religion und Musik. Morgen kommt meine Klasse wieder hierher, um für eine Schulaufführung zu üben.« Er deutete auf den Raum. »In dem Saal haben wir viel mehr Platz als im engen Klassenraum.« Er lächelte. »Wie ich sehe, bist du als Pastorin unterwegs.« Er deutete auf ihren Talar.

»Ja. Aber nur vorübergehend«, sagte Imke und blickte an ihrer Robe hinunter. »Mein Vater hat sich das Bein gebrochen, also bin ich eingesprungen.«

»Na ja, du kannst wenigstens noch springen.« Hauke zwinkerte ihr zu.

Amüsiert zog sie die Augenbrauen hoch. »Das ist wohl wahr!«

Eine Thermoskanne in Händen, kam Frau Petersen an ihnen vorbei. »Ich setz mal neuen Kaffee auf. Plaudert ihr ruhig weiter.« Sie verschwand in die kleine Küche und ließ Imke und Hauke allein.

Sie setzten sich an einen der Tische.

»Wie lange ist das jetzt her?«, fragte Hauke, seine blauen Augen leuchteten. »Weißt du noch, wie wir im Sommer immer mit den Rädern zum Strand gefahren sind? Du hast jedes Mal versucht, mich beim Wettrennen zu schlagen.«

»Und du hast mich immer locker abgehängt«, ergänzte

Imke grinsend. »Ich hatte nie eine Chance gegen dich. Du warst viel zu schnell.«

»War ich.« Er lachte. »Aber dafür warst du ganz schön stur, weißt du das? Du hast nie aufgegeben, sondern gekämpft bis zum Schluss.« Er lehnte sich zurück und wurde dann ernster. »Seitdem hat sich St. Peter ziemlich verändert. Die Gemeinde auch. Es sind inzwischen weniger Leute und kaum junge Mitglieder. Viele ziehen weg von hier, was ich schade finde.« Er senkte den Blick.

»Aber du bist geblieben«, stellte Imke fest.

»Natürlich, wo sollte ich auch sonst hin? Mein Unterricht macht mir Spaß. Die Kids sind toll, aber was die Gemeinde anbelangt … Sie schrumpft dramatisch.« Ernst kniff er die Augen zusammen.

»Das scheint überall der Fall zu sein«, sagte Imke nachdenklich. »Ich habe das Gefühl, ich erkenne den Ort an einigen Ecken kaum wieder. Gleichzeitig ist alles so vertraut. Klingt das nicht paradox?«

Hauke nickte. »Geht mir auch manchmal so.«

»Hoffentlich tun sich die Leute mit mir als Neue nicht so schwer. Ich bilde für sie ja keine frei gewählte Veränderung.«

»Ich habe vorhin schon mitbekommen, dass über die neue Pastorin geredet wird, weißt du? Frau Lüders und Herr Tiedemann zum Beispiel, die sagen, du bringst frischen Wind in die Gemeinde. Ein paar Meckerfritzen gibt es natürlich auch. Als ich das Gespräch über die neue Pastorin vorhin mitbekommen habe, wusste ich allerdings noch nicht, dass du es bist.«

Imke verzog den Mund. »Manche tragen mir nach, dass ich damals aus St. Peter weggegangen bin.«

»Jo.« Hauke kratzte sich am Hinterkopf. »Du weißt ja, wie das ist … Die Leute denken, du bist damals abgehauen und kommst nun nur aus Pflichtgefühl zurück.«

Imke schüttelte den Kopf. »Was soll ich dazu sagen? Ich bin damals zum Studieren nach Hamburg gegangen. Du ja auch. In St. Peter gibt es keine Universität. Was hätte ich also tun sollen?«

Hauke nickte. »Im Referendariat war ich wieder zurück in St. Peter.«

»Ich hatte später eine Gemeinde Warendorf, bis sie geschlossen wurde. Und ich bereue nicht, dass ich woanders Erfahrungen gesammelt habe.« Sie zuckte mit den Schultern. »Jetzt bin ich vorübergehend wieder zurück, und ich will es richtig machen. Es ist nur etwas mühsam, gegen die Vorbehalte mancher anzukämpfen.«

»Ja, kann ich verstehen«, stimmte Hauke ihr zu.

»Wenigstens etwas.« Imke grinste ihn an. »Und mir muss jetzt nur noch einfallen, wie ich manchen Leuten beweisen soll, dass mir wirklich etwas an unserer Gemeinde liegt und ich nicht nur aus reinem Pflichtgefühl zurückgekommen bin.«

»Ach, das schaffst du schon, indem du du selbst bleibst«, fand Hauke. »Mach einfach dein Ding, so wie früher beim Radrennen. Sei stur, aber ehrlich. Und lass dich bloß nicht unter Druck setzen. Die Skeptiker werden schon noch merken, dass du in deinen Predigten richtig was zu sagen hast.«

»Danke«, sagte Imke, ein Lächeln schlich sich auf ihr Gesicht. »Das tut gut, von dir zu hören.«

»Gerne doch.« Er grinste schelmisch. »Und wenn du mal einen Lehrer brauchst, dann wende dich ruhig vertrauensvoll an mich.«

»Ich werde es mir merken.« Imke zwinkerte ihm zu.

In diesem Moment kehrte Frau Petersen zurück und hielt zwei dampfende Tassen vor sich. »Na, habt ihr die aktuelle Weltlage durchgekaut?«

»Fast«, antwortete Imke lachend.

Hauke stand auf und tippte an seine Mütze. »Ich lege die Blätter noch schnell ins Fach und verschwinde dann wieder. Bis bald mal, Imke.«

»Ja, bis bald.« Versonnen sah sie ihm nach.

Gegen Mittag schloss Imke die Tür des Reetdachhauses hinter sich und entledigte sich des langen Steppmantels, den sie über den Talar gezogen hatte. Die Kälte war ihr während des Fußwegs von der Kirche zurück in die Deichstraße in die Knochen gestiegen. Im Haus war es still. Offenbar war ihre Mutter noch bei ihrem Vater in Husum.

Auf dem Küchentisch lag ein Zettel: *Lasagne und Vanillepudding stehen im Kühlschrank. Bei Papa kann es heute länger dauern. Iss ruhig, wenn du Hunger hast. Bis später, Mama.*

Imke lächelte schief. Natürlich ließ ihre Mutter keinen Tag aus, um ihren Vater im Krankenhaus zu besuchen. Sie fand es schön zu sehen, wie sehr sich ihre Eltern umeinander kümmerten.

Als Nächstes ging sie hoch in ihr Zimmer, stellte ihre Tasche ab, zog den Talar aus und hängte ihn sorgfältig in den Schrank. Darunter trug sie ein langes dunkles Strickkleid und dazu dunkle Lederstiefeletten. Um es bequemer zu haben, schlüpfte sie aus Kleid und Schuhen und zog anschließend eine weite Jeans und einen dicken Pullover mit Zopfmuster an. Nun sah sie wieder aus wie sonst auch im Alltag.

Es war jedes Mal ein scharfer Kontrast zu ihrer Erscheinung auf der Kanzel.

In der Küche setzte sie schließlich Wasser auf, um sich noch einen heißen Tee zu kochen. Nach Mittagessen war ihr noch nicht zumute. Gerade als sie eine Tasse aus dem Schrank nahm, vibrierte ihr Handy auf dem Tisch. Sinjas Name erschien auf dem Display. Lächelnd nahm sie das Gespräch an.

»Hallo, Sinja«, sagte sie erfreut und stellte die Tasse auf der Arbeitsplatte ab.

»Moin, Imke!«, erklang Sinjas vertraute Stimme. »Na, wie war dein großer Auftritt heute? Am ersten Advent war die Kirche bestimmt proppenvoll.«

»Joa …« Imke lachte leise. »Voller, als ich dachte, jedenfalls. Es war … okay, glaub ich. Nervös war ich natürlich schon, aber die Predigt kam ganz gut an. Zumindest bei den meisten.«

»Das glaub ich sofort.«

Imke setzte sich an den Esstisch. »Meine Mutter war jedenfalls zufrieden.«

»Sind Mütter das nicht immer?«, schmunzelte Sinja. »Das klingt auf jeden Fall nach einem guten Start. Hör mal, hast du vielleicht morgen Zeit auf einen Kaffee? Oder einen Strandspaziergang?«

»Oder beides?«, schlug Imke vor.

»Oder beides«, stimmte Sinja zu. »Wir könnten endlich mal in Ruhe quatschen, wie früher.«

Imke spürte Freude in sich aufsteigen. »Gern, das wäre wirklich schön. Wann passt's dir?«

»Sagen wir gegen 15 Uhr bei den Liebesschlössern? Ich habe nachmittags frei.«

»Abgemacht. Ich freue mich drauf.«

»Ich mich auch«, erwiderte Sinja fröhlich. »Bis morgen dann, Imke.«

»Bis morgen!« Imke legte gut gelaunt auf.

Sie lehnte sich mit einem Lächeln auf dem Stuhl zurück. Ihr fiel auf, wie schnell alte Verbindungen von früher sich wieder aufbauten. Die Begegnung mit Hauke im Gemeindehaus und natürlich das Wiedersehen mit Sinja bewiesen es. Allein dass sie zwei alte Freunde in so kurzer Zeit wiedertraf, obwohl sie erst seit wenigen Tagen in St. Peter-Ording war … Es fühlte sich fast so an, als würde ihre Vergangenheit wieder zu ihrer Gegenwart werden.

Ihr Blick blieb an einem der Holzengel hängen, die auf der Fensterbank standen. Und sofort dachte sie an ihn: Simo.

Wenn Hauke und Sinja so schnell ihren Weg kreuzten, war es höchstwahrscheinlich nur eine Frage der Zeit, bis sie auch ihn wiedersah. Ihr Herz klopfte schneller. Immerhin lebte er nach wie vor in St. Peter.

Bevor sie weitergrübeln konnte, hörte sie, wie die Haustür aufgeschlossen wurde. Kurz darauf zog ein kalter Luftzug den Flur herunter.

Dann kam ihre Mutter in die Küche, den Schal noch um den Hals gewickelt, die Wangen gerötet. »Moin, Imke«, sagte sie und lächelte herzlich. »Da bin ich wieder.«

»Moin, Mama.« Sie stand auf. »Erzähl! Wie geht's Papa?«

»Ach, der ist obenauf!«, winkte sie lachend ab, während sie den Mantel ablegte. »Die Ärzte sind so weit zufrieden. Er kann sogar aller Voraussicht nach schon morgen wieder nach Hause. Er murrt natürlich, dass er dann noch nicht wieder wie sonst laufen darf, aber er freut sich natürlich riesig.«

»Das sind ja großartige Neuigkeiten!«, meinte Imke und spürte, wie Erleichterung sie erfasste. »Dann ist er morgen wieder in St. Peter-Ording.«

»Ja.« Ihre Mutter setzte sich, woraufhin auch Imke wieder Platz nahm. »Er lässt dich grüßen. Und natürlich wusste er, dass du den Gottesdienst rockst.« Ihre Mutter verdrehte belustigt die Augen.

Imke lachte. »Hat er das wirklich so gesagt?«

»Wortwörtlich«, grinste ihre Mutter. »Hast du schon gegessen?«

»Nein.« Imke schüttelte den Kopf.

»Dann schiebe ich mal die Lasagne in die Röhre.« Ihre Mutter stand auf und ging zum Kühlschrank.

Imke räusperte sich. »Übrigens habe ich Hauke vorhin zufällig im Gemeindehaus getroffen. Und Sinja hat angerufen – wir sehen uns morgen.«

»Ach, wie schön!« Ihre Mutter schob die Auflaufform in den Ofen und schaltete ihn ein. »Sie war immer so ein liebes Mädchen. Aber du hattest ja nur nette Freunde.«

»Das ist wahr.« Imke nickte. In ihrem Kopf kreisten die Gedanken: Hauke, Sinja, Simo … Sie alle waren Herzensmenschen für sie gewesen, bevor sie die Pastorenstelle in Warendorf angenommen hatte. Damals hatte sie tatsächlich geglaubt, dass ein Neuanfang an einem fremden Ort ihr helfen würde, die schmerzhaften Erinnerungen an Simo und die gescheiterte Beziehung hinter sich zu lassen. Doch nun, zurück in St. Peter-Ording, spürte sie, dass dieselben Menschen immer noch einen Platz in ihrem Herzen hatten und wie geborgen sie sich in ihrer Gegenwart fühlte.

St. Peter-Ording eroberte ihr Herz offenbar schneller zurück, als sie geglaubt hatte.

Kapitel 7

»Wie lange dauert es denn noch?«, murmelte Imke und blickte zum wiederholten Mal auf die Wanduhr, die über dem Gewürzregal hing.

Sie stand am Küchenfenster des Reetdachhauses und spähte ungeduldig hinaus auf die winterliche Deichstraße. Die Scheiben waren teilweise von innen beschlagen, trotzdem konnte sie das Auto ihrer Eltern gut erkennen, das nach einer Weile vor dem Haus zum Stehen kam.

Endlich! Ihre Mutter stieg aus, eilte mit großen Schritten um den Wagen herum und öffnete die Beifahrertür. Sie streckte einen Arm aus, der kurz darauf von einer Hand ergriffen wurde. Imke hielt für einen Moment den Atem an, als ihr Vater langsam und ein wenig behäbig ausstieg und sich dann am Autodach abstützte, bis ihre Mutter ihm die beiden Krücken gereicht hatte. Sein Gesicht wirkte blasser als sonst, doch in seinen Augen lag ein Ausdruck von Entschlossenheit und … von Freude. Mit bedächtigen Schritten bewegte er sich wenig später über den frostigen Boden auf die Haustür zu.

Imke lief in den Flur, um ihn zu empfangen. »Willkommen zu Hause, Papa!«, rief sie, schon während sie die Tür weit aufriss. Sie meinte im ersten Augenblick einen Hauch Krankenhausgeruch wahrzunehmen, verwarf diesen Gedanken aber wieder schnell. Nun war er endlich wieder da und die Klinik in Husum weit weg.

»Hallo, hallo«, begrüßte ihr Vater sie und schenkte ihr ein schalkhaftes Lächeln. Seine Stimme klang etwas kratzig, das tat seiner offenkundig guten Laune jedoch keinen Abbruch. »Endlich bin ich wieder zu Hause. Mir kommt es vor, als wäre ich mehrere Wochen im Krankenhaus gewesen. Ich kann für die nächsten Jahre jedenfalls keine weißen Kittel mehr sehen.« Er lehnte die Krücken gegen die Wand. Imke zog ihn in eine vorsichtige Umarmung, wobei er sein Gewicht auf das unverletzte Bein verlagerte.

Nachdem ihre Mutter die Tür hinter sich geschlossen hatte, wischte sie sich verstohlen eine Träne aus dem Augenwinkel. »Was für eine Erleichterung es ist, dich wieder zu Hause zu haben«, sagte sie gerührt, während sie ihm aus seiner Jacke half und sie auf einem Bügel an die Garderobe hängte. »Aber jetzt setzt du dich erst mal gemütlich ins Wohnzimmer und ruhst dich aus. Ich koche gleich eine Kanne starken Kaffee.«

»Genau. Du musst dich schonen, Papa«, stimmte Imke zu und deutete auf das Sofa, das sie durch die geöffnete Tür sehen konnten. »Wir haben alles im Griff. Der Gottesdienst gestern war auch ein Erfolg, und die Vorbereitungen für den Weihnachtsmarkt laufen«, sprudelte es aus ihr heraus.

Kurz darauf ließ ihr Vater sich mit einem tiefen Seufzer auf das Sofa sinken. »Ich weiß, ich weiß. Ihr seid beide großartig. Aber ich kann nicht einfach nur dumm rumsitzen, während ihr alles für mich erledigt. Da komme ich mir ja wie ein Pflegefall vor und werde am Ende noch ganz trübsinnig. Ein bisschen werde ich mich schon betätigen – das müsst ihr mir zugestehen.« Er schüttelte energisch den Kopf. »Der Weihnachtsmarkt ist für die ganze Gemeinde eine ziemlich wichtige Angelegenheit. Ich muss sicherstellen, dass auch wirklich alles klappt. Das musst du nicht allein machen, Imke. Der Aufwand ist viel zu groß für jemanden, der es zum ersten Mal macht. Selbst ich verdaddle da manchmal wichtige Dinge.«

Sie wechselte einen besorgten Blick mit ihrer Mutter, die die Stirn runzelte. »Aber, Papa, du kommst doch gerade erst aus dem Krankenhaus«, meinte sie mit sanfter Stimme. »Die Ärzte haben gesagt, du sollst dich nicht anstrengen. Wir kriegen das schon irgendwie gewuppt, wirklich. Ich bin doch deine Vertretung, und die Organisation des Weihnachtsmarkts gehört da auch zu meinen Aufgaben.«

»Ach, so ein Quatsch! Was die Ärzte alles so sagen ... Die reden viel, wenn der Tag lang ist«, winkte er ab und richtete sich ein wenig auf. »Ein bisschen Bewegung tut mir ganz gut. Ich lag lange genug nutzlos im Bett herum. Außerdem kenne ich unsere Verkaufsbuden besser als jeder andere. Ich will sie mir auf jeden Fall persönlich ansehen, bevor der Weihnachtsmarkt losgeht. Wer weiß, ob da noch alles intakt ist – ich habe vor meinem Unfall versäumt, sie zu überprüfen. Das muss ich dringend nachholen!«

»Das ist ja genau das Problem«, warf ihre Mutter ein und setzte sich neben ihn. »Du darfst noch nicht so viel rumlaufen. Zum jetzigen Zeitpunkt kannst du das Pensum unmöglich bewältigen. Imke ist ja nicht aus Jux und Dollerei nach St. Peter gereist. Sie wird das für dich übernehmen und eine gewissenhafte Prüfung durchführen.«

»Ich schaffe das wirklich, Papa!« Imke lächelte ihn an. »Keine Sorge.«

Stur schüttelte er den Kopf. »Ich mache mir lieber selbst ein Bild. Einige der Buden haben ein paar Jahre auf dem Buckel. Vielleicht müssen kaputte Teile ersetzt werden. Ich will nicht, dass du das allein stemmen musst.« Er sah Imke direkt an. »Komm, lass uns kurz zur Strandkorbhalle fahren nach Ording. Nur eben einen Blick auf die Büdchen werfen. Danach lege ich mich auch ganz brav auf die Couch. Großes Ehrenwort!«

Imke zögerte. Sie kannte diesen Blick ihres Vaters. Unnachgiebig und zu allem entschlossen, wie immer, wenn er sich etwas in den Kopf gesetzt hatte. »Papa, es ist eisig draußen. Und du bist noch keine zehn Minuten wieder hier. Kann das nicht warten?«, versuchte sie erneut, ihn von dem Vorhaben abzubringen.

»Nein«, erklärte er bestimmt. »Je eher wir über den Zustand der Häuschen Bescheid wissen, desto besser. Außerdem«, er zwinkerte ihr zu, »weißt du noch, wie wir früher immer die Buden geschmückt haben? Das war doch unser Ritual zum Start in die Weihnachtszeit. Daran muss ich jedes Jahr aufs Neue denken.«

Ein Lächeln huschte über Imkes Gesicht bei der Erinnerung an die kalten Nachmittage, an denen sie mit ihrem Vater und anderen Helfern an den Holzbuden Lichterketten und Tannengirlanden aufgehängt hatte. »Ja, natürlich weiß ich das noch. Aber damals warst du nicht auf Krücken unterwegs«, gab sie zu bedenken.

»Das macht nichts.« Umständlich stand er auf. »Ich setze mich auf den Beifahrersitz, du fährst. Das ist doch kein Ding.«

»Oje.« Ihre Mutter seufzte resigniert. »Dann gehe ich schnell noch einkaufen, während ihr durch St. Peter kurvt. Widerspruch ist ja eh zwecklos.« Sie schaute zu ihrem Mann. »Ich besorge dir ein paar Sachen, die du gerne isst. Aber pass bloß auf dich auf!«, sagte sie mit erhobenem Zeigefinger.

»Nicht dass du draußen wieder ausrutschst und dir auch noch das andere Bein brichst. Das fehlte noch!«

»Imke gibt schon auf mich acht.« Er zwinkerte ihr zu.

Imke nickte zwar, war sich aber nicht sicher, wie sie es bei dem Temperament ihres Vaters anstellen sollte, auf ihn aufzupassen.

Ihre Mutter schenkte ihr ein dankbares Lächeln, schnappte sich dann ihre Einkaufstasche und verließ das Haus. Kaum hatte sich die Tür geschlossen, stand ihr Vater auf wackeligen Beinen in der Diele. »So, lass uns keine Zeit verschwenden. Hol mal den Autoschlüssel, Imke. Wir fahren zur Strandkorbhalle nach Ording.«

Imke zögerte kurz, dann fügte sie sich jedoch. »Na gut, Papa«, sagte sie schließlich. »Aber versprich mir eins: Wir schauen nur kurz nach den Buden und fahren dann sofort zurück, ja? Keine Extratouren.«

»Einverstanden«, versprach er mit einem Grinsen, das man nur spitzbübisch nennen konnte.

Zehn Minuten später saßen sie im Auto. Imke hinter dem Steuer, ihr Vater auf dem Beifahrersitz, die Krücken lagen auf der Rückbank. Die Straße nach Ording war wenig befahren, die Felder zu beiden Seiten glänzten unter einer Schicht Raureif.

Als Imke ihrem Vater einen Seitenblick zuwarf, sah sie, dass er aus dem Fenster starrte und die Stirn in Falten gelegt hatte.

»Weißt du«, sagte er nach einer Weile, »ich bin echt stolz auf dich, Imke. Wie du auf die Schnelle den Gottesdienst organisiert hast. Wie du mich und die Gemeinde unterstützt – und dass du überhaupt nach St. Peter gekommen bist. Das bedeutet mir wirklich unglaublich viel.«

Ein inniges Gefühl breitete sich in ihr aus. »Ach, Papa … Das ist doch nichts Besonderes. Immerhin bin ich ja deine Tochter, und als Familie muss man doch zusammenhalten. Ich versuche nur, dich so gut wie möglich zu ersetzen. Wobei, ersetzen kann dich eh niemand. Vertreten ist das richtige Wort.«

»Das tust du aber«, sagte er. »Und du machst deine Sache sehr gut. Ich will nur nicht, dass du denkst, du müsstest alles ohne Hilfe hinbekommen. Ich bin jetzt wieder da – zwar nur auf einem Bein, aber so kann ich auch stehen.«

Sie lachte leise. »Du bist immer noch derselbe Dickkopf wie früher.«

Er schmunzelte. »Manches ändert sich nie, was? Und ich kenne da jemanden, den man auch ziemlich dickköpfig nennen könnte.« Ihr Vater schaute sie amüsiert an.

»Ich weiß nicht, wen du damit meinen könntest«, konterte Imke, musste dann jedoch selbst lachen.

Als sie die Strandkorbhalle am Hungerhamm erreichten, parkte Imke so nah wie möglich am Eingang. Sobald sie ausgestiegen war, fröstelte sie. Der Wind toste kalt über den Deich, der sich gleich gegenüber der Strandkorbhalle befand. Schnell ging sie um den Wagen herum, half ihrem Vater heraus und reichte ihm seine Krücken.

Gemeinsam betraten sie die Halle. Zwei Männer in dicken Jacken kamen ihnen entgegen und begrüßten sie freundlich.

»Moin, Pastor Claasen!«, rief der Ältere von beiden. Imke erkannte den kräftigen Mann mit grauem Bart nicht sofort. Dafür kam ihr der schlankere Typ vor ihnen gleich bekannt vor – er hatte früher mal bei einem Fahrradverleih in St. Peter-Dorf gearbeitet, erinnerte sie sich. »Schön, Sie wiederzusehen – auch wenn's auf Krücken ist.«

»Moin, Jens«, erwiderte Imkes Vater und nickte ihm zu. »Ich hoffe, dass ich die Dinger möglichst schnell wieder loswerde. Wir wollten nur kurz nachsehen, ob die Weihnachtsbuden gut in Schuss sind.«

»Kein Problem«, sagte Jens und warf Imke einen freundlichen Blick zu. »Moin!«

Er führte sie in den hinteren Teil der Halle, wo die Holzbuden standen. Teilweise waren sie mit Planen verhüllt. »Wir haben sie so gut es ging gelagert, aber soweit ich es beurteilen kann, hat das Wetter manchen Buden zugesetzt.«

Imke zog eine der Planen zurück und begutachtete die erste Verkaufshütte. Das Holz war an manchen Stellen verwittert, die Farbe blätterte teilweise ab, und die Scharniere der kleinen Fensterläden waren rostig. Das erkannte sogar sie auf den ersten Blick, obwohl sie nicht gerade vom Fach war. Als sie sie testweise öffnete, quietschten sie schaurig.

Sie warf ihrem Vater einen skeptischen Blick zu. »Das sieht nicht gut aus, Papa«, murmelte sie.

Ihr Vater humpelte näher heran und musterte die Bude mit gerunzelter Stirn. »Auweia! Das ist ja schlimmer, als ich befürchtet habe«, sagte er nachdenklich. »Das muss dringend repariert werden, sonst können wir sie nicht aufstellen. Der Weihnachtsmarkt ist allerdings schon in zwei Wochen – das wird denkbar knapp.«

»So ein Mist!« Imke biss sich auf die Unterlippe. »Ich hätte die Häuschen vielleicht früher überprüfen sollen. Mit dem Gottesdienst und allem drum herum ... Das war zeitlich leider nicht drin.«

»Nein, nein ... alles gut«, unterbrach ihr Vater sie. »Es ist ganz allein meine Schuld. Ich habe vor meinem Unfall vergessen, die nötigen Reparaturen zu veranlassen. Ich war zu sehr mit Gottesdiensten und Besuchen beschäftigt. So ist es nun. Und alles Reden bringt nichts. Jetzt müssen wir schnell handeln.«

Jens trat zu ihnen. »Wir können zwar helfen, die Buden rauszutragen, aber für die Reparaturen brauchen Sie einen professionellen Schreiner. Die Dinger sind viel zu ramponiert, als dass wir das hier vor Ort leisten könnten. Da sollte wirklich ein Fachmann ran.«

Imkes Vater nickte. »Ja, das sehe ich auch so. Wir müssen jemanden finden, der das auf die Schnelle erledigen kann.« Er dachte kurz nach und sagte dann: »Ich kenne da doch eine gute Tischlerei – die von Frerk Jensen. Jensen hat schon öfter für die Gemeinde gearbeitet. Sicher übernimmt er die Reparatur, wenn wir nett anfragen.«

Imke schluckte. Frerk Jensen war Simos Großvater. Die Nennung des Namens traf sie wie ein kalter Windstoß. Sie hatte es ja geahnt, dass dieser Moment irgendwann kommen würde.

Ihrem Vater entging ihre Reaktion, er war gedanklich bereits bei der Organisation der Reparaturen. »Am besten setze ich mich umgehend mit Jensen in Verbindung«, meinte er tatkräftig.

»Immer mit der Ruhe, Papa.« Sie zwang sich zu einem nachsichtigen Lächeln. »Du darfst dich nicht überfordern. Ich kann das auch für dich übernehmen. Ich fahre zur Werkstatt und spreche persönlich mit Herrn Jensen. Du musst dich darum nicht kümmern. Allenfalls kannst du mit ihm telefonieren.«

Ihr Vater sah sie prüfend an. »Wird dir das denn neben den anderen Aufgaben nicht zu viel?«

»Natürlich nicht«, sagte sie fest und musste sich beherrschen, um nicht die Augen zu verdrehen. Ihr Vater übertrieb ja gnadenlos. Und das nur, weil er sich selbst nicht langweilen wollte. »Ich fahre vorbei und schildere den Fall. Dafür muss ich ja kein Experte für Holzbuden sein. Die Tischler werden schon wissen, was zu tun ist. Du jedenfalls hast für heute genug getan. Lass mich das mal regeln.«

Er zögerte kurz, dann nickte er. »Na gut. Sag Jensen aber, dass es sehr eilig ist. Wir müssen ein wenig auf die Tube drücken – sonst wird das nix mehr mit dem Weihnachtsmarkt.«

»Mach ich«, versprach Imke.

Sie warf noch einen letzten Blick auf die Holzbuden, deren Zustand sie nun noch mehr beunruhigte, als sie zeigen wollte. Denn die Zeit drängte tatsächlich. Und die Aussicht darauf, womöglich neben Frerk Jensen auch auf Simo in der Werkstatt zu treffen, machte sie extrem nervös. Andererseits würde es sich so oder so ergeben. Und der St. Peteraner Weihnachtsmarkt war viel zu wichtig für die Gemeinde, als dass sie ihr persönliches Befinden wichtig nahm. Manche freuten sich das ganze Jahr auf den Markt.

Nachdem sie die Halle verlassen hatten, war Imke ihrem Vater beim Einsteigen ins Auto behilflich. Der Wind hatte noch mal merklich aufgefrischt, die Kälte kroch ihr unter den warmen Steppmantel. Entschlossen startete sie den Motor und fuhr den Norderdeich entlang, zurück nach St. Peter-Dorf.

Starke Böen pfiffen über den Seebrückenvorplatz – noch viel stärker als zuvor in Ording. Imke musste mit beiden Händen ihre Kapuze festhalten. Es war ein klarer, wenn auch stürmischer Winternachmittag. An dem Gitter mit

SPO-Schriftzug und einem Pfahlbau glänzten unzählige Liebesschlösser im fahlen Sonnenlicht. Bunte und teilweise rostige Symbole der Liebe, der Hoffnung und Versprechen, die hier festgemacht worden waren.

Imke blieb davor stehen und ließ den Blick über die kleinen Vorhängeschlösser wandern. Ihre Finger strichen über eines, dessen Farbe schon etwas verblichen war, mit den Initialen »L & M« eingraviert. Eine Spur von Nostalgie überkam sie. Früher hatte sie oft hier gestanden und sich überlegt, ob Simo irgendwann auch ein solches Schloss für sie kaufen und ihre Initialen eingravieren lassen würde. Damals hatte sie sich mit ihm eine Zukunft voller großer Gefühle ausgemalt.

»Imke!«

Sinjas Stimme riss sie aus den schwermütigen Grübeleien. Sofort wandte sie sich um und sah ihre Freundin, die mit schnellen Schritten und wild winkend auf sie zukam. Sinja trug eine dicke Wollmütze mit einem weißen Plüschbommel, die ihre dunklen Haare fast vollständig verbarg, und einen langen Mantel, der ihr bis zur Wade reichte. Ihre Wangen waren von der Kälte gerötet, aber sie lächelte fröhlich.

»Moin, Sinja.« Imke erwiderte das Lächeln. Sie umarmten sich kurz, aber herzlich. »Schön, dich zu sehen.«

»Finde ich auch.« Sinja rieb sich die Hände. »Was hältst du von einem Strandspaziergang, trotz des schattigen Wetters? Ich brauche dringend etwas Bewegung. Danach können wir uns ja im Pfahlbaurestaurant aufwärmen.«

»Gute Idee.«

Sie machten sich auf den Weg über die Brücke, die über gefrorene Salzwiesen und durch die Dünen führte, die sich wie sanfte Hügel hinter dem Vorplatz erhoben.

Der Sand knirschte bald unter ihren Stiefeln, und das monotone Wellenrauschen begleitete ihre Schritte. Der Himmel war teilweise bedeckt, doch hin und wieder brach ein heller Sonnenstrahl durch die Wolken und tauchte das Meer in silbernes Licht.

»Der Winter in St. Peter hat doch jedes Mal etwas Magisches«, sagte Sinja nach einer Weile. »Alles ist so still und gleichzeitig so lebendig. Findest du nicht?«

Imke nickte. »Ja, es fühlt sich an, als könnte man endlich tief durchatmen. Ich hatte fast vergessen, wie sehr mir das gefehlt hat.« Sie zögerte kurz, dann fügte sie mit fester Stimme hinzu: »Und wie sehr auch du mir gefehlt hast.«

Sinja warf ihr einen Seitenblick zu. »Du mir auch, Imke. Es war wirklich komisch, so lange nichts von dir zu hören. Aber ich dachte mir schon, dass du deine Gründe hattest.«

Sie erreichten den Spülsaum, wo die Wellen träge über den Sand rollten. Möwen kreischten über ihren Köpfen, der Wind zerrte an ihren Mänteln. Eine Weile gingen sie schweigend nebeneinanderher, jede in eigene Gedanken versunken. Schließlich blieb Imke stehen und blickte aufs Meer hinaus.

»Ich habe wirklich ein schlechtes Gewissen, Sinja«, sagte sie über das Tosen des Winds hinweg. »Dass ich mich so lange nicht bei dir gemeldet habe. Es war nicht richtig dir gegenüber.«

Sinja stand neben ihr und wandte sich jetzt ihr zu. »Hey, du musst dir keine Vorwürfe machen. Ich habe die ganze Zeit gedacht, dass es bestimmt mit Simo zu tun hat. Das war wahrscheinlich keine einfache Zeit für dich.«

Imke schluckte schwer. Sie hatte Sinja noch nie etwas vormachen können. »War es wirklich nicht. Der Schmerz war einfach zu stark«, gab sie zu. »Als es mit Simo auseinandergegangen ist, habe ich mich so verlassen gefühlt. Ich war so enttäuscht.« Sie schüttelte den Kopf. »Von ihm, aber auch von mir selbst. Und dann habe ich mich zurückgezogen, weil ich dachte, es würde leichter werden, wenn ich alles hinter mir lasse. Auch dich. Es war eine Art Flucht, und ich weiß nun, dass es unfair war. Du konntest ja nichts für mein Beziehungschaos. Ich hätte einen anderen Weg finden müssen, damit umzugehen.«

Sinja legte eine Hand auf Imkes Schulter, ihr Blick war voll Verständnis. »Imke, ich verstehe das. Wirklich. Wer weiß, wie ich in deiner Situation reagiert hätte? Manchmal braucht man Abstand, um sich wiederzufinden. Ich bin dir nicht böse, wirklich nicht. Ich bin einfach nur froh, dass du jetzt gerade neben mir stehst.«

Ein Kloß löste sich in Imkes Hals. Sie lächelte schwach. »Danke für dein Verständnis, Sinja. Das bedeutet mir echt viel. Es ist nur … Jetzt bin ich wieder in St. Peter, und ich merke, dass alles wieder hochkommt, was ich versucht habe zu verdrängen.« Sie erzählte von ihren Gefühlen, soweit sie sie in Worte fassen konnte, und auch davon, dass sie vor wenigen Stunden mit ihrem Vater in der Strandkorbhalle gewesen war, um die Holzbuden anzusehen. »Ich muss notgedrungen Kontakt zu Simos Opa aufnehmen, das habe ich meinem Vater versprochen. Er soll sich doch schonen. Aber der Gedanke, Simo vielleicht in der Schreinerei zu begegnen, macht mir wirklich Angst.«

Sinja nickte nachdenklich. »Das kann ich mir vorstellen. Aber vielleicht ist das auch eine Chance, endlich mit dem Thema im Guten abzuschließen?« Sie zuckte mit den Schultern. »Du hast so lange mit dir selbst gekämpft. Vielleicht wird es Zeit, diesen Schritt zu tun, um eine Klärung zwischen dir und ihm herbeizuführen.«

Imke atmete tief ein und lächelte verzagt. »Ja, vielleicht. Es fühlt sich wie der berühmte Sprung ins kalte Wasser an. Ich habe keine Ahnung, was mich erwarten wird.«

»Und du bist stärker, als du denkst, Imke. Ich wette, du wirst das gut hinbekommen. Außerdem: Wer weiß, vielleicht ist Simo gar nicht so ein großes Monster, wie du ihn in Erinnerung hast.« Sinja stupste sie an und grinste.

Imke lachte leise. »Ja, vielleicht … Danke, Sinja. Es tut gut, mit dir zu reden.«

»Immer gern.« Sinja zwinkerte ihr zu. »Und jetzt lass uns was essen gehen. Ich friere mir hier den Hintern ab, und mein Magen knurrt fast so laut wie der Wind. Hörst du ihn schon?«

Lachend machten sie kehrt und gingen zurück zu den Pfahlbauten, die über dem Strand aufragten. Sie wählten eines der gemütlichen Restaurants nahe der Seebrücke und setzten sich an einen kleinen Holztisch. Sinja bestellte für sie beide Backfisch und Bratkartoffeln sowie zweimal Tote Tante zum Aufwärmen.

Während sie auf das Essen und die Getränke warteten, musterte Sinja Imke nachdenklich. »Weißt du, ich bin echt froh, dass wir uns zufällig wiedergesehen haben. Es fühlt sich für mich irgendwie so an, als hätte ich endlich meine verlorene Schwester zurückbekommen. Auch wenn das kitschig klingt.«

Imke lächelte. »Mir geht es genauso. Ich habe dich so vermisst, Sinja! Und ich bin dankbar, dass du mir nicht böse bist. Das war nämlich eine große Sorge von mir.«

»Ach, Unsinn.« Sinja winkte ab. »Echte Freundschaft hält

so was aus. Und jetzt können wir ja noch mal neu anfangen.«

Sobald der heiße Kakao mit Rum serviert wurde, hob Imke ihre Tasse. »Darauf trinke ich doch glatt. Auf unsere Freundschaft und neue Chancen!«

Sinja stieß mit ihr an. »Und natürlich auch auf deinen Mut, Imke. Du schaffst es, dich der Vergangenheit zu stellen. Ich glaube ganz fest an dich.«

Imke nahm einen Schluck und spürte, wie die Wärme ihren Körper durchdrang. Mit Sinja an ihrer Seite fühlte sich gleich alles ein bisschen leichter an.

Kapitel 8

Am nächsten Morgen saß Imke, den Oberkörper leicht nach vorn gebeugt, am Küchentisch. Sie starrte gedankenverloren auf ihren Notizblock, auf dem sie bereits einiges für den kommenden Gottesdienst am Sonntag festgehalten hatte. Neben ihr stand eine Tasse heißer Pfefferminztee, im Ofen buk ein friesischer Weihnachtsstollen mit Rosinen und Kardamom, den ihre Mutter gleich nach dem Frühstück angerührt hatte. Ihr Vater hatte eine ausgemachte Schwäche für Stollen, besonders liebte er ihn, wenn er nach dem alten Familienrezept zubereitet wurde. Den Kuchen sollte es später zum Kaffee geben.

Seit dem Frühstück schob Imke den Besuch in der Schreinerei Jensen vor sich her. Immer wieder fing sie mit etwas anderem an, das sie noch schnell erledigen könnte, bevor sie hinfahren würde. Die Furcht vor einer möglichen Begegnung mit Simo lähmte sie im wahrsten Sinne des Wortes. Eigentlich hätte sie längst unterwegs sein können, doch bisher hatte sie es nicht geschafft, sich den nötigen Ruck zu geben.

Schlurfende Schritte vom Flur kündigten ihren Vater an, der auch schon auf Krücken gestützt zur Küche hereinhumpelte.

»Hallo, Papa!« Imke erhob sich vom Stuhl, um ihm gegebenenfalls helfen zu können. »Wolltest du nachsehen, ob der Christstollen schon fertig ist? Ich glaube, er braucht noch etwas.« Sie deutete auf die tickende Eieruhr, die ihre Mutter neben die Spüle gestellt hatte.

»Ich dachte, du seist gar nicht mehr da«, kam er ohne Umschweife zur Sache, während er sich schwer auf einen Stuhl sinken ließ, »wir können nicht ewig warten, Imke. Die Holzbuden müssen dringend repariert werden, wenn sie noch pünktlich fertig werden sollen. Du musst jetzt zur Schreinerei fahren und es organisieren – nicht erst am Nachmittag. Oder ich muss das doch übernehmen …« Sein letzter Satz klang wie eine Drohung.

Imke nickte heftig. Natürlich hatte ihr Vater recht. Sie griff nach dem Telefon, das auf dem Küchentisch lag. »Am besten, ich rufe schnell mal an, um einen Termin mit Herrn Jensen …«

»Am besten, du machst dich sofort auf die Socken. Anrufen bringt nichts«, unterbrach er sie. »Jensen ist noch vom alten Schlag. Er schätzt es, wenn man persönlich vorbeikommt und sein Anliegen in einem Gespräch vorbringt.« Er zog die Schulter hoch. »Ich würde ja selbst fahren, aber …« Während er auf eine Krücke zeigte, verzog er das Gesicht. »Das geht leider wirklich noch nicht. Also musst du das übernehmen – und zwar heute noch.«

Imke spürte, wie sich deutlich Widerwille in ihr regte. Es war terminlich bereits fünf vor zwölf und die Buden befanden sich in einem desolaten Zustand, rief sie sich zur Vernunft und stemmte sich von der Tischplatte hoch.

»Ich … Ich werde es auch erledigen. Sofort«, sagte sie schließlich und griff nach dem Autoschlüssel ihrer Eltern, der auf der Fensterbank neben der Weihnachtsdeko lag. »Hauptsache, du probierst keine waghalsigen Aktionen.«

»Die mache ich nur, wenn du nicht endlich in die Puschen kommst«, erwiderte ihr Vater in versöhnlichem Ton. »Fahr jetzt gleich, Imke. Die Gemeinde und ich zählen auf dich. Es wären bestimmt viele enttäuscht, wenn der Weihnachtsmarkt in diesem Jahr ins Wasser fallen muss.«

Nun gab es kein Entrinnen mehr. »Ich bin ja schon unterwegs«, entgegnete sie und drückte ihrem Vater einen Kuss auf die Wange. Sie hastete in die Diele, griff nach ihrem Mantel und steckte den Autoschlüssel in die Tasche.

Ihre Mutter, die gerade die Treppe herunterkam, warf ihr ein Lächeln zu. »Na, bist du auf dem Sprung?«

»Ja. Ich fahre zur Tischlerei Jensen, wegen der Reparatur der Holzbuden«, antwortete Imke, während sie sich den Mantel überzog.

»Dann fahr mal vorsichtig. Der Wetterbericht hat Glätte für heute angesagt.«

»Keine Sorge. Bis später, Mutti«, antwortete sie mit einem leichten Lächeln.

Dann verließ sie das Haus, stieg ins Auto und startete den Motor.

Der direkte Weg zur Schreinerei führte sie durch den Ortsteil Dorf. Imke fühlte sich zunehmend unwohler in ihrer Haut, und ihre Gedanken rasten. Was, wenn Simo tatsächlich dort war? Was sollte sie überhaupt zu ihm sagen? Moin? Sie verdrehte die Augen und bog unvermittelt in die entgegengesetzte Richtung ab.

Sie fühlte sich überfordert und musste erst Ordnung in ihre Gedanken bringen, bevor sie ihm wieder begegnete.

Bald fuhr sie eine ruhige Straße entlang, die zum Deich führte. Kurz entschlossen parkte sie am Straßenrand und stieg aus. Die kräftigen Böen ließen sie kurz erzittern, als sie den Pfad durch die Dünen zum Böhler Leuchtturm entlanggging. Dort, auf einer einsamen Bank mit Blick über die weiten Salzwiesen und bis zur Nordsee, setzte sie sich. Der fast stürmische Wind auf dem Deich brauste in ihren Ohren, während Möwen über dem Marschland schrill kreischten.

Einen Moment lang schloss sie die Augen. Sogleich wurde sie von einer Woge Erinnerungen überflutet. Sie konnte Simo neben sich sitzen sehen, konnte sein Lachen vernehmen und die Wärme seiner Hand in ihrer spüren. Es war ein schöner Sommertag, doch am Horizont zogen bereits erste dunkle Wolken auf. Dann war der Himmel grau, und sie stritten. Es fielen Worte, die sie verletzten und für die es keine Entschuldigung gab. Daraufhin folgte die ohrenbetäubende Stille nach der Trennung.

Tränen stiegen ihr in die Augen. Sie hatte sich immer wieder eingeredet, über Simo hinweg zu sein, bis sie es schließlich selbst geglaubt hatte – oder hatte glauben wollen. Doch nun, da er ihr räumlich wieder so nahe war, musste sie sich eingestehen, dass ihr Herz nicht vergessen hatte. Die Erkenntnis war so schmerzhaft wie unausweichlich. Sie konnte nicht länger vor ihren Gefühlen flüchten, auch wenn sie sich nichts sehnlicher wünschte.

Nach einer Weile wischte sie sich die Tränen mit einem Taschentuch aus den Augenwinkeln, erhob sich von der Bank und ging zurück zum Auto. Die Fahrt zur Schreinerei war viel zu kurz. Sie hatte noch immer keinen Plan, wie sie reagieren würde, falls sie Simo antreffen sollte. Aber sie wollte sich endlich um die Reparatur der Marktbuden kümmern.

Vor der Schreinerei, einem modernen Industriebau mit vorgelagertem Parkplatz, bremste Imke ab. Sie atmete tief durch, stieg aus und klopfte kurz darauf an die Werkstatttür. Ein älterer Mann mit buschigem Bart und umgebundener Lederschürze öffnete ihr.

Er blickte sie freundlich an. »Moin«, grüßte er und beäugte sie über seine Nickelbrille. Dann nahm sein Gesicht einen überraschten Ausdruck an. »Na, da hol mich doch der Teufel, wenn das nicht Pastor Claasens Tochter ist.«

»Moin, Herr Jensen. Ja, ich bin's! Aber der Teufel muss Sie deswegen nicht holen.« Sie lächelte und warf einen vorsichtigen Blick über seine Schulter. Es war niemand außer ihm zu sehen. »Ich komme wegen der Holzbuden für den Weihnachtsmarkt. Mein Vater hat mich damit beauftragt. Wir haben gestern festgestellt, dass sie dringend repariert werden müssen. Und da dachte ich, vielleicht haben Sie noch Zeit, den Auftrag kurzfristig zu übernehmen.«

Herr Jensen nickte und verschränkte die Arme vor der Brust. »Ich kenne die Buden. Bis wann sollen die Reparaturen denn durchgeführt werden?«

»Der Weihnachtsmarkt beginnt schon in zwei Wochen.« Imke blickte ihn mit zerknirschter Miene an.

»Das wird natürlich knapp«, sagte er nachdenklich. »Mein Buch ist voll mit Aufträgen, und ich müsste mir über den nötigen Aufwand natürlich erst mal selbst ein Bild machen, um zu entscheiden, ob es machbar wäre.«

»Natürlich. Die Häuser lagern zurzeit in der Strandkorbhalle in Ording«, erklärte Imke.

Herr Jensen legte einen Finger an die Unterlippe. »Hmmm. Morgen Mittag könnte ich zur Strandkorbhalle kommen. Vielleicht gegen 13 Uhr?«

»Ja, sehr gerne«, stimmte Imke zu.

»Womöglich kann Simo die Ausbesserungen übernehmen«, überlegte er laut und drehte sich um. »Er ist gerade zurück aus Hamburg. Willst du mit ihm sprechen? Er ist hinten im Lager – ihr kennt euch doch.«

Imke spürte, wie ihr Puls schneller schlug. »Ähm ... Nein, nein! Das ist wirklich nicht nötig«, sagte sie hastig. »Ich wollte nur fragen, ob Sie sich die Buden anschauen können. Wir hätten dann ja auch so weit erst mal alles geklärt und sehen uns morgen in Ording. Jetzt muss ich leider wieder zurück – mein Vater wartet, er hat sich das Bein gebrochen.«

»Oh! Das hört sich nicht gut an«, sagte Herr Jensen mit einem besorgten Unterton. »Richte deinem Vater gute Besserung von mir aus.«

»Danke, das werde ich. Bis morgen dann.«

Schon wandte sie sich zum Gehen. Ihr Herz hämmerte, als sie zum Auto zurückkehrte und sich auf den Fahrersitz sinken ließ. Schnell schnallte sie sich an und fuhr zurück auf die Straße. Sie hatte es geschafft – fürs Erste. Ihr war bewusst, dass die Begegnung mit Simo nur aufgeschoben war. Mit Sicherheit würde er die Buden reparieren, und damit war ein Treffen unvermeidlich. Ein bisschen stolz war sie trotzdem. Immerhin hatte sie sich überwunden und den entscheidenden Schritt getan. Das war mehr, als sie sich am Morgen noch zugetraut hatte.

Als Imke nach Hause kam, saß ihr Vater mit hochgelagertem Bein im Fernsehsessel. Eine warme Decke lag über seinen Beinen, die Krücken standen griffbereit neben ihm. Im Hintergrund lief das Radio. Er blickte auf, als sie eintrat, und seine Augen funkelten neugierig.

»Na, Imke? Was hat Herr Jensen gesagt? Übernimmt er den Auftrag?«

Sie ließ sich auf das Sofa ihm gegenüber fallen und zog den Reißverschluss ihres Mantels auf. »Das steht noch nicht fest, Papa. Herr Jensen hat zwar zugesagt, morgen um 13 Uhr nach Ording zu kommen und sich die Buden anzusehen. Er kann allerdings erst danach entscheiden, ob er die Reparaturen zeitlich schafft.«

»Erst morgen?«, fragte ihr Vater mit gerunzelter Stirn. Ihm stand die Ungeduld ins Gesicht geschrieben. »Der Weihnachtsmarkt ist in weniger als zwei Wochen. Das ist aber wirklich auf den letzten Drücker.«

»Ich weiß, Papa«, erwiderte Imke und bemühte sich, zuversichtlich zu klingen. »Aber er kann ja auch nicht gleich springen, nur weil ich vorbeigekommen bin und etwas von ihm möchte. Wenn er morgen zusagt, wird er es zeitlich schaffen. Ich habe ihm die Dringlichkeit erklärt, und er hat versprochen, sich die Buden genau anzuschauen.«

Ihr Vater lehnte sich zurück, wirkte jedoch alles andere als beruhigt. »Ich hoffe, er kann es irgendwie stemmen. Es wäre wirklich traurig, wenn der Weihnachtsmarkt daran scheitern würde. Warum habe ich mich auch nicht eher darum gekümmert?« Er schüttelte den Kopf.

»Mach dir keine Vorwürfe, Papa. Du hast mit der Gemeindearbeit viel um die Ohren. Da kann so was schon passieren.«

»Das stimmt.« Er nickte. »Manchmal wünsche ich mir eine zweite Kraft an meiner Seite. Seit Evelyn ausgeschieden ist, haben wir niemand mehr fest für die Urlaubsseelsorge … Und das in St. Peter-Ording.«

In diesem Moment kam ihre Mutter zu ihnen. In der

Hand hielt sie ein gefaltetes Blatt Papier und überreichte es Imke. »Das ist das Rezept von Papas Hausarzt für die Rehamaßnahmen. Könntest du damit zur Physiopraxis fahren, wo Sinja arbeitet, und Termine ausmachen? Ich habe schon mehrmals versucht, telefonisch jemanden zu erwischen, aber es geht immer nur der Anrufbeantworter ran.«

Imke nahm das Rezept entgegen und warf einen Blick darauf. Die Verordnung für Physiotherapie und Ergotherapie war umfangreich. »Alles klar«, sagte sie und steckte das Rezept in ihre Manteltasche. »Ich fahre gleich mal hin, dann ist das auch geregelt. Später schaue ich dann noch im Kirchenbüro vorbei.«

Ihre Mutter nickte dankbar. »Du bist ein Schatz, Imke. Das nimmt uns eine große Last.«

Sie zog den Reißverschluss ihres Mantels wieder hoch, trat hinaus und ging zum Auto. Draußen hatte leichter Nieselregen eingesetzt, unter den sich kleine Schneeflocken mischten. Kaum war sie eingestiegen, beschlug auch schon die Windschutzscheibe. Sie drehte die Heizung ganz auf und wischte die Scheibe von innen frei, dann fuhr sie los.

Die Physiopraxis lag im Ortsteil Bad von St. Peter-Ording. Sie war in einem flachen Bau mit großen Fenstern untergebracht, die das graue Tageslicht reflektierten. Imke stellte das Auto auf dem Besucherparkplatz ab, nahm das Rezept und ging schnell hinein.

Die Empfangsdame lächelte sie freundlich an und bat sie, kurz im Wartebereich Platz zu nehmen, während sie die Unterlagen vorbereitete.

Kaum hatte Imke es sich mit einer Zeitschrift gemütlich

gemacht, hörte sie eine vertraute Stimme: »Hallo, Imke! Willst du zu mir?«

Sie blickte auf und lächelte Sinja entgegen, die aus einem der angrenzenden Behandlungsräume gekommen war. Sie trug ihre Arbeitskleidung, eine weiße Hose und ein Poloshirt, auf dem das Logo der Einrichtung gestickt worden war. Sie strahlte sie an.

»Hallo, Sinja«, grüßte Imke und stand auf. »Nicht direkt zu dir, aber natürlich auch. Ich bin hier, um Termine für meinen Vater zu vereinbaren. Er hat jetzt seine Verordnung für die Rehamaßnahmen.«

»Aha, das trifft sich dann ja gut, dass wir uns sehen«, sagte sie. »Komm mit, ich schaue mir die Verordnung gerne mal an.« Sie ließ sich das Rezept von ihrer Kollegin am Empfang aushändigen und führte Imke in ein kleines Büro. Dort setzte sie sich hinter den Schreibtisch. »Gucken wir mal, was wir hier haben.«

Sie las die Verordnung rasch durch. »Okay, das ist ziemlich klar. Physiotherapie und Ergotherapie, regelmäßig über die nächsten Wochen verteilt. Wir können die Termine gleich alle bei mir buchen, damit dein Vater bald anfangen kann und immer die passenden Abstände zwischen den einzelnen Sitzungen hat.«

»Super, danke«, erwiderte Imke erfreut. Während Sinja die Daten ihres Vaters in den Computer eingab, lehnte sie sich auf ihrem Sitzplatz zurück und atmete erst einmal erleichtert durch. Es war für sie sehr beruhigend zu wissen, dass Sinja sich ihres Vaters annahm. Das machte alles so viel einfacher.

Wenig später sah Sinja auf. »So, die Termine sind eingetragen. Ich drucke sie gleich für dich aus.«

»Prima! Vielen Dank! So weiß ich wenigstens, dass mein Vater in guten Händen ist.«

»In den allerbesten sogar.« Sie zwinkerte ihr zu. »Aber nun erzähl mal. Warst du inzwischen in der Tischlerei?«

»Ja, vorhin«, setzte Imke zögerlich an. »Ich habe mit Simos Opa gesprochen. Er hat zumindest versprochen, sich die Buden morgen anzusehen. Danach kann er erst sagen, ob die Reparaturen rechtzeitig durchführbar sind.«

Sinja zog die Augenbrauen hoch. »Das klingt doch schon mal gut.«

Imke nickte. Plötzlich spürte sie wieder dieses Kribbeln im Magen. »Er hat erwähnt, dass Simo bei ihm arbeitet. Ich hatte Glück – er war wohl irgendwo in der Werkstatt. Wir haben uns aber nicht gesehen.«

»Ihr seid euch also nicht begegnet?«, fragte Sinja und klang fast ein wenig enttäuscht.

»Nein.« Imke seufzte schwer. »Ich habe das Gefühl, dass ich ihn spätestens sehe, wenn der Termin für die Begutachtung der Buden ansteht.«

»Also morgen.« Sinja legte den Stift beiseite und sah sie aufmerksam an. »Wie fühlst du dich dabei?«

»Ehrlich gesagt bin ich total nervös«, gab Imke ohne Umschweife zu. »Ich weiß nicht, wie ich reagieren soll, wenn ich ihn sehe. Die Sache mit uns ist so lange her, und doch kommen all die alten Erinnerungen wieder hoch.«

Sinja nickte verständnisvoll. »Das ist doch normal, Imke. Ihr habt schließlich eine gemeinsame Geschichte. Ohne Happy End – bis jetzt jedenfalls. Es ist doch in Ordnung, wenn dich das noch beschäftigt.«

Sie schluckte. »Na ja, ich habe wirklich ein bisschen Angst davor. Was, wenn er mich ignoriert? Oder wenn er noch wütend auf mich ist? Und wer weiß, was das Treffen mit mir am Ende macht?«

Ihre Freundin lächelte sanft. »Ach, Imke. Eigentlich müsstest du Simo doch gut genug kennen, um zu wissen, dass er nicht der nachtragende Typ ist. Außerdem ist es vielleicht die perfekte Chance, um die alten Wunden endlich zu heilen. Du bist nicht mehr dieselbe wie damals, und er sicher auch nicht. Lass es einfach auf dich zukommen. Ich bin sicher, dass du danach erleichtert sein wirst, weil sich deine Befürchtungen nicht bestätigt haben werden.«

Die Worte ihrer Freundin beruhigten sie ein wenig. »Danke, Sinja. Es ist eine große Erleichterung für mich, mit dir darüber zu reden. Das hat mir so gefehlt …«

»Jederzeit«, sagte Sinja und zwinkerte ihr zu. »Wenn du möchtest, begleite ich dich sogar das nächste Mal, falls du noch mal zur Werkstatt musst – dann bist du nicht allein, wenn das große Monster kommt.« Sinja grinste.

»Du bist ja verrückt«, lachte Imke. »Aber trotzdem danke. Ich glaube allerdings, ich muss das wirklich selbst angehen – ohne Bodyguard sozusagen. Denn du hast ja vollkommen recht. Es ist wirklich an der Zeit, dass ich mich dem stelle.«

»Na, das nenn ich doch mal ein Wort!« Sinja drückte eine Taste auf dem Computer und aktivierte den Drucker. Kurz darauf reichte sie Imke einen Ausdruck mit den Terminen für ihren Vater. »Hier. Bring doch deinen Vater nächste Woche bei mir vorbei, dann legen wir gleich los. Und Imke – mach dir keine Sorgen. Du packst das mit Simo. Ich glaube ganz fest an dich.«

Imke nahm den Zettel und lächelte. »Danke, Sinja. Für alles.«

Als Imke die Reha-Einrichtung verließ, fühlte sie sich um

einiges leichter. Die Termine für ihren Vater waren organisiert, und das Gespräch mit Sinja hatte ihr neue Zuversicht gegeben.

Innerlich gestärkt fuhr sie weiter zum Kirchenbüro. Dort wollte sie den Ersatzkessel für den Glühwein suchen.

Kapitel 9

Als Imke das Kirchenbüro betrat, das ebenfalls im Gemeindehaus schräg gegenüber der St.-Peter-Kirche untergebracht war, schlug ihr abgestandene Luft entgegen. Zudem war es in dem Raum viel zu warm. Durch die hohen, schmalen Fenster fiel graues Tageslicht auf den Schreibtisch ihres Vaters, der voller Papiere und Ordner war. Auf dem abgegriffenen Tischkalender erkannte sie im Vorbeigehen Notizen in seiner Handschrift.

Als Erstes riss sie das Fenster weit auf und drehte die Heizung ein wenig runter. Sie nahm einen tiefen Zug und spürte, wie sich ihre Lunge langsam mit Sauerstoff füllte. Gerade wollte sie das Fenster wieder schließen, da hörte sie ein leises Klopfen hinter sich und schwang herum.

Frau Petersen, die Küsterin, stand in der Tür und lächelte sie vergnügt an. »Moin, Imke.« Sie kam ins Büro und nahm einen Ordner aus einem Regal. »Prima, dass du gekommen bist. Ich bin schon mitten in den Vorbereitungen für die Krippenspielprobe – die Kinder können es kaum erwarten, ihre Kostüme noch mal anzuziehen, um sie dir zu präsentieren.«

»Moin, Frau Petersen«, grüßte Imke freundlich und schloss das Fenster wieder. Anschließend zog sie sich den Mantel aus und hängte ihn an den Haken neben der Tür. »Das glaube ich. Die meisten Kinder verkleiden sich doch gern. Allerdings möchte ich vor der Probe noch nach dem Ersatzkessel für den Weihnachtsmarkt schauen, weil der alte doch hinüber ist. Aber da ich Sie treffe, kann ich Ihnen auch erst mal von dem Zustand der alten Holzbuden berichten.«

Frau Petersen nickte und stützte die Hand auf die Hüfte, in der anderen hielt sie den Ordner. »Ich hoffe, sie sind einsatzbereit?«

»Nun ja … ich war mit meinem Vater in der Strandkorbhalle in Ording, um mir ein Bild zu machen. Leider sind die Verkaufsbuden alles andere als neu und teilweise massiv beschädigt. Sie müssten vor dem Weihnachtsmarkt ausgebessert werden. Ich habe deswegen schon mit der Tischlerei Jensen gesprochen«, berichtete Imke.

»Oha! Werden sie denn die Buden rechtzeitig fertig bekommen?«, hakte Frau Petersen nach.

»Das ist noch nicht ganz raus. Herr Jensen macht sich morgen selbst ein Bild und entscheidet dann, ob er die Reparaturen in vierzehn Tagen durchführen kann. Allerdings meinte er schon, dass es vermutlich knapp wird. Trotzdem hoffe ich stark, dass er es irgendwie schaffen kann.«

»Das hoffe ich auch«, sagte Frau Petersen mit Sorgenfalten auf der Stirn. »Außerdem wäre es gut, wenn sich die Kosten dafür in Grenzen halten. Die Gemeinde hatte in letzter Zeit hohe Ausgaben, und die Einnahmen sind nicht mehr so üppig wie vor Jahren.«

Imke nickte verständnisvoll. »Es scheint überall das Gleiche zu sein. Aber immerhin existiert unsere Gemeinde in St. Peter noch. Bisher bin ich nicht dazu gekommen, mir einen Überblick über die finanzielle Lage der Kirche vor Ort zu verschaffen. Vielleicht wissen Sie Genaueres?«

»Natürlich.« Frau Petersen seufzte und nahm den Ordner in die andere Hand. »In die Sanierung der historischen Kirchen sind dieses Jahr bereits hohe Summen geflossen. Die alten Dächer und die Fenster mussten dringend erneuert werden. Und dann noch der Kindergarten … Da war die Gasheizung nicht mehr zu retten und musste im letzten Sommer komplett ausgetauscht werden. Wir haben zwar eine Förderung vom Land dafür erhalten, aber unsere Rücklagen sind trotzdem fast aufgebraucht. Deswegen müssen wir jetzt ganz genau hinschauen und möglichst sparen.«

»Das klingt in der Tat nach einer angespannten Lage«, meinte Imke nachdenklich. Ihre Eltern hatten die Sanierungen zwar ab und zu am Telefon erwähnt, aber ihr war nicht bewusst gewesen, wie schwierig die finanzielle Situation der Gemeinde wirklich aussah. »Dann sollte ich den anderen Kessel möglichst schnell finden, damit wir dafür kein Geld investieren müssen.«

»Das wäre zumindest ein Anfang, ich gehe direkt mal vor«, stimmte Frau Petersen zu und klemmte sich den Ordner unter den Arm.

Imke folgte ihr in den Lagerraum im Untergeschoss des Gebäudes.

»Puh! Hier müsste auch mal wieder dringend klar Schiff gemacht werden«, sagte Imke und verschränkte die Arme vor der Brust. Die Regale waren vollgestopft mit Kartons und Kisten, alte Stühle und jede Menge Kirchenutensilien standen in den Ecken und waren mit einer grauen Staubschicht bedeckt. Imke fröstelte. Im Vergleich zum Büro war es hier sehr kühl. »Es wird bestimmt eine Weile dauern, bis ich den Kessel in dem Sammelsurium gefunden habe.«

»Ich meine, er müsste da drüben irgendwo sein.« Frau Petersen zeigte auf einen Karton, der unter einem Stuhl stand.

Imke zog ihn hervor, öffnete dann die Pappklappen und hob einen alten, rostfleckigen Kessel heraus. »Oha! Ja, das scheint er zu sein.« Sie verzog den Mund. »Nun ja, er sieht nicht gerade vielversprechend aus«, meinte sie skeptisch und drehte den Kessel, um ihn genau zu begutachten. »Am besten, wir testen, ob er funktioniert.«

Kurzerhand legte Frau Petersen den Ordner ab, griff zu einer alten grünen Gießkanne und füllte sie im Waschraum mit Wasser. Imke goss das Wasser in den Kessel, bis er ungefähr zur Hälfte gefüllt war. Sie stellte ihn auf einen Tisch und suchte eine Steckdose.

Als der Kessel angeschlossen war, drückte Imke den Einschaltknopf und wartete gespannt ab. Nichts passierte. Kein Licht blinkte auf.

»Na toll«, sagte Imke kopfschüttelnd. »Der Ersatzkessel ist nicht nur alt und rostig, sondern auch kaputt.«

Frau Petersen wirkte genauso enttäuscht. »So ein Pech aber auch! Dann müssen wir wohl in den sauren Apfel beißen und doch einen neuen besorgen.«

»Da kommen wir nicht dran vorbei, wenn es Glühwein geben soll«, stimmte Imke ihr zu und wischte sich etwas Staub von den Händen. »Solange die Finanzen so knapp sind, sollten wir nach einer günstigeren Lösung suchen. Vielleicht nehmen wir einen gebrauchten Kessel, oder es gibt jemanden in St. Peter, der uns einen ausleiht.«

»Gute Idee«, fand Frau Petersen. »Ich kann mich ja mal in der Gemeinde umhören. Ist schon möglich, dass jemand einen Kessel im Keller rumstehen hat.«

»Das wäre großartig«, erwiderte Imke und lächelte sie aufmunternd an.

Erfreut warf Frau Petersen einen Blick auf die Uhr. »Gut. Und jetzt sollten wir langsam zum Gemeindesaal gehen. Die Kinder warten bestimmt schon.«

»Dann mal los. Das Wasser gieße ich später aus.« Imke zog den Stecker aus der Dose, stellte den Kessel auf dem Boden ab und schloss dann die Tür des Lagerraums.

Wenig später betrat sie hinter Frau Petersen den Gemeindesaal, wo sie von lautem Kinderlachen und dem dumpfen Klang kleiner trippelnder Schritte auf dem Holzboden begrüßt wurden. Haukes Grundschulklasse war noch mitten in der Probe für ihr musikalisches Adventstück, das sie für eine Schulaufführung vorbereiteten. Die Kinder standen im Halbkreis um Hauke, der mit einem Taktstock wedelte und versuchte, die Gruppe in einem gleichmäßigen Rhythmus zu halten. Imke blieb neben der Tür stehen und beobachtete das Geschehen mit einem leichten Lächeln auf den Lippen.

Ihr Blick ruhte auf einem Jungen, der vielleicht sieben oder acht Jahre alt war. Das Kind stand ganz vorn und spielte Xylophon. Seine kleinen Hände bewegten die Schlägel mit einer Präzision, die sie überraschte. Die Töne klangen klar und harmonisch. Während er spielte, strahlte er über das ganze Gesicht, seine Augen leuchteten geradezu vor Freude. Imke war beeindruckt. Dieses Kind hatte offensichtlich ein außergewöhnliches musikalisches Talent.

»Der Kleine spielt aber ziemlich gut«, flüsterte sie Frau Petersen zu, die neben ihr stand und die Szene ebenfalls mit einem Lächeln betrachtete.

»Ja, nicht wahr? Das ist der kleine Finn Nieblum«, antwortete Frau Petersen. »Ein richtiger Sonnenschein, wenn er Musik machen kann.«

Die Probe endete mit dem fröhlichen Applaus der Kinder.

Hauke klatschte ebenfalls in die Hände. »Das habt ihr prima gemacht, alle zusammen! Nun aber ab nach Hause oder zu den Krippenproben – je nachdem.«

Die Kinder stoben auseinander. Einige rannten direkt aus dem Raum, während andere ihre Instrumente einpackten. Gleichzeitig strömten weitere Kinder für die Krippenspielprobe herein. Die hellen Stimmen schwirrten laut und aufgeregt durcheinander, als die Kinder in die Ecke eilten, wo ihre Kostüme lagen. Engelsflügel, Hirtenstäbe und bunte Gewänder wurden hastig übergezogen.

Imke konnte sich ein Schmunzeln nicht verkneifen, als ein kleiner Junge mit einem viel zu großen Schafsfell über dem Kopf für einen Moment um sein Gleichgewicht rang, es jedoch nicht ganz verlor.

Eine Hand in der Hosentasche, in der anderen den Taktstock, kam Hauke auf sie zu. Seine Miene schien sich aufzuhellen, als er sie ansah. »Imke! Moin, moin! Schön, dich so schnell wiederzusehen.«

»Moin, Hauke«, sagte sie und erwiderte sein herzliches Lächeln. »Na, wie läuft's mit deiner Klasse und den Vorbereitungen für eure Aufführung?«

»Ein bisschen chaotisch, aber trotzdem großartig.« Er lachte. »Die Kids sind voller Power. Gerade jetzt, da es kälter wird und sie nicht den ganzen Tag draußen spielen können. Und bei dir? Wie läuft die Vertretung deines Vaters?«

»Bisher klappt es ganz gut.« Sie zuckte leicht mit den Schultern. »Ich war heute bei der Tischlerei. Herr Jensen begutachtet morgen die Weihnachtsbuden. Danach habe ich Reha-Termine für meinen Vater ausgemacht. Na ja, und jetzt bin ich hier.«

»Wie ich sehe, hast du alle Hände voll zu tun«, meinte Hauke anerkennend. »Das finde ich gut! Nicht lange fackeln, sondern einfach machen.«

»Genau das ist mein Motto«, sagte sie, während ihr Blick kurz zu dem Jungen wanderte, der das Xylophon gespielt hatte und gerade die Schlägel in eine Aufbewahrungstasche steckte. »Übrigens, der Kleine da – Finn, richtig? –, er spielt unglaublich gut. Das hat mich echt beeindruckt.«

Hauke folgte ihrem Blick und nickte. »Ja, Finn Nieblum ist etwas Besonderes – ein wahres musikalisches Naturtalent. Er hat erst vor fünf Wochen mit dem Spielen begonnen und blüht richtig auf, wenn er Musik macht.«

Während sie sich unterhielten, trat ein älterer, etwa dreizehn Jahre alter Junge an Finns Seite. Im Gegensatz zu Finn wirkte er ernst, fast verschlossen. Sein Gesicht war ein wenig blass, und seine Schultern waren hochgezogen, als trüge er eine unsichtbare Last mit sich herum. Er nahm Finns Rucksack und sagte leise etwas zu ihm, woraufhin der Junge nickte und ihm folgte.

Imke runzelte die Stirn. »Und wer ist das? Der Junge ist aber nicht in deiner Klasse? Dafür scheint er mir zu alt …«

»Nein, nein.« Hauke seufzte und senkte die Stimme. »Das ist Finns älterer Bruder Lasse. Er besucht die siebte Klasse am Gymnasium. Die Jungs haben ein tragisches Schicksal hinter sich. Ihre Eltern sind vor einem halben Jahr bei einem Autounfall ums Leben gekommen. Seitdem leben sie bei ihren Großeltern in St. Peter-Ording.«

Imke spürte, wie sich ein Kloß in ihrem Hals bildete.

»Oh! Das ist ja schrecklich.« Sie senkte kurz den Blick. »Wie kommen sie zurecht?«

»Es ist nicht einfach.« Hauke schüttelte den Kopf. »Der Großvater ist schwer herzkrank – er kann nicht mehr viel machen. Und die Oma der Jungs arbeitet in zwei Jobs, um die Familie über Wasser zu halten. Finn findet in der Musik einen Ausweg aus der Trauer. Er strahlt, wenn er spielt, als würde er dann seinen ganzen Kummer vergessen. Aber Lasse … Laut seiner Oma hat er sich komplett zurückgezogen. Er ist oft still und lacht wenig. Ich glaube, er versucht, stark zu sein. Für seinen kleinen Bruder und auch für seine Großeltern.«

Imke sah den Brüdern nach, wie sie Hand in Hand den Saal verließen. Finn hüpfte leicht, während Lasse mit gesenktem Kopf neben ihm her trottete. Ihr Herz wurde schwer. »Das muss unglaublich schwierig für sie sein«, sagte sie bekümmert. »Gibt es denn jemanden, der ihnen hilft?«

»Die Gemeinde tut wohl, was sie kann, so wie ich es mitbekommen habe«, erwiderte Hauke. »Aber die Großeltern sind stolze Leute. Sie nehmen nicht viel Unterstützung an. Ich versuche zumindest, Finn in der Schule zu fördern, ihm etwas Freude zu geben. Bei Lasse ist es schwieriger – er ist ja schon in der Pubertät, und der Verlust beider Elternteile hat ihn verständlicherweise hart getroffen.«

Imke nickte. »Vielleicht könnte ich mal mit den Großeltern reden, wenn ich sie treffe. Als Pastorin könnte ich ihnen beistehen – oder zumindest zuhören.«

»Das wäre schön.« Hauke nickte. »Du hast ein gutes Gespür für so etwas, Imke. Finn wird dich bestimmt mögen.

So wie ich es aus den Augenwinkeln sehen konnte, hat er dich vorhin sogar schon angelächelt.«

»Wirklich? Ist mir gar nicht aufgefallen.« Sie lächelte schwach. »Ich hoffe, ich finde einen Weg, um ihnen zu helfen. Irgendwie.«

Die teilnehmenden Kinder tobten inzwischen in ihren Krippenspielkostümen durch den Saal. Frau Petersen rief sie zur Ordnung.

Hauke verstaute den Taktstock und klatschte in die Hände. »So! Ich muss dann auch mal wieder los. Lass uns demnächst weiterquatschen, ja?«

»Unbedingt«, stimmte Imke zu. »Es ist schön, dass wir uns wiedersehen, Hauke.«

»Finde ich auch.« Er zwinkerte ihr zu, bevor er seine braune Ledertasche schulterte und ging.

Imke blieb noch einen Moment stehen und sah ihm nach. Mit einem leichten Seufzen drehte sie sich dann zu Frau Petersen um, die gerade die letzten Kinder zur Krippenspielprobe um sich herum versammelte.

Leise ging Imke zu dem Tisch in der Ecke, auf dem allerlei Utensilien lagen. Ein paar Notenblätter, ein zerknitterter Stern aus Goldpapier und ein kleines, abgegriffenes Liederbuch. Neugierig nahm sie das Buch in die Hand und schlug es auf. Auf der Innenseite stand in krakeliger Kinderschrift ein Name: »Finn«.

Ein Lächeln huschte über ihr Gesicht. Der kleine Xylophonspieler hatte es vermutlich liegen gelassen. Sie klappte das Buch zu, stockte dann aber einen Augenblick. Langsam blickte sie nach oben. Ja, sie hatte verstanden. Es war kein Zufall, dass der Junge sein Liederbuch vergessen hatte, sondern vielmehr ein Zeichen. Sie wurde in St. Peter-Ording gebraucht. Nicht nur für die großen Herausforderungen im Außen, sondern auch für die, die weniger leicht wahrzunehmen waren.

Kapitel 10

Am nächsten Mittag klingelte es an der Haustür. Imke erhob sich vom Küchentisch und öffnete. Draußen war es frostig, sodass sie ihren Atem in der kalten Luft sehen konnte.

Der Postbote stand in seiner gelben Arbeitskleidung vor ihr und überreichte einen kleinen Stapel Briefe. »Guten Morgen, Frau Claasen«, grüßte er freundlich.

»Guten Morgen«, erwiderte Imke und nahm die Post entgegen.

»Heute bin ich leider ein bisschen später dran als gewöhnlich. Ich wünsche Ihnen trotzdem noch einen schönen Tag.«

»Danke. Das wünsche ich Ihnen ebenso.«

Kaum hatte sie die Tür geschlossen und sich wieder umgedreht, kam ihr Vater auf die Krücken gestützt auf sie zu. »Ist Post für mich dabei?«

»Wahrscheinlich ist alles für dich und Mama. Ich lege die Briefe auf den Tisch, dann kannst du in Ruhe nachsehen.« Sie ging zurück in die Küche, unerwartet zögerte ihr Vater nicht, sondern folgte ihr kurzerhand.

»Die Ruhe kann warten. Von mir aus können wir gleich fahren«, erklärte er, ohne der Post weitere Beachtung zu schenken.

»Wohin denn? Deine Reha fängt doch erst in ein paar Tagen an«, erwiderte Imke. »Hast du das etwa vergessen?«

»Ach, was … Reha …« Er verdrehte die Augen. »Ich will dabei sein, wenn Frerk Jensen die Verkaufsbuden begutachtet. Das ist mir zu wichtig, um es dir allein zu überlassen. Schließlich habe ich den Schlamassel ja verbockt und werde auch dafür geradestehen.«

»Papa, du solltest dich mit Aktivitäten zurückhalten«, protestierte Imke und hob eine Augenbraue. »Ich habe doch gesagt, ich kümmere mich darum. Dafür bin ich schließlich da.«

»Keine Widerrede, Imke«, entgegnete er und bewegte sich auf seinen Krücken zielstrebig in die Diele. Dort blieb er vor der Garderobe stehen, mit Blick auf seine Winterjacke. »Wir fahren zusammen nach Ording, und damit basta.«

»Mensch, Papa …« Imke seufzte, beließ es aber wohlweislich dabei, denn jede weitere Diskussion mit ihm war zwecklos. »Na gut, wie du willst … Aber wir machen es wieder kurz und schmerzlos, ja?«

Mehr oder weniger innerlich gewappnet, weil sie eventuell Simo am Hungerhamm begegnen würde, half Imke ihrem Vater wenige Minuten später auf den Beifahrersitz. Im Grunde begrüßte sie seine Begleitung ja auch aus ganz egoistischen Motiven. Dann würde sie Simo kaum allein gegenüberstehen.

Nachdem sie die Krücken verstaut hatte, startete sie den Motor. Während der Fahrt peitschte der böige Nordseewind gegen die Frontscheibe und mit ihm ein paar Regentropfen. Imke spürte, wie ihr Herz immer schneller schlug, je näher sie der Strandkorbhalle am Hungerhamm kamen. Als sie auf den Parkplatz fuhren, wartete Frerk Jensen bereits vor der Halle. Der alte Tischler mit dem buschigen

Bart und seiner speckigen Schiebermütze stand vor dem Eingang. Die Hände in dunkelblauen Wollhandschuhen, blickte er ihnen ungerührt entgegen.

»Moin, Pastor Claasen«, grüßte er und nickte dann Imke zu, die ihrem Vater noch beim Aussteigen half. »Moin, Imke. Gut, dass es geklappt hat.«

»Moin, Frerk«, antwortete ihr Vater und mühte sich aus dem Auto. »Ich dachte, ich bin lieber dabei, wenn die Buden inspiziert werden.«

Imke schloss die Autotür, bevor sie Herrn Jensen begrüßte.

Unauffällig schaute sie sich um. Kein Simo in Sicht. Eine Welle der Erleichterung durchströmte sie, obwohl sie sich bewusst war, dass es vermutlich nur weiteren Aufschub bedeutete und das Treffen im Grunde unvermeidlich war.

»Gehen wir rein?«, fragte sie und hielt ihrem Vater und Herrn Jensen die Tür auf.

Drinnen trafen sie auf die angestellten Arbeiter, die sie freundlich begrüßten. Die Holzbuden standen nach wie vor ordentlich aufgereiht im hinteren Teil der Halle. Imke ging zügig voran – nur um dann abrupt stehen zu bleiben. Zwischen den Verkaufsbuden stand er. Simo.

Er trug eine marineblaue Wollmütze, unter der die Spitzen seiner blonden Haare hervorlugten, eine abgenutzte, gefütterte Arbeitsjacke mit Kapuze, in einer Hand hielt er ein Maßband. Als sein Blick aus hellblauen Augen ihren traf, hielt sie für einen Moment den Atem an.

»Moin«, sagte er ruhig zu ihr und ihrem Vater – als wäre ihre Anwesenheit nichts Ungewöhnliches.

Imke schluckte und spürte, wie ein Schauer über ihren Rücken jagte. Er schien nicht überrascht zu sein, sie zu sehen. Wahrscheinlich hatte sein Großvater ihm erzählt, dass sie gestern da gewesen war. Natürlich, was auch sonst, dachte sie.

»Moin, Simo«, brachte sie hervor, ihre Stimme klang dünn.

Ihr Vater nickte Simo zu. »Moin, Jung.«

Frerk Jensen trat neben seinen Enkel. »Dann wollen wir mal sehen.«

Imke spürte, wie ihr Herz pochte und ihre Hände leicht zitterten. Sie vergrub sie tief in den Taschen ihres Mantels. Ein paar Minuten zuvor hatte sie noch inständig gehofft, ihm wann anders wieder zu begegnen, nicht gleich heute, da sie sich so wenig vorbereitet fühlte. Aber nun stand er vor ihr, nicht mehr als zwei Meter entfernt. Sie konnte es kaum fassen.

»Ich habe mir die Buden schon mal angesehen, als du draußen gewartet hast«, sagte Simo zu seinem Großvater und verstaute das Maßband in einer Jackentasche. Er deutete auf die Hütte neben sich. »Das Holz ist ziemlich morsch, viele Scharniere sind durchgerostet, und die Farbe ist entweder großflächig abgeblättert oder gar nicht mehr vorhanden. Ehrlich gesagt, das ist schlimmer, als ich dachte, Opa.«

Imkes Vater humpelte stirnrunzelnd näher. »Wie schlimm denn genau?«

Simo klopfte gegen eine der Planken. »Jedenfalls gravierender, als wir wohl alle angenommen haben. Um ehrlich zu sein, lohnen sich die Reparaturen kaum. Das wird richtig teuer werden und hält am Ende auch nicht lange. Am besten wären ganz neue Buden, die wieder ein paar Jahre auf dem Weihnachtsmarkt stehen können.«

Entschieden schüttelte ihr Vater den Kopf. »Neue Buden?

Viel zu teuer! Das können wir uns in diesem Jahr nicht leisten. Die Gemeinde ist knapp bei Kasse. Wir haben schon Sanierungen und die neue Heizung für den Kindergarten finanziert. Die Holzhütten müssen noch einmal zusammengeschustert werden. Nächstes Jahr können wir uns dann über neue Verkaufsbuden Gedanken machen.«

Simo nickte. »Verstehe. Ich kann natürlich einen Kostenvoranschlag machen, aber es wird trotzdem nicht billig werden, fürchte ich.«

»Mach das, dann sehen wir weiter«, entgegnete ihr Vater und wandte sich an Simos Großvater. »Frerk, lass uns draußen darüber reden, wie wir das Ganze am besten handhaben.«

In stillem Einvernehmen verließen die beiden Männer die Halle, um weitere Details zu besprechen. Und Imke blieb zurück, allein mit Simo. Die Stille zwischen ihnen war dröhnend. Sie suchte nach passenden Worten, doch schien es keine für diesen Moment zu geben.

»Ich … Ich wusste nicht, dass du auch hier bist«, sagte sie schließlich, weil ihr nichts Besseres einfiel.

»Opa hat's erwähnt«, antwortete er verhalten. »Dass du gestern bei uns warst. Ich dachte, ich schau mir die Buden besser auch mal an.« Aus seinen blauen Augen sah er sie ruhig an. »Wie geht's dir denn, Imke?«, fragte er dann vorsichtig.

»Mir geht's gut«, antwortete sie schnell, vielleicht zu schnell. »Und dir?«

»Auch gut.« Er nickte und kratzte sich dann am Hinterkopf. Diese Geste war ihr vertraut, wie oft hatte er sich auf diese Weise am Kopf gekratzt. Und doch fühlte es sich heute anders an.

Sie schwiegen wieder. Keiner von ihnen schien etwas Falsches sagen zu wollen. Imke konnte ihn nur ansehen, sie verspürte einen Druck in ihrer Brust und bemühte sich um Haltung. So vieles lag unausgesprochen zwischen ihnen. Was hätte sie darum gegeben, wenn die Vergangenheit nicht mehr auf ihnen lasten würde, wenn der Bruch nicht geschehen wäre.

Schließlich brach er das Schweigen mit einem kleinen Lächeln. »Weißt du noch, wie wir damals versucht haben, in eurem Garten selbst eine kleine Holzbude zu bauen? Das Ding ist nach nicht mal fünf Minuten umgefallen. Und du hast mich danach mit der Farbe vollgespritzt, mit der wir es eigentlich streichen wollten.«

Ein befreites Lachen entfuhr Imke. »Ja, und du hast gesagt, ich sei die schlechteste Handwerkerin der Welt.«

»Warst du ja auch«, verteidigte er seine Aussage mit einem zaghaften Grinsen.

»Bin ich sogar immer noch«, fügte sie hinzu. Für einen Moment herrschte eine gewisse Leichtigkeit zwischen ihnen.

Dann wurde Simos Blick ernster. »Ich mache später den Kostenvoranschlag fertig und schicke ihn per E-Mail an die Adresse deines Vaters. Morgen habt ihr ihn.«

»Okay«, stimmte sie zu. »Danke dir. Und bis dann, Simo.«

»Bis dann, Imke.«

Schon drehte sie sich um und verließ die Strandkorbhalle mit klopfendem Herzen.

Wieder schlug ihr kalter Wind entgegen, als sie die schwere Tür hinter sich schloss, doch die eisige Luft konnte die Hitze in ihren Wangen nicht vertreiben. Ihr Vater und Frerk Jensen standen neben dem Auto, offenbar tief in ein

Gespräch über die aktuellen Holzpreise und Arbeitsstunden vertieft. Dabei stützte er sich auf seine Krücken, während Simos Opa beim Sprechen mit den Händen gestikulierte.

»Imke, da bist du ja«, rief ihr Vater, als er sie näher kommen sah. »Können wir los?«

Sie nickte und entriegelte die Autotüren. »Natürlich.«

Frerk Jensen hob zum Abschied eine Hand. »Tschüs, denn.«

Imke wartete, bis sich ihr Vater auf den Beifahrersitz gesetzt hatte, schob die Krücken hinter den Sitz und stieg dann selbst ein.

Kurz darauf fuhren sie langsam auf der Straße am Deich entlang.

»Frerk meint, er wird schauen, ob er das Material günstig bekommt«, sagte er und rieb sich nachdenklich das Kinn. »Ein paar alte Bretter hat er wohl noch im Lager, die wir verwenden können. Die Scharniere müssen komplett ersetzt werden, und die Dachkanten sind wohl auch hinüber. Aber wenn wir die Kosten irgendwie drücken können, wäre das eine gewisse Erleichterung.«

Imke nickte mechanisch. »Ja, das klingt nach einem guten Plan.«

Ihr Vater fuhr fort, erklärte die Details der Reparaturen und kam dann wieder auf die Notwendigkeit, die Gemeindekasse zu schonen. Imke hörte nur mit einem Ohr zu. Ihre Gedanken waren ganz bei Simo.

Seine ruhige Stimme klang in ihrem Kopf nach. »Moin«, hatte er gesagt – als wäre es das Normalste der Welt, sie nach all den Jahren wiederzusehen. Sein zaghaftes Lächeln, als er den Scherz über ihren missglückten Budenbau gemacht hatte. Beim Gedanken daran schlug ihr Herz sofort wieder schneller.

Sie fragte sich, wie er ihr Treffen empfunden hatte. Hatte er dieselbe Nervosität gespürt? Oder war es für ihn nur ein flüchtiger Moment gewesen, ohne große Bedeutung? In Imke formte sich langsam die Erkenntnis, dass sie ganz klar noch Gefühle für ihn hatte. Dabei hatte sie tatsächlich vor Monaten noch geglaubt, das längst hinter sich gelassen zu haben. Doch nun war alles wieder da, wie auf Knopfdruck. Und genauso lebendig wie damals. Komisch, dachte sie, wo waren all diese Empfindungen nur in den letzten Jahren gewesen?

»Imke, hörst du mir überhaupt zu?«, fragte ihr Vater plötzlich und riss sie aus ihren Überlegungen.

»Ja, natürlich«, erwiderte sie hastig. »Du hast gesagt, die Scharniere müssen ersetzt werden.«

»Genau«, brummte er. »Und Jensen denkt, dass wir mit etwas Glück die Farbe preiswerter kriegen können.«

»Mhm«, murmelte sie und nickte, doch ihre Gedanken schweiften wieder zurück zu Simo.

Ob er in einer Beziehung war? Hatte er eine Frau gefunden, mit der er glücklich war? In der Strandkorbhalle vorhin war er freundlich gewesen, aber auch irgendwie distanziert. Sie konnte nicht einschätzen, was sich hinter seinem Lächeln verbarg. War es reine Höflichkeit gewesen, oder hatte er auch mehr empfunden?

Kurze Zeit später bogen sie in die Einfahrt ihres Elternhauses ein. Imke bot ihrem Vater ihre Hände zum Ausstieg an und ging langsam neben ihm bis zur Tür. Drinnen wurden sie schon von ihrer Mutter erwartet.

»Da seid ihr ja wieder«, sagte sie lächelnd und nahm ihm den Mantel ab. »Wie war's denn? Habt ihr alles geklärt?«

»Die Schäden an den Verkaufsbuden sind schlimmer, als wir dachten«, erzählte ihr Vater ohne Umschweife und griff nach den Krücken, die Imke für ihn bereithielt. »Einen Weihnachtsmarkt müssen sie einfach noch überstehen. Da führt kein Weg dran vorbei.«

»Oje. Das hört sich ja gar nicht gut an.« Ihre Mutter schüttelte den Kopf. »Irgendwann ist alles mal hinüber.«

»Jensen und sein Enkel werden retten, was zu retten ist.« Ihr Vater hob das Kinn.

Imke nickte. »Simo schickt einen Kostenvoranschlag per E-Mail. Ich geh mal kurz hoch. Oder braucht ihr mich noch?«

»Nein, nein. Geh nur«, winkte ihre Mutter ab. »Wenn du Kaffee willst, ich koche gleich welchen. Ein paar Stücke vom Weihnachtsstollen sind auch noch übrig.«

»Ist gut.« Imke stieg die knarrende Treppe zu ihrem Zimmer hinauf. Dort schloss sie die Tür und ließ sich auf ihr Bett fallen.

In ihrem Herzen herrschte immer noch Aufruhr. Simos Gesicht tauchte wieder vor ihrem geistigen Auge auf. Seine blauen Augen und das zaghafte Lächeln … Sie fragte sich, ob er auch an sie dachte oder ob er sie längst vollständig aus seinem Leben gestrichen hatte.

Mit einem tiefen Seufzer stand sie auf und ging zum Fenster. Ihr Blick fiel auf Finns Liederbuch, das sie am Vortag im Gemeindesaal gefunden und auf dem Schreibtisch abgelegt hatte. Haukes Schilderung der traurigen Geschichte der Brüder kam ihr wieder in den Sinn. Dagegen erschien ihr ihr persönliches Liebesdrama fast schon lächerlich.

Die beiden Kinder hatte ein schlimmes Schicksal ereilt. Der Verlust der Eltern in so jungen Jahren musste unbegreiflich schmerzhaft sein, und niemand, der es nicht selbst erlebt hatte, konnte wissen, was es bedeutete. Imke nahm das Buch in die Hand und seufzte. Sie fasste den Entschluss, es jetzt gleich zurückbringen. Bei der Gelegenheit konnte sie mit den Nieblums sprechen und vielleicht auch ihre Hilfe anbieten.

Das Buch in ihrer Umhängetasche, ging sie wieder nach unten und lugte ins Wohnzimmer, wo ihre Eltern bereits bei Kaffee und Christstollen saßen.

»Papa, weißt du zufällig, wo die Nieblums wohnen, die ihre Enkel bei sich aufgenommen haben?«

Er sah von seinem Teller mit einem Stück Stollen auf, die Stirn nachdenklich in Falten gelegt. »Die Nieblums? Ja, die wohnen doch ganz am Rand von St. Peter-Dorf. Am Neuweg, gleich neben Bauer Friebe, glaube ich. Warum fragst du?«

»Ach ... ich will Finn sein Liederbuch zurückbringen«, erklärte sie und wies auf ihre Tasche. »Er hat es gestern bei der Probe im Gemeindesaal vergessen.«

»Kinder vergessen öfters mal etwas«, kommentierte ihr Vater und nickte verständnisvoll.

»Die Familie hat es nicht leicht, so wie ich gehört habe«, merkte ihre Mutter an.

»Dann könnte ihnen ein bisschen Seelsorge vielleicht ganz guttun.« Imke presste die Lippen aufeinander und nickte.

»Nimm doch ein paar von den Vanillekipferln mit Meersalz mit.« Ihre Mutter erhob sich vom Tisch und ging in die Küche. Kurz darauf kam sie mit einer kleinen Frischhaltedose zurück und reichte sie Imke. »Die habe ich heute Morgen gebacken. Damit machst du ihnen sicher eine kleine Freude. Außerdem soll man nie mit leeren Händen einen Besuch abstatten.«

»Danke, Mama. Du bist die Beste!« Imke küsste ihre Mutter auf die Wange. »Dann bis später.«

In der Diele zog sie ihren Mantel wieder an, dazu noch Handschuhe und eine Mütze. Das Auto wollte sie stehen lassen. Ein Spaziergang durch die Winterluft zu den Nieblums würde ihr guttun und vermutlich helfen, Ordnung in ihre Gedanken zu bringen.

Das Haus der Nieblums zählte zu den bescheideneren in St. Peter-Ording. Das mit Moos bewachsene Dach und die teils verwitterte Fassade, die einmal hellgelb gewesen sein musste, wirkten trostlos. Ein kleiner Holzzaun trennte den Vorgarten vom Bürgersteig, und neben der Haustür lehnte ein altes Klapprad.

Imke klingelte.

Die Tür wurde von einer Frau mit müdem Gesichtsausdruck geöffnet. Sie war klein, trug ihr graues Haar in einem lockeren Knoten und hatte tiefe Falten um die Augen. »Oh, guten Tag«, sagte sie überrascht. Ein zaghaftes Lächeln stahl sich auf ihr Gesicht.

»Guten Tag, Frau Nieblum.« Imke lächelte die Frau freundlich an. »Mein Name ist Imke Claasen.«

»Ach! Sie sind Pastor Claasens Tochter, nicht wahr? Ich hörte davon, dass Sie für Ihren Vater eingesprungen sind. Kommen Sie doch bitte rein, das ist aber eine Freude!«

»Ich hoffe, ich störe Sie nicht. Finn hat gestern sein Liederbuch im Gemeindesaal vergessen, und ich dachte, ich bringe es vorbei. Und das hier habe ich Ihnen auch mitgebracht, mit lieben Grüßen von meiner Mutter.« Sie hielt ihr die Dose mit Vanillekipferl entgegen.

»Wie lieb von Ihnen«, sagte Frau Nieblum und nahm die

Kekse entgegen. »Ich bin noch gar nicht zum Backen gekommen. Immer ist was anderes zu tun.«

Imke folgte ihr ins Wohnzimmer. Ein in die Jahre gekommenes, aber anscheinend gemütliches Sofa und ein schmaler Tisch mit einem Adventskranz in der Mitte bildeten die Herzstücke des Raums. In einer Ecke bollerte ein Feuer in einem alten Kachelofen, daneben stand eine Kiste mit Spielsachen. Imke erspähte ein buntes Kinder-Xylophon, dessen Metallplatten schwach im Licht einer funzeligen Lampe glänzten.

»Bitte setzten Sie sich doch«, forderte Frau Nieblum sie auf.

»Danke sehr.« Imke legte das Liederbuch auf dem Tisch ab und nahm auf dem Sofa Platz, während Frau Nieblum sich einen Stuhl heranzog.

»Meine Enkel sind gerade mit meinem Mann und unserer Schäferhündin unterwegs. Die Kinder begleiten ihn oft, wenn er mit Senta Gassi geht.«

»Sie haben einen Hund, wie schön!« Imke lächelte wieder. »Finn hat gestern bei der Probe wirklich toll Xylophon gespielt. Da habe ich mir gedacht, er vermisst sein Liederbuch bestimmt und ich komme bei der Gelegenheit mal vorbei – auch um zu fragen, wie es Ihnen geht.«

Frau Nieblum seufzte, ihre Hände ruhten müde in ihrem Schoß. »Das ist wirklich nett von Ihnen. Finn liebt ja sein Xylophon über alles – wenn es auch eher ein Spielzeug ist als ein richtiges Instrument. Es ist das Einzige, was ihn wirklich aufblühen lässt. Ach … Uns geht es nicht allzu gut, Frau Claasen, das muss ich leider zugeben.«

Imke beugte sich leicht vor. »Finns Klassenlehrer hat mir davon erzählt. Es tut mir so leid, was den Jungen widerfahren ist – und natürlich Ihnen.«

»Danke«, erwiderte Frau Nieblum leise. »Seit ihre Eltern, also unsere Tochter und ihr Mann, bei diesem schlimmen Autounfall ums Leben gekommen sind, ist alles anders. Mein Mann Hinnerk hat seit Jahren schon ein schwaches Herz. Er kann kaum noch etwas machen. Tja, und ich habe zwei Jobs, damit es überhaupt weitergeht. Trotzdem reicht es hinten und vorne nicht.«

»Das kann ich mir gut vorstellen.« Imke nickte mitfühlend. »Und wie geht es Lasse?«

Frau Nieblum sah zur Seite. Imke konnte ihre Augen feucht schimmern sehen. »Lasse ist erst dreizehn, aber er versucht trotzdem, der Mann im Haus zu sein. Sein Opa kann es nicht mehr, also übernimmt er die Rolle. Er kümmert sich rührend um Finn und hilft mir im Haushalt, wo er nur kann.« Sie seufzte schwer.

»Aber er spricht kaum. Er trägt all die Trauer und Sorge stumm in sich. Das bricht mir das Herz.« Sie wischte sich verstohlen die Augen. »Finn macht mit seinem fröhlichen Gemüt alles ein wenig heller. Aber manchmal wissen wir nicht, wie wir mit unseren Enkeln weiterkommen sollen. Wir können die Eltern nicht ersetzen und haben auch nicht die Möglichkeiten, ihnen so viel zu bieten, wie wir gern würden.«

Imke atmete tief ein. »Ich möchte Ihnen meine Unterstützung anbieten. Vielleicht kann die Gemeinde etwas für Finn und Lasse tun. Es gibt bestimmt Leute, die Sie sofort unterstützen würden.«

Überrascht sah Frau Nieblum sie an. »Das ist in der Tat sehr nett, Frau Claasen, aber ich weiß nicht … Wir nehmen nicht so gern fremde Hilfe an.«

»Das verstehe ich«, sagte Imke einfühlsam. »Aber es wäre

kein Almosen. Vielmehr ein Zeichen, dass Sie nicht allein sind. Lassen Sie mich wenigstens mit ein paar Leuten darüber sprechen, ja?«

Frau Nieblum zögerte, dann nickte sie jedoch. »Gut. Wenn Sie meinen … Vielleicht wäre es für die Jungen wirklich nicht schlecht.«

»Bestimmt sogar!« Imke legte ihre Hand auf den Unterarm der älteren Dame und nickte ihr aufmunternd zu. Sie wollte den Nieblums nach ihrem schweren Schicksalsschlag unter die Arme greifen, sei es durch eine Spendenaktion oder durch tatkräftige Unterstützung aus der Gemeinde.

»Oh!« Frau Nieblum sprang auf. »Wie unhöflich von mir. Ich habe Ihnen noch gar nichts angeboten … Sie sind von der Kälte bestimmt durchgefroren. Möchten Sie vielleicht einen Tee oder einen Kaffee?«

»Ich nehme sehr gerne einen Tee«, nahm Imke das Angebot mit einem Lächeln an.

»Einen Moment nur, ich setze eben Wasser auf.« Frau Nieblum wollte das Wohnzimmer verlassen, blieb dann jedoch stehen und drehte sich noch einmal zu Imke um. »Ich weiß nicht, ob es Sie interessiert, aber vielleicht möchten Sie sich ein paar Fotos von Finns und Lasses Eltern ansehen? Ich habe zwei dicke Alben mit Aufnahmen.« Sie zuckte mit den Schultern. »Wenn Sie uns schon so nett Ihre Hilfe anbieten … Meine Tochter und ihr Mann hätten es bestimmt gewollt, dass Sie auch Fotos aus glücklichen Tagen sehen – denn das waren sie, eine richtig glückliche Familie.«

»Das würde ich liebend gern«, antwortete Imke erfreut. Ihr war bewusst, welches Vertrauen Frau Nieblum ihr damit entgegenbrachte.

Die ältere Dame nickte. »Dann gehe ich mal in die Küche und kümmere mich um unseren Tee.«

Imke atmete innerlich auf, als sie das Klappern von Geschirr aus der Küche vernahm. Sie fühlte, wie sie Schritt für Schritt wieder in ihrer Berufung als Seelsorgerin aufging.

Kapitel 11

Die Haustür öffnete sich mit einem leisen Klicken. Schnell schlüpfte Imke hinein und entledigte sich ihrer warmen Stiefel, bevor sie ihren Steppmantel und die Handschuhe auszog und an die Garderobe im Flur hängte. Die Mütze legte sie auf der Kommode ab, wo ein singender Keramikengel stand, der dort in der Weihnachtszeit stets seinen festen Platz hatte.

Obwohl es erst halb fünf war, war es draußen schon fast dunkel, und die ersten Sterne leuchteten vom Himmel. Imke hörte leise Musik aus dem Wohnzimmer. Sie folgte den Klängen.

Ihre Eltern saßen gemütlich auf dem Sofa. Ihr Vater hatte sein Bein auf einen Hocker mit einem dicken Kissen hochgelegt und blätterte in einer Zeitung, ihre Mutter hatte sich mit ihrem Strickzeug neben ihn gesellt. Auf dem Plattenspieler drehte sich eine alte Weihnachtsschallplatte. Das bekannte Lied »Stille Nacht« war vor vielen Jahren von einem Kinderchor eingesungen worden und ertönte jetzt untermalt vom leisen Knistern der Plattennadel und dem prasselnden Feuer des Kachelofens.

Auf der Fensterbank flackerten Teelichter in goldverzierten Gläsern, deren Licht sich in der Scheibe spiegelte. Über dem Ofen hing eine Lichterkette mit winzigen Sternen, die einen goldenen Schimmer auf die Wände warf.

»Moin, ihr zwei«, sagte Imke. Sie nahm sich ein Vanillekipferl aus der Schale auf dem Tisch und ließ sich in den freien Sessel fallen. »Draußen ist es ganz schön frostig. Ich bin richtig durchgefroren.« Sie hielt die Füße in die Richtung des Ofens und war dankbar für die Wärme, die langsam in ihre Glieder kroch.

Der vertraute Klang der Schallplatte und der Anblick der weihnachtlich geschmückten Ecke neben dem Bücherregal, in der ein kleiner Tannenbaum mit handgemachten Strohsternen auf dem alten Beistelltisch stand, verstärkten das Gefühl von tiefer Geborgenheit, das sie nur hier verspürte. Solange sie denken konnte, hatten sie zu Hause keinen großen Tannenbaum aufgestellt. Es waren immer kleine Bäumchen mit Wurzeln gewesen, die ihr Vater nach Weihnachten entweder im Garten eingepflanzt oder woanders zurück in die Natur gebracht hatte.

»Hast du die Nieblums angetroffen?«, erkundigte ihre Mutter sich mit einem Lächeln, legte das Strickzeug beiseite und stand auf, um die Lautstärke des Plattenspielers etwas herunterzudrehen, sodass die Musik in den Hintergrund trat.

»Frau Nieblum war zu Hause.« Imke lehnte sich zurück.

Prompt legte ihr Vater die Zeitung, die er in den Händen gehalten hatte, auf den Tisch und sah sie neugierig an. »Wie geht's Frau Nieblum denn?«

Imke zögerte einen Moment, während ihre Hände mit dem Saum ihres Pullovers spielten. »Nicht so gut, glaub ich. Sie versucht zwar, tapfer zu wirken, aber sie scheint sehr erschöpft zu sein. Sie hat mir von ihren zwei Jobs und ihrem herzkranken Mann erzählt. Und was die Jungen angeht … Sie sagt, Finn sei fröhlich, wenn er Musik machen kann, aber Lasse sei so in sich gekehrt. Er ist wohl sehr schweigsam und bemüht sich, seinen kranken Großvater im Haushalt zu ersetzen.«

Stirnrunzelnd nahm ihre Mutter wieder auf der Couch Platz. »Ach, die armen Kinder. Seit dem Tod ihrer Eltern ist es bestimmt keine leichte Zeit für sie. Für die Großeltern vermutlich auch nicht weniger.« Sie stand abermals auf, holte eine Schale mit Nüssen und einen Nussknacker vom Sideboard und stellte sie auf den Tisch. Dann begann sie, die Nüsse zu knacken.

»Genau«, stimmte Imke zu und nahm sich die erste Nuss, während die Platte zu »O du fröhliche« wechselte und die festlichen Töne das Wohnzimmer nun mit einer leichten Heiterkeit füllten, die so gar nicht zu ihrem Gesprächsthema zu passen schien. »Ich habe ihr angeboten, sie, ihren Mann und natürlich die Kinder zu unterstützen. Vielleicht mit einer Spendenaktion in der Gemeinde, die den Jungen hilft, ohne dass sie sich bevormundet fühlen. Anfangs war sie etwas zurückhaltend, aber ich glaube, sie versteht, dass es ihren Enkeln guttun könnte. Soweit ich weiß, wird dieses Jahr doch eh für bedürftige Familien in St. Peter gesammelt. Da bietet es sich an, dass die Nieblums davon profitieren.«

»Hm«, brummte ihr Vater mit einem nachdenklichen Lächeln auf den Lippen, während er die Kerzen auf der Fensterbank betrachtete. »Das ist eine gute Idee, Imke. Die Nieblums sind zwar stolze Leute, das waren sie schon immer. Aber wenn du es geschickt anstellst, werden sie die Hilfe der Gemeinde schon annehmen.«

»Danke für deinen Zuspruch, Papa.« Sie freute sich aufrichtig über seine Worte. »Ich hoffe, ich kann tatsächlich etwas bewirken. Und wenn es nur ein kleiner Teil ist.«

»Das wird dir gelingen«, versicherte ihre Mutter, während sie unbeirrt weiter Nüsse knackte. »Anderen zu helfen war doch schon immer dein Talent. Ich kann mich noch gut an dieses eine Mädchen in deiner Klasse erinnern, das in Englisch immer auf der Kippe stand.«

»Du meinst bestimmt Margit.« Imke stibitzte sich eine weitere Nuss.

»Richtig, so hieß sie. Als sie drohte, nicht ins nächste Schuljahr versetzt zu werden, hast du jeden Tag mit ihr für die nächste Klassenarbeit gebüffelt.« Ihre Mutter warf ihr ein liebevolles Lächeln zu.

»Stimmt, die Versetzung hat Margit am Ende doch geschafft.« Imke hatte es schon fast vergessen.

Ihr Vater nahm einen Schluck Tee aus seiner Tasse, dann sah er sie an. »Weißt du, Imke«, begann er und stellte die Tasse wieder zurück auf den Tisch, »ich bin wirklich unendlich dankbar, dich bei uns zu haben – nicht nur wegen meines Unfalls, sondern auch weil ich sehe, wie du dich in unsere Gemeinde einbringst. Ich glaube tatsächlich, die Leute vertrauen dir schon jetzt. Und du weißt, dass das bei uns Nordlichtern nicht selbstverständlich ist.«

Imke spürte, wie ihre Wangen warm wurden. »Na ja, bei Frau Hansen ist es mit dem Vertrauen zu mir nicht so weit her, Papa«, versuchte sie, ihre Verlegenheit zu überspielen. »Sie ist ein harter Brocken und nicht so leicht zu überzeugen, denke ich.«

»Ach, das kommt schon noch alles«, meinte er und zwinkerte ihr zu. »Weißt du, Imke, ich denke oft darüber nach, wie es mit unserer Kirche generell weitergehen soll. Ich bin ja nun auch nicht mehr der Jüngste, und für die Gemeinde braucht es jemanden, der sie mit Herz und vor allem mit

Engagement leitet. Ich wünschte mir nichts mehr, als dass du bleiben würdest, wenn ich wieder auf den Beinen bin ... und vielleicht irgendwann sogar meine Nachfolge antrittst.«

Imke hielt für eine Sekunde den Atem an, ihre Finger umklammerten die Sessellehne. »Deine Nachfolge? Aber Papa ... Ich ... Ich weiß nicht, ob ich das wirklich könnte. Außerdem bist du doch noch gar nicht so alt ...«

»Dreiundsechzig. Die Rente kommt schneller, als man denkt.« Er lächelte sanft. »Ähnliche Bedenken hatte ich übrigens damals auch, als ich diese Stelle übernommen habe. Aber du hast den Vorteil, dass du schon mal eine Gemeinde geleitet hast und St. Peter dein zu Hause ist. Ich bin damals ins kalte Wasser gesprungen, und siehe nun, was daraus geworden ist. Oder möchtest du nicht mehr dauerhaft als Pastorin arbeiten?«

»Natürlich möchte ich das.« Sie senkte den Blick. Innerlich war sie hin- und hergerissen. Sie wollte mutig sein, gleichzeitig fühlte sie sich unsicher. Ihre Heimatgemeinde wurde ihr seit ihrer Ankunft stetig wichtiger. Sie spürte eine tiefe Sinnhaftigkeit darin, Kinder wie Finn und Lasse zu unterstützen – das war auch bei ihrer Arbeit im Jugendzentrum der Fall. Selbst die eine Begegnung mit Simo hatte dazu beigetragen, dass sie sich wieder tiefer mit St. Peter-Ording verbunden fühlte.

Doch es würde bedeuten, ihr Leben in Münster aufzugeben. Wollte sie das? Die Arbeit im Jugendzentrum war genauso wichtig.

»Ich fühle mich in St. Peter inzwischen wieder mehr zu Hause, als ich vorher gedacht habe«, gab sie zu. »Aber in Münster habe ich mir auch etwas aufgebaut. Ich bin nicht sicher, ob ich das einfach wegwerfen kann. Zumal mein

Vorgesetzter mir einen neuen Vertrag angeboten hat. Es ist keine Entscheidung, die ich zwischen Tür und Angel treffen kann. Verstehst du das, Papa?«

»Natürlich. Du musst dich ja auch nicht gleich festlegen.« Ihr Vater beugte sich leicht vor. »Es ist sicherlich keine leichte Entscheidung. Aber ich denke, du hast sehr gute Chancen, wenn du dich bewirbst. Und ab und an zeigt uns das Leben einen neuen Weg, wenn wir es am wenigsten erwarten. Hör einfach auf dein Herz. Es wird dir sagen, wohin du gehörst.«

»Okay, Papa«, erwiderte sie nachdenklich.

Ihr Vater trank einen weiteren Schluck Tee, während ihre Mutter die Schallplatte umdrehte. Dann erklang »Leise rieselt der Schnee«.

»Na, der viel besungene Schnee fehlt uns noch in Nordfriesland«, sagte ihre Mutter und warf Imke einen vergnügten Blick zu.

»Ich dachte, ich hätte ihn vor ein paar Tagen gerochen«, meinte sie, froh über den Themenwechsel.

»Eigentlich ist Schnee ein seltener Gast in St. Peter-Ording, der sich aber in den letzten Jahren des Öfteren gezeigt hat.« Ihre Mutter zuckte die Achseln. »Vielleicht hat deine Nase ja recht.«

»Wer weiß.« Sie nickte. *Meine Nachfolge antreten*, hallten die Worte ihres Vaters in ihr nach. Es war natürlich ein Angebot, mit dem ihr Vater höchstes Vertrauen in sie setzte und das sie gleichermaßen rührte und ängstigte. Sie spürte den inneren Konflikt zwischen familiärem Pflichtgefühl und ihrer eigenen, unabhängigen Zukunft, zwischen Münster und St. Peter-Ording. In nachdenklicher Stille lauschte sie dem Weihnachtslied und wog ihre Möglichkeiten ab.

Sicherlich lag die Antwort schon irgendwo in ihr, doch sie fühlte sich noch nicht bereit, sich festzulegen.

Als die B-Seite der Schallplatte durchgelaufen war, sich die Nadel hob und in ihre Ausgangsposition zurückfuhr, stand Imke auf. »Das war wirklich schön. Nun ist mir ganz weihnachtlich zumute. Ich gehe dann mal hoch in mein Zimmer. Die Predigt für den zweiten Advent muss noch fertig werden.«

»Falls du meine Hilfe brauchst, sag Bescheid.« Ihr Vater bedachte sie mit einem verschmitzten Lächeln, während er die Zeitung zusammenfaltete. »So wie ich dich kenne, wirst du sie wohl nicht brauchen …«

»Nimm dir noch ein paar Nüsse mit«, schlug ihre Mutter vor und reichte ihr eine halb volle Schale.

»Nervenfutter ist nie verkehrt.« Imke nahm dankbar das Schälchen an und ging durch den Flur, vorbei an der Kommode mit dem singenden Engel.

Die Treppe knarrte wie gewohnt unter ihren Schritten. In ihrem Zimmer angekommen, knipste sie das Deckenlicht an und schloss die Tür hinter sich. Die Nussschale stellte sie auf den Schreibtisch und schaltete dort die kleine Lampe ein.

Sobald sie Platz genommen hatte, klappte sie ihren Laptop auf. Rechts davon lagen ein Gesangbuch, eine Bibel und ein paar lose Zettel, auf denen sie in den letzten Tagen immer wieder Ideen notiert hatte.

»Dann mal los«, murmelte sie und schlug die ledergebundene Bibel mit Goldschnitt auf. Für den Eingangspsalm wählte sie Psalm 95. Während sie ihre Ideen niederschrieb, sortierte und schließlich langsam ein Konzept für den Gottesdienst entstand, hatte Imke plötzlich einen Einfall. Eigentlich könnte Finn doch in der Kirche mal Xylophon spielen, oder nicht? Bestimmt hätte der Junge daran Spaß, sein Können zu zeigen. Vielleicht wäre es eine schöne musikalische Einlage für den vierten Advent? Oder an Heiligabend? Der Gedanke gefiel Imke. Doch bevor sie die Idee weiter vertiefte, musste sie natürlich erst die Nieblums und vor allem Finn fragen, ob er dazu überhaupt Lust hätte.

Und was konnte sie für Lasse tun? Grüblerisch zog sie die Schreibtischschublade auf und entnahm ihr altes Notizbuch, in dem sie sich angewöhnt hatte, lose Ideen, Programmpunkte und kleine Skizzen zu sammeln.

Sie notierte beide Namen der Jungen. Hinter Lasses Namen machte sie ein großes Fragezeichen, das sie mehrmals mit dem Stift nachzog. Sie wollte ihm so gern ein Gefühl von Zugehörigkeit und vor allem Hoffnung schenken.

Imke fuhr sich mit der Hand durchs Haar und seufzte leise. Hoffentlich würde sie einen Weg finden, mit dem ihr dies gelang. Sie erinnerte sich daran, wie gerne sie als junges Mädchen zusammen mit anderen Kindern an den Gottesdiensten teilgenommen hatte. Jedes Mal waren es besondere Momente gewesen, in denen sie das Gefühl gehabt hatte, dass alles möglich war. Jetzt, Jahre später, wollte sie gerne daran anknüpfen.

Sie wog die Möglichkeiten ab, eine Art interaktives Adventsprogramm zu veranstalten, bei dem die Kinder nicht nur Zuschauer, sondern aktive Teilnehmer wurden. Vielleicht könnte Finn dabei das musikalische Herzstück bilden, während Lasse in einer anderen Rolle, zum Beispiel in der des Erzählers oder als Teil einer kleinen Theatergruppe, seine Stimme fand. Imke war klar, dass die Herausforderung darin lag, Lasse so einzubinden, dass er sich nicht unter

Druck gesetzt fühlte, sondern ermutigt wurde, sich nach außen zu öffnen.

Es würde viel Fingerspitzengefühl erfordern, deshalb scheute sie sich allerdings nicht vor der Aufgabe. Durch ihre Arbeit im Jugendzentrum war sie daran gewöhnt, mit problembehafteten Kindern und Jugendlichen zu arbeiten. Ihre bisherigen Erfahrungswerte konnten nur hilfreich im Umgang mit Lasse sein.

Während sie weiter über die Nieblums und ihre Enkelsöhne grübelte, stieg in ihr ein leiser Warnruf auf. Sie durfte nicht zu tief in die Probleme der Familie eintauchen. Am Ende verlor sie sich noch selbst in der Fürsorge für andere. In Münster hatte sie diesen Fehler einmal gemacht und sich anfangs so sehr in die Angelegenheiten ihrer Jugendgruppe vertieft, dass sie ihre eigenen Bedürfnisse aus den Augen verloren hatte. Danach hatte sie sich geschworen, einen gewissen emotionalen Abstand zu wahren und ihre Ideen lediglich als Inspiration zu sehen.

Plötzlich musste sie wieder an Simo denken. An sein zaghaftes Lächeln in der Strandkorbhalle und an den Klang seiner Stimme. Es wurde ihr immer bewusster, wie viele Fragen damals unbeantwortet geblieben waren. Warum war dies alles passiert? Was war damals wirklich zwischen ihnen geschehen? Es war nicht von der Hand zu weisen, dass sie nicht mit der Sache abgeschlossen hatte.

Kopfschüttelnd legte Imke den Stift beiseite und wandte sich ihrem Laptop zu. Sie schaute in die E-Mails der Gemeinde und hoffte, dass der Kostenvoranschlag von der Tischlerei bereits eingetroffen war. Doch im Posteingang waren bloß eine Nachricht von Frau Petersen, die in einem Rundschreiben nochmals zum baldigen Weihnachtsbasar einlud, und die Anfrage einer Frau, die anbot, selbst gebackene Plätzchen für den Seniorentreff mitzubringen.

Enttäuscht nahm sie ein paar Nüsse aus der kleinen Schale. Während sie bedächtig kaute, versuchte sie, sich wieder auf den Predigttext zu konzentrieren. Doch ihre Gedanken schweiften immer wieder und hartnäckig ab, zu Simo.

Eine halbe Stunde später ließ sie den Kugelschreiber sinken und rieb sich die Augen. Ein letztes Mal überflog sie ihre Notizen und zeichnete das sich langsam bildende Konzept nach. Schließlich beantwortete sie noch die E-Mail der Dame, indem sie ihr für die Plätzchen dankte, die sie gedachte mitzubringen.

Mit einem tiefen Atemzug klappte Imke ihr Notizbuch schließlich zu und fuhr den Laptop runter. Es war spät geworden.

Sie erhob sich vom Stuhl und streckte sich ausgiebig, bevor sie ins Bad ging, um sich für die Nacht fertig zu machen. Nachdem sie den Laptop zugeklappt hatte, blickte sie noch einmal aus dem Fenster. Ein runder Mond thronte über dem dunklen St. Peter-Ording – wie eine überdimensionale Taschenlampe, und um ihn herum funkelten unzählige weißsilberne Sterne. Ein Lächeln glitt über ihr Gesicht. Selbst in den dunkelsten Momenten schien immer irgendwo ein Licht zu leuchten.

Mit einem leisen Seufzer schaltete sie die Schreibtischlampe aus und ging ins Bad.

Kapitel 12

Als Imke am nächsten Morgen die Vorhänge ihres Zimmers zurückzog, blinzelte sie gegen unerwartete Helligkeit an. Ein strahlend blauer Himmel begrüßte sie, und der Schnee, der über Nacht gefallen war, glitzerte im Sonnenlicht. Ein wahrlich überraschender Anblick, denn als sie am vergangenen Abend zu Bett gegangen war, war der Himmel wolkenlos gewesen. Nun lag ein funkelndes Winterkleid über den benachbarten Dächern und der Dünenlandschaft hinter dem Haus. Imke konnte nicht anders, als zu lächeln, und spürte mit einem Mal eine unbändige Lust, nach draußen zu gehen und sich zu bewegen. Ihr kam eine Idee.

Nachdem sie sich rasch gewaschen und angezogen hatte, überlegte sie, wo sie ihr Sportzeug gelassen hatte, das sie damals beim Umzug nicht eingepackt hatte. Sie erinnerte sich schließlich daran, in welchem Schrank sie früher ihre Joggingkleidung aufbewahrt hatte.

Bevor sie die Pastorenstelle in Warendorf angenommen hatte, war sie regelmäßig und gern gelaufen, was sich durch den Ortswechsel völlig verloren hatte. Manchmal hatte sie es bedauert, dennoch nie die Muße gefunden, wieder mit dem Sport anzufangen. Nun schien ihr der richtige Augenblick dafür gekommen zu sein.

Im Kleiderschrank im Flur fand sie die Sportkleidung

schließlich in einem der Fächer, sorgfältig zusammengelegt, als hätte sie sie erst gestern dort eingeräumt. Die Sommerhosen links und die warmen Thermohosen für kühleres Wetter rechts, darüber passende Oberteile mit kurzen und langen Ärmeln und sogar eine Thermosportjacke mit reflektierenden Streifen an den Seiten und der Kapuze. Die Joggingschuhe lagen im Schuhschrank im Keller, in dem zurzeit auch die Sommersandalen ihrer Mutter überwinterten.

Imke spürte die Vorfreude auf den Lauf im ganzen Körper. Mit einem Lächeln zog sie ihre Joggingsachen an, die glücklicherweise noch passten, und schnürte ihre Schuhe fest.

»Moin!« Ihre Mutter lugte aus der Küche zu ihr in die Diele. »Ich habe frische Brötchen gekauft und Kaffee gekocht … Oh, aber du siehst mir nicht danach aus, als würdest du gleich frühstücken wollen?«

»Nein. Jedenfalls jetzt noch nicht. Später sehr gerne.« Imke zog sich ein breites Stirnband über die Ohren. »Bei dem tollen Wetter gehe ich erst mal eine Runde laufen. Das habe ich viel zu lange nicht getan.« Sie rieb mit einem Finger über ihren Nasenrücken. »Da hatte ich wohl richtig gerochen, was?«

»Oh, ja! Tatsächlich. Obwohl ich ehrlich gesagt nicht mit Schnee gerechnet habe«, gab ihre Mutter zu. »Na, dann mal viel Spaß. Die Brötchen sind nach deinem Lauf ja immer noch frisch.«

»Bis nachher!« Imke zog den Reißverschluss ihrer Thermojacke hoch und trat hinaus in die klare, kalte Morgenluft. Das Frühstück würde sie später nachholen, denn mit vollem Magen lief es sich bekanntlich schlecht. Früher hatte sie es auch so gehandhabt, und meistens hatte die erste Mahlzeit des Tages dann besonders gut geschmeckt.

Sie trat auf den Bürgersteig, blickte kurz nach links und rechts, dann joggte sie los. Die Wege und Straßen waren zum größten Teil geräumt und mit Split gestreut geworden. Als Imke darüberlief, knirschten die kleinen Steinchen unter ihren Sohlen, ihr Atem formte kleine, flüchtige Wölkchen in der Kälte. Nach einer Weile war sie aufgewärmt. Bei jeder Bewegung spürte sie, wie sich immer mehr Energie in ihr entfaltete und Glückshormone durch ihren Körper strömten.

Sie lief zunächst durch St. Peter-Dorf und dann in Richtung Bad, vorbei an ruhigen, noch schneebedeckten Nebenstraßen und stets begleitet vom leisen Rauschen des Windes. Zu ihrer Freude stellte sie fest, dass sie immer noch ziemlich fit war, obwohl sie so lange mit dem Training ausgesetzt hatte.

Bald darauf joggte sie zügig im Ortsteil Bad über den großen Vorplatz und dann über die Seebrücke. Die massiven Holzplanken vibrierten leicht unter ihren Schritten. Der weite Blick über die Salzwiesen bis aufs Meer öffnete ihr Herz. Die Sonne spiegelte sich auf den Wellen und zog sich wie ein goldenes Band durch das frostige Graublau der Nordsee.

Als sie den Strand entlang in Richtung Ording lief, kam sie an dem Surfcontainer vorbei, einem wetterbeständigen blauen Stahlverschlag auf einem hölzernen Podest, in dem Ausrüstung der hiesigen Surfschule und einiger Privatmenschen gelagert wurde. Trotz der kühlen Temperaturen waren ein paar unerschrockene Wellenreiter auf dem Wasser, ihre bunten Segel tanzten lebhaft im Wind.

Imke verlangsamte ihren Lauf und schirmte die Augen gegen die helle Sonne ab. Eine Weile lauschte sie dem Wellenrauschen, dann blickte sie weit aufs Meer hinaus. Für einen kurzen Moment glaubte sie plötzlich, Simo unter den Waghalsigen zu erkennen. Die Art, wie der Surfer weit draußen sein Brett lenkte, und seine Haltung, das kam ihr ziemlich bekannt vor. Doch dann schüttelte sie den Kopf. Sicher lag es daran, dass sie so viel an ihn dachte. Deshalb fing sie schon an, ihn überall in St. Peter-Ording zu entdecken. Obwohl … zuzutrauen war es ihm durchaus. Früher hatte er sich von keiner Witterung abschrecken lassen.

Nachdenklich joggte sie weiter und erreichte hinter dem Strandweg schließlich den Deich, wo sie einen Mann mit einem Schäferhund und einen Teenager auf einer Bank sitzen sah, die die Surfer offenbar konzentriert beobachteten.

Als der Junge sein Gesicht leicht in ihre Richtung drehte, erkannte sie Lasse Nieblum – sein schmales Gesicht und die dunklen Haare, die unter seiner dicken Mütze hervorschauten. Trotz seiner sonst ernsten Miene schien er für einen flüchtigen Moment den Anflug eines Lächelns zu zeigen, zumindest ein Zeichen des Erkennens. Der Mann mit dem Schäferhund war sicher sein Großvater. Er saß ruhig neben Lasse, während dieser den Blick fasziniert über die Dünen schweifen ließ und irgendwann mit dem Finger in Richtung der Surfer deutete.

Imke blieb in einiger Entfernung stehen und machte fällige Dehnübungen. Dabei atmete sie tief durch und sah Lasse eine Weile an, sodass er es merken musste. Das winzige Lächeln auf seinen Lippen, das sie nun ganz deutlich erkannte, bestärkte sie in ihrem Entschluss, der Familie zu helfen. Offenbar hatte Lasse das Surffieber gepackt, so ging es ja irgendwann den meisten Jungs in St. Peter-Ording; sie alle träumten davon, eines Tages genauso geschickt über die Wellen zu gleiten wie die Lokalmatadore vom Strand.

Da Imke Lasse und seinen Opa nicht weiter heimlich beobachten wollte, machte sie kehrt und setzte ihre Joggingrunde mit neuem Schwung fort. Sie hatte genug gesehen, um sich Gedanken machen zu können. Außerdem wurde es für sie höchste Zeit, sich zu überlegen, was sie am Nachmittag beim Seniorentreff im Gemeindehaus anbieten wollte.

Auf dem Rückweg nach St. Peter-Dorf fühlte Imke sich wie befreit. Sie hatte nicht nur festgelegt, welche Weihnachtslieder sie mit den Senioren singen wollte, der frische Winterwind schien auch die meisten ihrer Sorgen davongeweht zu haben. Die Sonne schien ihr ins Gesicht, sie spürte, wie sich ein beglücktes Lächeln auf ihre Züge legte. Beim Joggen konnte man nur glücklich sein, oder? Die klare Nordseeluft, das leise Knirschen des Schnees unter ihren Schuhen und Lasses flüchtiges Lächeln, das alles beflügelte sie.

Zu Hause angekommen, zog sie ihre Laufschuhe aus und ging in die Küche, wo sie von ihrer Mutter empfangen wurde. Auf dem Herd köchelte bereits eine deftige Suppe im großen Topf, es duftete nach frischen Kräutern und Gemüse. Ihre Mutter rührte mit einem großen Holzkochlöffel in dem Eintopf.

»Da bist du ja wieder«, begrüßte sie sie. »War dein Dauerlauf erfolgreich?« Sie wusste, dass Imke früher während des Joggens meistens Lösungen für Probleme gefunden hatte.

»Sehr erfolgreich sogar.« Imke setzte sich an den Tisch, der immer noch für das Frühstück eingedeckt war. »Jetzt habe ich richtig Hunger.« Sie griff beherzt nach einem Brötchen, das in einem Brotkorb lag, und legte es auf den Teller vor sich. Dann zog sie eine Butterdose zu sich und nahm das Messer.

»Die Suppe fürs Mittagessen ist auch gleich fertig. Du kannst sie dir dann später warm machen, wann immer du willst.« Ihre Mutter drehte die Hitze am Herd kleiner.

Imke lachte. »Du verwöhnst mich richtig, Mama! Daran könnte ich mich echt wieder gewöhnen.« Amüsiert goss sie sich Kaffee aus der Thermoskanne in eine Tasse. Kaum hatte sie den ersten Schluck getrunken, kam ihr Vater auf seinen Krücken in die Küche.

In seinen Augen lag ein besorgter Ausdruck. In einer Hand hielt er einen ausgedruckten Zettel, den er nun langsam auf den Küchentisch schob. »So, der Kostenvoranschlag ist da«, verkündete er, bevor er sich umständlich auf einen Stuhl niederließ. Er nahm die Brille aus der Brusttasche seines Hemdes und setzte sie auf, um still zu lesen.

Imke frühstückte und beobachtete ihn.

»Die Materialkosten sind noch moderat, daran gibt es nichts auszusetzten. Aber die Preise für die benötigten Handwerkerstunden sprengen eindeutig den Rahmen. Eine Tischlerarbeitsstunde kostet fast 82 Euro brutto.« Er schüttelte den Kopf. »Das ist viel zu hoch für uns. Und die Verkaufsbuden sollen alle in einer Woche fertig sein. Wahrscheinlich muss Jensen dafür sogar kurzfristig jemanden einstellen, um das zu schaffen. Da möchte ich nicht wissen, mit welcher Summe wir am Ende rechnen müssen.«

»Wirklich 82 Euro? So teuer ist das inzwischen?« Ihre Mutter stemmte eine Hand in die Hüfte.

»Ich fürchte ja.« Sein Blick schweifte zu seiner Frau.

Enttäuscht legte Imke ihr Messer auf den Teller. »Da kommt vermutlich einiges zusammen, wenn alle Verkaufshütten vernünftig repariert werden sollen.«

Ihr Vater nickte. »Simo hatte recht, als er meinte, dass neue Hütten vielleicht vernünftiger wären – vor allem wirtschaftlicher. Aber was sollen wir tun? Wir haben einfach nicht das nötige Budget, um das noch in diesem Jahr zu stemmen. Ehrlich gesagt weiß ich momentan noch nicht, wie wir das regeln sollen.«

»Ich werde mir auch ein paar Gedanken machen. Eventuell fällt mir noch etwas ein, damit wir aus der Zwickmühle rauskommen«, verkündete Imke und lächelte ihrem Vater zu. »Es muss irgendeine Möglichkeit geben, die Kosten zu drücken. Oder wir finden eine Alternative. Vielleicht können wir manche Reparaturarbeiten selbst übernehmen oder einen Sponsor in der Gemeinde dafür gewinnen. So leicht sollten wir nicht aufgeben.«

Ihr Vater nickte, während er mit dem Finger nachdenklich über den Zettel strich. »Das hoffe ich doch mal stark, Imke. Allerdings müssen wir schnell handeln, sonst wird der Markt nicht wie geplant stattfinden können.«

Ihr Vater referierte noch einmal über die zu beachtenden Details, über alte Bretter, durchgerostete Scharniere und betonte die Notwendigkeit, die Dachkanten auszutauschen. Imke hörte ihm aufmerksam zu und suchte gedanklich nach Lösungen.

Die Zuversicht, die sie beim Joggen gespürt hatte, war zurück. Es war ein heller Funke, der trotz der ernsten Lage nicht erlosch. Sie biss von ihrem Brötchen ab und kaute nachdenklich. Wen konnte sie fragen? Vielleicht könnte Hauke helfen? Als Lehrer kannte er bestimmt viele Leute.

Oder die Senioren vom Nachmittagstreff hatten kreative Ideen?

»Wir könnten eine Arbeitsgruppe bilden«, schlug sie schließlich vor, als ihr Vater mit seinen Ausführungen fertig war. »Ein paar handwerklich Geschickte aus der Gemeinde vielleicht, die mit anpacken. Es muss ja nicht jeder ausgebildeter Fachmann sein, ein paar tatkräftige Hände könnten schon reichen, um unter Anleitung die Hütten wieder auf Vordermann zu bringen. Oder?«

Ihr Vater hob zunächst eine Augenbraue, dann erschien ein kleines Lächeln auf seinem Gesicht. »Das ist nicht dumm, Imke. Und die St. Peteraner haben schon öfter bewiesen, dass sie zusammenstehen, wenn es um etwas geht. Das könnte tatsächlich die Lösung sein, um das Geld für den Arbeitslohn einzusparen …«

»Meine Rede«, erwiderte sie und trank einen Schluck Kaffee. »Ich werde nachher mit ein paar Leuten reden. Vielleicht finden wir ja kurzfristig schon Freiwillige.«

Ihre Mutter legte den Kochlöffel auf einen Teller und drehte sich zu ihnen. »Und ich könnte mit den Frauen vom Strickkreis sprechen. Die meisten haben einen Mann an ihrer Seite oder Söhne. Bestimmt erklären sich ein paar von ihnen bereit, uns zu unterstützen.«

»Sicher sind auch Frauen handwerklich begabt, die brauchen wir unbedingt«, wandte Imke ein.

»Dann machen wir das so«, entschied ihr Vater und wirkte deutlich zufriedener als noch vor einer halben Stunde. »Aber wir müssen Frerk informieren – er sollte möglichst schnell erfahren, dass wir selbstständig Unterstützung organisieren. Ich werde ihn gleich mal in der Werkstatt anrufen.«

Imke nickte und fühlte wieder dieses leichte Kribbeln in

ihrem Bauch, als sie bei der Erwähnung seines Großvaters wieder an Simo denken musste. Unweigerlich erinnerte sie sich daran, dass er immer sehr hilfsbereit gewesen war … Doch sie rief sich zur Ordnung. Es ging nicht um Simo, sondern darum, dass die Verkaufsbuden in aller Eile repariert werden mussten.

Imke nahm ein weiteres Brötchen aus dem Korb. Es würde nicht leicht werden, rechtzeitig fertig zu werden. Theoretisch musste sie von heute auf morgen ein Helferteam organisieren, das sofort mit den Ausbesserungsarbeiten begann. Eigentlich ein Ding der Unmöglichkeit. Doch innerlich fühlte sie sich bereit, diese Herausforderung anzunehmen.

Am Nachmittag trug Imke einen Karton voller Bastelmaterial in den Gemeindesaal. Große Einmachgläser, Beutel mit feinem Dekosand in Naturweiß, kleine Muscheln, Seesterne, Stumpenkerzen, etwas Juteband und ein paar Treibholzstern-Anhänger – das alles wurde für die stimmungsvollen Windlichter benötigt, die die winterliche Magie von Meer, Sand und Licht einfangen sollten. Frau Petersen folgte ihr mit einem weiteren Karton, aus dem maritime Kordeln, Heißklebepistolen und LED-Teelichter hervorlugten. Der Duft von Kaffee und selbst gebackenen Weihnachtskeksen zog bereits aus der Teeküche durch den Flur.

»Ich habe heute früh nicht schlecht gestaunt, als ich aus dem Fenster geschaut habe und alles weiß war«, sagte Imke, während sie ihren Karton auf einem der Tische im Gemeindesaal abstellte.

»So ist es mir auch ergangen«, erzählte die Küsterin. »Ich mag Schnee eigentlich sehr gerne, wenn da nur nicht das lästige Räumen wäre. Danach tut mir immer der Rücken weh.«

»Oh, ja! Das stimmt.« Imke lachte. »Danke, dass Sie mich bei der Organisation und Durchführung des Treffens unterstützen. Das wird bestimmt ein schöner Nachmittag, denke ich.«

»Da bin ich mir sicher«, antwortete Frau Petersen mit einem Lächeln. »Unsere Senioren sind ja eine eingeschworene Gemeinschaft. Manche kommen schon seit Jahren regelmäßig her. Im Grunde genommen freuen sie sich immer, wenn's was zu tun gibt – und wenn's dann noch für den Weihnachtsbasar ist, umso besser.«

»So ähnlich war es damals auch in der Gemeinde in Warendorf.« Imke verteilte die Einmachgläser auf die Tische. »Ach ja, ich wollte Ihnen noch etwas erzählen«, begann sie und senkte die Stimme dann ein wenig, obwohl außer ihnen niemand im Saal war. »Der Kostenvoranschlag für die Verkaufshütten ist heute Morgen eingetrudelt.«

»Oh!« Frau Petersen hob die Augenbrauen. »Hoffentlich sind die veranschlagten Ausgaben überschaubar.«

Imke wiegte den Kopf hin und her. »Na ja … Die Materialkosten sind okay, aber was den Arbeitslohn anbelangt … 82 Euro pro Tischlerstunde. Mit zwei oder drei Stunden ist es bei zwölf Buden längst nicht getan. Dafür sind sie in viel zu schlechtem Zustand. Mein Vater meinte auch, dass die Reparaturkosten das Budget bei Weitem übersteigen.«

Betroffen schüttelte Frau Petersen den Kopf und runzelte die Stirn. »82 Euro? Das ist ja auch ein stolzer Preis! Wie soll man sich so etwas im großen Stil leisten können?«

»Das ist in der Tat ein Problem«, stimmte Imke zu und

legte Muscheln und Seesterne neben die Einmachgläser. »Die Verkaufsbuden müssen ja schon in einer Woche einsatzbereit sein. Frerk Jensens Enkel hat bei der Begutachtung gesagt, dass neue im Prinzip besser wären. Das kommt natürlich nicht infrage. Deswegen überlegen mein Vater und ich, wie wir die Kosten drücken können. Wenn wir nur das Material bezahlen müssten … Mit einer Gruppe Freiwilliger oder einem Sponsor könnten wir den Rest vielleicht in Eigenregie schaffen.«

Die Küsterin nickte langsam. »Das klingt nach einer guten Strategie. Warum thematisieren wir das nicht heute beim Treff? Unsere Senioren sind in der Regel sehr hilfsbereit und vor allem einfallsreich. Einige geschickte Tüftler sind auch unter ihnen, soweit ich weiß.«

»Das wäre großartig«, sagte Imke, erfreut darüber, dass die Botschaft angekommen war. »Wenn Sie das ansprechen, wäre ich total dankbar. Ich würde auch danach fragen, aber Sie kennen die Leute viel besser und länger als ich.«

»Na, klar! Das mache ich doch glatt.« Frau Petersen zwinkerte ihr zu. »Ich gehe mal in die Küche, um weiteren Kaffee zu kochen, bevor die Senioren eintreffen. Bei einem heißen Getränk überlegt es sich doch gleich besser.«

Nach und nach füllte sich der Gemeindesaal. Ältere Frauen und Männer kamen herein, begrüßten einander mit einem herzlichen »Moin« oder hoben die Hand zum Gruß und ließen sich an den langen Tischen nieder.

Frau Petersen stellte Kaffeekannen auf die Tische, gefolgt von Tellern voller herrlich duftender Zimtsterne und Spekulatius. Als alle gemütlich beisammensaßen und jeder mit einem Kaffee versorgt war, holte Imke ihre Gitarre aus dem Koffer, den sie in einer Ecke abgestellt hatte. Sie stimmte kurz die Saiten, während einige Senioren schon neugierig die Bastelmaterialien in Augenschein nahmen.

»Einen wunderschönen Nachmittag zusammen«, begrüßte sie dann die Gruppe förmlich und stand kurz auf. Sie lächelte in die Runde. »Ich freue mich, dass Sie alle da sind. Wir basteln heute Windlichter für den Weihnachtsbasar. Zur Einstimmung singen wir aber erst einmal ein paar Weihnachtslieder … Das gehört doch dazu, oder?«

Ein zustimmendes Murmeln erklang. Imke nahm wieder Platz und schlug die ersten Akkorde von »Alle Jahre wieder« an. Ihre klare Stimme füllte den Raum, sofort stimmten die Senioren mit ein. Danach folgte »O du fröhliche«.

Die Stimmung war heiter und gelassen. Imke beobachtete, wie die meisten sich den Bastelarbeiten widmeten, nachdem sie ausgetrunken hatten. Frau Petersen ging herum, zeigte, wie man die Treibholzsterne mit Heißkleber am besten befestigen konnte, und sparte nicht mit Lob.

»Nicht zu viele«, rief sie lachend, als Herr Martens sein Glas fast zur Hälfte mit Muscheln füllte. »Sonst sieht man das Licht nicht mehr!«

Nach drei Liedern legte Imke die Gitarre zurück in den Koffer und trank einen Schluck Kaffee, bevor sie sich räusperte. »Ich habe noch ein Anliegen, worüber ich gerne mit Ihnen sprechen möchte«, begann sie und stellte sich an die Kopfseite eines Tischs. »Wie jedes Jahr soll am kommenden Wochenende der Weihnachtsmarkt auf dem Marktplatz stattfinden. Wie immer sollen auch unsere Verkaufshütten dafür aufgebaut werden. Doch inzwischen sind sie nicht mehr im besten Zustand, sondern hier und da reparaturbedürftig.« Zufrieden sah sie aus dem Augenwinkel, dass Frau Petersen schon auf ihren Einsatz wartete. »Eine

Begutachtung durch die Tischlerei Jensen hat durchgerostete Scharniere, kaputte Dachkanten und morsches Holz festgestellt. Neu gestrichen werden müssten sie auch. Den Kostenvoranschlag für die Reparatur haben wir heute bekommen. Leider sprengt der veranschlagte Preis den finanziellen Rahmen. Die Arbeitsstunden sind einfach zu teuer. Trotzdem brauchen wir natürlich einsatzfähige Verkaufsbuden bis zum nächsten Samstag.«

»Daher möchten wir fragen, ob jemand Ideen hat oder vielleicht sogar bei der Ausbesserung mit anpacken möchte«, schaltete sich Frau Petersen nun ein.

Ein Raunen ging durch den Gemeindesaal. Herr Martens, dessen Windlicht nun mit einem Seestern und einer Schleife verziert war, hob die Hand. »Ich bin zwar kein professioneller Handwerker, aber mein Sohn hat eine kleine Werkstatt in Garding. Eventuell könnten wir zusammen ein paar Stunden helfen. Ich frag ihn nachher mal.«

»Das wäre toll, Herr Martens.« Imke nickte ihm dankbar zu.

»Jede Hilfe zählt«, bekräftigte Frau Petersen.

Frau Lüders, die gerade eine LED-Kerze in ihr Glas platzierte, räusperte sich. »Mein Enkel ist zufällig Schreinerlehrling. Ich kann nachfragen, ob er Lust hat mitzuwerkeln. Normalerweise macht er so was gern. Wer weiß, vielleicht bringt er noch ein oder zwei Freunde mit.«

»Das ist schon mal ein guter Anfang.« Erleichtert atmete Imke auf. Sie spürte, wie ihre Anspannung langsam nachließ. »Wir könnten uns vielleicht Sonntagnachmittag in Ording in der Strandkorbhalle treffen. Dort stehen die Holzbuden, und es ist genügend Platz, um die Ausbesserungen vor Ort vorzunehmen.« Sie warf der Küsterin einen Blick zu.

Frau Petersen reagierte prompt. »Wer Zeit hat, ist herzlich eingeladen, uns zu helfen.« Ein paar Männer nickten bereits, dennoch fügte sie hinzu: »Ich werde heute Abend auch bei der Chorprobe nachfragen.«

»Gemeinsam bekommen wir das bestimmt hin«, schloss Imke mit einem zuversichtlichen Lächeln.

Zum Ende des gemütlichen Beisammenseins hatten die älteren Damen und Herren alle Kekse verzehrt und achtzehn Windlichter für den Basar fertiggestellt. Jedes war ein Unikat und hatte eine Prise Nordseemagie. Imke und die Küsterin stellten die Windlichter auf einen separaten Tisch.

Als Imke gerade den Reißverschluss des Gitarrenkoffers zuzog, trat Frau Hansen an sie heran. Sie hatte sich bisher auffallend zurückgehalten, Imke war gespannt, was jetzt kommen mochte.

Die Lippen gewohnt schmal, zwischen den Augenbrauen hatte sich eine Falte gebildet – wie immer, wenn Frau Hansen etwas zu beanstanden hatte. »Das mit den Verkaufshütten ist ja ein ziemliches Desaster«, merkte sie ein wenig schnippisch an. »Unter der Leitung Ihres Vaters wäre so etwas nicht passiert. Er hat immer dafür gesorgt, dass der Weihnachtsmarkt jedes Jahr pünktlich stattgefunden hat.«

Imke biss sich auf die Lippe, um sich zu beherrschen. Der deutliche Hieb war spürbar. Natürlich hätte sie erwidern können, dass das Ganze tatsächlich der Vergesslichkeit ihres Vaters zu verdanken war, weil er die Buden nicht frühzeitig kontrolliert hatte. Doch sie schluckte die Entgegnung herunter und machte gute Miene zum bösen Spiel.

»Wir finden garantiert eine Lösung, Frau Hansen«, sagte sie freundlich. »Machen Sie sich keine Sorgen. Die Gemeinde hält zusammen. Am nächsten Samstag treffen wir uns alle gut gelaunt auf dem Weihnachtsmarkt.«

Frau Hansen schnaubte leise. »Ihr Wort ins Gottes Ohr.« Dann drehte sie sich ohne ein weiteres Wort um und stolzierte zur Tür hinaus.

Imke atmete tief durch. Obwohl sie versucht hatte, ruhig zu bleiben, zitterten ihre Hände leicht.

»Nimm dir Frau Hansens spitze Zunge nicht so zu Herzen«, riet Frau Petersen, die das Gespräch offenbar mitbekommen hatte, und stupste sie an. »Du machst das alles ganz wunderbar, Imke. Dein Vater ist bestimmt stolz auf dich.«

»Ich gebe mir zumindest die größte Mühe.« Imke lächelte schwach. »Wahrscheinlich werde ich mich erst ganz entspannen können, wenn der Weihnachtsmarkt wie geplant über die Bühne geht.«

Die Küsterin nickte. »Da bin ich ganz zuversichtlich.«

Wenig später verließ Imke das Gemeindehaus. Es war inzwischen dunkel geworden. Der Frost auf den Gehwegen glänzte im Licht der Straßenlaternen.

Nachdem sie den Mantelkragen höher gezogen hatte, spürte sie immer noch die kalte Nordseeluft auf den Wangen. Als ihr Blick auf den Marktplatz fiel, kümmerte die Kälte sie kaum. Mit Hoffnung im Herzen betrachtete sie den leeren Platz.

Dort werden nächsten Samstag die festlich geschmückten Verkaufsbuden stehen, dachte sie aller Schwierigkeiten zum Trotz. Es gab zahlreiche Menschen, die helfen wollten, und das war mehr wert als jede Kritik.

Kapitel 13

Der letzte Orgelton war verklungen. Imke strich kurz ihren Talar glatt. Dann trat sie vor den Altar, auf dem zwei große Kerzen brannten, um die Gemeinde zu verabschieden. Zum Segen hob sie die Hände und betrachtete die Gläubigen.

»Nun gehet mit Hoffnung und Freude, die wir im Licht der zwei Kerzen gefunden haben. Möge es uns in den kommenden Tagen in unseren Herzen begleiten. Ich wünsche uns allen einen gesegneten zweiten Advent. Amen.«

Die Orgel erklang wieder, schon erhoben sich die Kirchenbesucher von den Stühlen, zogen die Jacken über oder knöpften sie zu, griffen nach Mützen und Handschuhen und bewegten sich langsam zum Ausgang. Imke folgte ihnen und zog noch im Gehen ihren schlichten Mantel über den Talar, den sie über einen freien Stuhl gelegt hatte.

Sie trat in die eisige Winterluft und stellte sich neben die Kirchtür, um die Gemeindemitglieder persönlich zu verabschieden. Dabei spürte sie eine tiefe innere Zufriedenheit. Nach ihrem Empfinden war der Gottesdienst reibungslos vonstatten gegangen. Ihre Predigt über die Kraft von Hoffnung hatte anscheinend den einen oder anderen Anwesenden berührt. Sie hatte in gleichsam aufmerksame wie nachdenkliche Gesichter geblickt.

Zu ihrer großen Freude hatte sie auch die Nieblums während des Gottesdiensts unter den Kirchgängern entdeckt.

Frau Nieblum hakte sich nun fest bei ihren Mann Hinnerk unter, während Finn und Lasse hinter ihnen hergingen. Finn hüpfte fröhlich von einem Bein auf das andere, Lasse schlurfte lustlos und mit gesenktem Blick hinterher.

Imke war nicht entgangen, dass Lasse sich während des Gottesdienstes gelangweilt hatte. Seine verschränkten Arme vor der Brust und das gelegentliche Gähnen hinter vorgehaltener Hand hatten Bände gesprochen. Aber konnte sie dies einem Jungen in seinem Alter verdenken? Bestimmt nicht! Es war eher bemerkenswert, dass er seine Großeltern überhaupt begleitete. Andere Teenager schliefen wahrscheinlich sonntags lieber aus, als einen Gottesdienst zu besuchen.

Als die Nieblums näher kamen, trat Imke mit einem aufrichtigen Lächeln auf sie zu. »Wie schön, Sie zu sehen«, sagte sie herzlich. »Und besonders freue ich mich, dass ihr da wart«, fügte sie an Finn und Lasse gewandt hinzu.

»Es war eine sehr schöne Predigt, Frau Claasen«, lobte Frau Nieblum und lächelte tapfer. »Ihre Worte über die Hoffnung haben mir im wahrsten Sinne Hoffnung geschenkt.«

»Das freut mich zu hören. So soll es sein«, sagte Imke und beugte sich leicht zu Finn hinunter. »Und dir, Finn? Hat's dir auch gefallen?«

»Ja!«, rief der Junge begeistert. »Die Lieder waren toll!«

Imke lachte überrascht auf. Mit einer dermaßen begeisterten Reaktion hatte sie nicht gerechnet. »Dann kommst du bestimmt jetzt öfter mit Oma und Opa mit«, vermutete sie. Der Junge nickte heftig. Sie wandte sich Lasse zu, der schweigend dabeistand. »Hat's dir auch gefallen, oder war's eher … nicht so dein Ding?«

Darauf hob er den Kopf, ein verschmitztes Lächeln spielte um seinen Mund. »Na ja«, antwortete er zögernd, »es war schon okay, aber ... nicht so richtig spannend.«

Imke nickte verständnisvoll. »Das dachte ich mir schon. Was interessiert dich denn so?« Sie ergriff die Gelegenheit beim Schopf, ihn ein wenig aus der Reserve zu locken und dabei etwas über ihn zu erfahren.

»Surfen«, lautete die prompte Antwort, und für einen Augenblick trat ein Strahlen in seine Augen, das sofort erlosch, als er hinterherschob: »Aber das ist so teuer, das kann ich eh vergessen.« Seine Schultern sackten leicht nach unten. Wieder trat der ernste Ausdruck in sein Gesicht, der so gar nicht zu einem Teenager passte und bei dessen Anblick Imke mitfühlend nickte.

Bevor die Stimmung kippen konnte, meldete sich Finn zu Wort. »Ich fand die Orgel so cool!«, rief er und sprang auf der Stelle. »Die macht so'n tiefes Wumm!«

Seine Großmutter lachte leise, selbst ihr Mann konnte sich ein Grinsen nicht verkneifen. »Ich glaube, das war eine Bewerbung.«

»Ich werde es mir merken.« Imke zwinkerte Herrn Nieblum zu. Zu Finn gewandt erklärte sie: »Vielleicht kannst du ja mal in der Kirche mitspielen. Die Orgel hat ganz schön Power, was?«

Finn nickte eifrig.

Die Nieblums verabschiedeten sich mit einem freundlichen »Bis bald«.

Imke sah ihnen nach und dachte über Lasses Antwort nach. *Surfen.* Das war doch ein guter Ansatzpunkt. Nun wusste sie wenigstens, dass ihre Beobachtung auf dem Deich richtig gewesen war. Sie nahm sich vor, in Ruhe zu überlegen, wie Lasses Traum vom Surfen in Erfüllung gehen könnte. Vielleicht im Rahmen der Spendenaktion des Weihnachtsbasars?

Während sie weitere Hände schüttelte und allen einen schönen zweiten Advent wünschte, hörte sie immer wieder: »Bis später!«

Offenbar hatten sich viele Gemeindemitglieder dazu entschlossen, sich an den nachmittäglichen Reparaturen in Ording zu beteiligen. Imke freute sich ungemein über die positive Resonanz. Ihre Idee, die Verkaufsbuden mithilfe von Freiwilligen wieder auf Vordermann zu bringen, schien aufzugehen.

Als sich die Menge lichtete, machte sie eine überraschende Entdeckung. Sie erspähte Hauke, wie er bei seiner Mutter und seiner Oma stand und sich mit ihnen und anderen Frauen unterhielt. Er winkte ihr zu.

Imke ging auf ihn zu. Sie war froh über die Gelegenheit, mit ihm zu sprechen. »Moin, Hauke«, sagte sie und lächelte. »Mit dir habe ich gar nicht gerechnet. Holst du deine Mutter und deine Oma ab?«

»Moin, Imke«, grüßte er grinsend. »Ja, klar. Die beiden wollten den Gottesdienst nicht verpassen. Und da mein Vater mit einer Grippe im Bett liegt, bin ich heute auserkoren worden, die Rolle des Chauffeurs zu übernehmen.«

»Oh, gute Besserung für deinen Vater. Hoffentlich kommt er schnell wieder auf die Beine!«

»Das wird schon wieder«, meinte Hauke zuversichtlich. »Wie lief's denn bei dir?«

»Ich kann nicht klagen.« Sie zog ihren Mantel vor der Brust enger zusammen, als eine kalte Brise über das Kirchengrundstück stob. »Aber ich muss dir was anderes erzählen.

Wir haben nämlich ein Problem mit den Verkaufshütten für den Weihnachtsmarkt.«

Er zog die Augenbrauen hoch. »Ach, welches denn?«

»Die Buden sind praktisch schrottreif. Eine letzte Weihnachtsmarkt-Runde müssen sie allerdings unter allen Umständen noch überstehen. Der Kostenvoranschlag von der Tischlerei hat uns fast umgehauen. Mit den Materialkosten können wir leben, aber der Arbeitslohn ist schier unbezahlbar. Über 80 Euro pro Stunde. Das liegt weit über unseren Möglichkeiten.«

Hauke pfiff leise durch die Zähne. »Das ist wirklich happig. Was wollt ihr jetzt tun?«

»Wir suchen Freiwillige«, erklärte Imke. »Ein paar haben glücklicherweise schon zugesagt. Einige wollten auch ihre Kinder und Enkel fragen, ob sie bei der Reparatur helfen. Heute Nachmittag soll es in Ording in der Strandkorbhalle losgehen.« Sie sah ihm in die Augen. »Uns läuft die Zeit natürlich davon. Es ist unsagbar knapp – die Buden müssen in einer Woche fix und fertig auf dem Marktplatz stehen. Um das zu schaffen, brauchen wir noch mehr helfende Hände.«

Hauke hatte stirnrunzelnd zugehört, jetzt hellte sich seine Miene auf. »Weißt du was? Das ist ein Fall für die Elternwelle.«

Imke blinzelte verwirrt. »Die Elternwelle? Was meinst du damit?«

Er lachte. »Das ist unsere WhatsApp-Gruppe, in der alle Eltern meiner Grundschüler sind. Immer wenn Not am Mann ist, stoße ich da eine Welle an. Jemand braucht Hilfe beim Umzug? Die Welle rollt. Ein Klassenraum muss gestrichen werden? Die Welle kommt. Ich schreibe einfach eine Nachricht. Kurz darauf melden sich Leute und organisieren alles Weitere.«

»Wirklich? Das klingt ja genial!« Imke klatschte in die Hände und fühlte Hoffnung in sich aufflammen. »Meinst du, das könnte auch in unserem Fall klappen? Immerhin haben die Verkaufsbuden nichts mit der Schule zu tun …«

»Klar klappt das.« Hauke zog sein Handy aus der Tasche. »Ich schreib gleich mal. Notfall: Verkaufshütten für den Weihnachtsmarkt kaputt, Freiwillige zum Reparieren gesucht, heute Nachmittag Start in Ording.« Zufrieden drückte er auf seinem Smartphone herum und steckte es dann wieder ein. »Und ich komme später auch vorbei«, bot er an. »Heute habe ich eh nichts Besseres vor.«

»Hauke, du bist wirklich ein Lebensretter, weißt du das?« Imke umarmte ihn spontan. »Wenn das wirklich funktioniert, haben wir eine reelle Chance, bis Samstag fertig zu werden. Und du hast was bei mir gut.«

»Keine Sorge. Das wird schon«, erwiderte er und lachte sie an. »Die Elternwelle hat noch nie versagt.«

Imke lächelte, seine Zuversicht tat gut. Sie verabschiedeten sich voneinander, als Haukes Mutter und seine Großmutter ihr Gespräch mit den anderen Damen beendet hatten und auf ihn zukamen. Imke ging derweil zurück in die Kirche, um ihre Sachen zu holen.

Während sie Liederbücher von den Sitzen einsammelte, verspürte sie eine große Dankbarkeit. Die Begegnung mit den Nieblums und Haukes Idee der Elternwelle hatten in ihr einen weiteren Motivationsfunken entzündet.

Lasses Interesse am Surfen war etwas Großartiges. Mit einer Spendenaktion ließ sich bestimmt etwas für ihn drehen.

Beschwingt packte sie ihre Notizen zusammen und freute sich auf den Nachmittag. Nun würde sich bald zeigen, ob die St. Peteraner tatsächlich zusammenhielten.

Imke blickte in ihren Kleiderschrank. Der Talar und die dunkle Kleidung, die sie darunter trug, mussten weichen. Für die Strandkorbhalle brauchte sie etwas Praktisches. Sie zog eine bequeme Jeans, einen dicken Wollpullover und ihre braunen Ugg-Boots hervor und schlüpfte hinein. Danach ging sie ins Bad und band ihre Haare zu einem lockeren Zopf zusammen. Mit prüfendem Blick begutachtete sie ihr Aussehen im Spiegel und nickte sich schließlich selbst zu. So konnte sie gehen.

Gerade als sie ihren warmen Steppmantel vom Bügel nehmen wollte, klingelte ihr Handy, das sie auf dem Schreibtisch abgelegt hatte. Eilig griff sie danach und sah Sinjas Namen auf dem Display. Sofort loderte ihr schlechtes Gewissen auf. Sie hatte Sinja längst anrufen wollen.

Imke atmete tief durch und nahm den Anruf an. »Hallo, Sinja!«

»Hey, Imke!«, kam Sinjas Stimme durch den Hörer. Sie klang unbeschwert wie immer. »Na, hast du deinen Gottesdienst überstanden?«

»Aber ja! Es lief richtig gut. Besser als letztes Mal – glaube ich zumindest. Ich wollte dich auch längst anrufen haben, aber … hier war so viel los.«

»Ach, ist doch kein Problem! Dafür habe ich mich ja jetzt gemeldet«, konterte Sinja pragmatisch. »Was machst du denn so? Hast du heute schon was vor? Vielleicht können wir uns treffen? Auf Kaffee und Kuchen eventuell?«

Das Handy ans Ohr gepresst, setzte Imke sich auf die

Bettkante. »Das könnte schwierig werden. Heute Nachmittag steht eine Reparaturaktion der Verkaufshütten an. Die Handwerkerstunden haben sich als viel zu teuer erwiesen. Und nun haben sich Gott sei Dank einige Freiwillige gefunden, die in der Strandkorbhalle in Ording mithelfen wollen, sie auszubessern. Tut mir echt leid, dass ich heute nicht freihabe. Ich hätte dich sonst wirklich gern gesehen. Kaffee und Kuchen bin ich ja nie abgeneigt.«

»Ach, ist doch kein Ding«, sagte Sinja leichthin. »Das klingt doch spannend! Weißt du was? Ich komm einfach auch vorbei und helfe mit. Ich habe heute sonst nichts Großes vor, und so sehen wir uns dann trotzdem. Ein bisschen Handwerkeln macht doch Spaß.«

»Echt?«, fragte Imke überrascht, dann lächelte sie. »Das wäre großartig!«

»Na klar! Wann soll es denn losgehen?«

»Wir fangen so gegen drei am Hungerhamm an. Ich freue mich wirklich riesig, dich zu sehen, Sinja.«

»Ich mich auch!«, erwiderte Sinja. »Ich suche gleich meine Arbeitshandschuhe raus und trudele dann auch um drei ein. Bis nachher!«

»Bis später«, verabschiedete Imke sich, bevor sie auflegte. Sie freute sich auf das Treffen mit Sinja.

Obwohl ihre Freundschaft herrlich unkompliziert war, wollte ihr nagendes schlechtes Gewissen nicht weichen. Sie legte das Handy neben sich ab und starrte an die Decke. Sinja schien ihr tatsächlich nicht übel zu nehmen, dass ihr Kontakt so lange eingeschlafen war. Imke wusste, dass eigentlich sie diejenige sein sollte, die anrief und Vorschläge machte. Sie hatte so viel gutzumachen bei ihrer Freundin, die in der Vergangenheit immer für sie da gewesen war.

Damals, nach der Trennung von Simo, hatte Imke nächtelang mit Sinja telefoniert und von ihr den nötigen Zuspruch erhalten. Sinja hatte jedes Mal geduldig zugehört, ihren Liebeskummer ernst genommen und ihr Hoffnung gegeben, dass es irgendwann wieder besser werden würde. Ohne den Beistand ihrer Freundin hätte sie sich zu der Zeit völlig verloren gefühlt.

Imke hatte das innere Bedürfnis, etwas zurückzugeben. Sie wollte ihrer Freundin zeigen, wie viel sie ihr bedeutete – selbst wenn Sinja es gar nicht von ihr erwartete. Sie nahm sich vor, sich eine Überraschung für ihre Freundin einfallen zu lassen.

Vielleicht ein selbst gemachter Adventskalender? Mit kleinen Päckchen Tee, Keksen und einer persönlichen Nachricht für jeden Tag? Doch der zweite Advent war bereits so gut wie vorüber. Dieser Einfall kam für dieses Jahr eindeutig zu spät.

Es musste ja nichts Großes sein. Eine kleine, aber bedeutungsvolle Geste, die zeigte, dass sie Sinjas Freundschaft nicht als selbstverständlich ansah. Eventuell ein gemeinsamer Ausflug nach den stressigen Vorbereitungen der Weihnachtsfeiertage? Eine kleine Auszeit nur für sie beide, ohne Termine oder Verpflichtungen. Oder ein selbst gemachtes Geschenk, etwas Persönliches, das wirklich von Herzen kam …

Als sie das Handy in ihre Umhängetasche steckte und ein Paar Wollhandschuhe dazulegte, war sie sicher, dass ihr schon noch das Richtige einfallen würde.

Kapitel 14

»Ich bin gleich weg«, rief Imke und wollte nach ihrer Tasche greifen, die sie vorhin noch einmal auf der Kommode in der Diele abgelegt hatte. »Um drei ist das Treffen am Hungerhamm.«

»Moment!« Ihre Mutter hielt eine Thermoskanne in der Hand, als sie aus der Küche trat. »Wir kommen auch mit. Ich habe extra für uns Tee gekocht, damit wir uns zwischenzeitlich aufwärmen können.«

Imke war baff. »Ihr wollt wirklich mit? Ich dachte, ich fahre allein.«

»Das machen wir zusammen.« Schwerfällig kam ihr Vater auf den Krücken aus der Küche, dem Gips am Bein trotzend. »Wie ich ja schon des Öfteren gesagt habe, bin ich wohl nicht ganz unschuldig an dem ganzen Schlamassel. Wenn ich schon nicht aktiv mit anpacken kann, dann möchte ich wenigstens als moralische Unterstützung anwesend sein.«

»Ach, Papa, du und dein schlimmes Bein …«, begann Imke, doch er winkte ab.

»Mir geht's gut genug, um mich in die Halle zu hocken und Tee zu trinken«, sagte er beschwichtigend und warf ihr sein gewinnendes Lächeln zu. »Die Krücken bräuchte ich eigentlich gar nicht.«

»Du bist wirklich unbelehrbar.« Imke seufzte, konnte ein

Grinsen aber nicht unterdrücken. »Na gut, dann fahren wir also zu dritt.«

Die Nachmittagssonne tauchte den Parkplatz in ein kühles goldenes Licht. Auf dem Hallendach sonnten sich zwei Möwen, die Gesellschaft von einer weiteren bekamen, die sich laut jauchzend Beachtung verschaffte. Als Imke und ihre Eltern am Hungerhamm aus dem Auto stiegen, drangen bereits Stimmen und das Klappern von Werkzeug aus der Strandkorbhalle.

Imke hielt die mitgebrachten Thermoskannen in Händen, ihre Mutter ging langsam neben ihrem Vater her, der mit seinen Krücken auf dem unebenen Boden seine liebe Müh hatte.

Kurz nachdem sie die Halle betreten hatten, blieb Imke für einen Moment perplex stehen. Mehrere Männer und Frauen, einige sogar mit Werkzeugkoffern, andere mit Arbeitshandschuhen, wuselten bereits zwischen den beschädigten Verkaufshütten herum, lachten und riefen sich Anweisungen zu. Es waren weit mehr Helfer gekommen, als sie je zu hoffen gewagt hatte.

»Na, hier wird ja richtig in die Hände gespuckt«, stellte ihr Vater mit zufriedener Miene fest.

Auch ihre Mutter schien erstaunt zu sein. »Hätte ich gewusst, dass so viele mit anpacken, dann hätte ich ein paar Kannen Tee extra gekocht.« Sie blickte Imke an.

»Was soll ich sagen? Ich bin mindestens genauso überrascht wie ihr«, bekannte sie schulterzuckend.

»Hallo!«, rief Hauke von der anderen Seite der Halle und winkte ihnen zu. Neben ihm standen drei Männer in blauer Arbeitskleidung und hielten je einen Hammer in der Hand.

Nachdem Hauke kurz ein paar Worte mit ihnen gewechselt hatte, kam er zu Imke und ihren Eltern.

»Ist das etwa dein Werk?«, fragte Imke, sobald er ihre Eltern begrüßt hatte.

»Zum Teil schon. Die Elternwelle hat sich wieder bewährt. Ein paar Väter und Mütter meiner Schüler hatten spontan Zeit«, erklärte er mit stolzer Stimme.

»Das ist echt bemerkenswert.« Imke grinste ihn an. »Danke, Hauke!«

»Da nicht für.« Er machte eine abwehrende Handbewegung. »Ein bisschen Glück gehört ja auch immer mit dazu, nicht wahr?«

»Und die Unterstützung unseres Chefs nicht zu vergessen.« Ihr Vater wies lächelnd mit einem Finger an die Hallendecke. »Mit himmlischer Hilfe hat man immer Rückenwind.«

»So kann man das natürlich auch sehen«, stimmte Hauke ihm lachend zu.

Imkes Blick glitt zur Eingangstür, die sich gerade öffnete. Sinja war da. In den Händen hielt sie ein Paar braune Arbeitshandschuhe und sah sich unschlüssig um.

»Kannst du mal bitte kurz halten?«, fragte sie ihre Mutter und reichte ihr die Thermoskanne. Dann eilte Imke auf ihre Freundin zu. »Hey, Sinja! Toll, dass du gekommen bist.«

»Hallo!« Sinja umarmte sie kurz. »Das lasse ich mir doch nicht entgehen. Bist du schon lange hier?«

Imke schüttelte den Kopf. »Meine Eltern und ich sind auch erst vor ein paar Minuten angekommen.«

»Oh! Wo sind sie denn?«, erkundigte Sinja sich.

Imke zeigte hinter sich. »Hauke ist auch da und hält sie hoffentlich gerade davon ab, sich in die Arbeit zu stürzen.«

»Dann werde ich sie am besten auch gleich mal begrüßen«, meinte Sinja.

Sie gingen zu ihren Eltern. Hauke nickte ihnen zu und gesellte sich wieder zu der Gruppe Helfer, mit denen er arbeitete.

»Moin, Sinja! Wir haben uns auch länger nicht mehr gesehen, was?«, stellte ihre Mutter lächelnd fest.

»Moin, Frau Claasen, moin, Herr Claasen.« Sie schüttelte ihnen die Hand. »Ja, es ist in der Tat schon ein Weilchen her. Obwohl St. Peter nicht ganz so groß ist, kann es schon passieren, dass man sich eine gewisse Zeit nicht über den Weg läuft. Ich freue mich aber, dass wir uns nun wiedersehen.« Dann wandte sie sich an Imkes Vater. »Wobei ich Sie natürlich am liebsten ohne Krücken angetroffen hätte, Herr Claasen.«

Imke stemmte eine Hand in die Hüfte und deutete auf ihren Vater. »Ich habe mir wirklich den Mund fusselig geredet, aber ihn nicht davon abhalten können mitzukommen. Obwohl sein Bein ja eigentlich Ruhe braucht.«

Sinja lachte auf und schüttelte dann den Kopf. »Ach, das stimmt nicht ganz. Man sollte es zwar langsamer angehen lassen, sich allerdings auch nicht übermäßig lange schonen. Bewegung tut gut, solange man es nicht übertreibt. Außerdem beugt es dem Muskelschwund durch die Ruhigstellung vor.«

»Genau meine Worte!«, triumphierte Imkes Vater und klopfte einmal mit einer Krücke auf den Boden. »Hast du das gehört, Imke?«

Sie nickte ergeben und amüsiert. »War ja nicht zu überhören.«

»Sinja ist die Expertin in unserer Runde und bestätigt

mich«, stellte er mit zufriedener Miene fest. »Ich freue mich schon auf die Rehatermine mit dir, dann bin ich ja bald wieder fit.«

»Bestimmt, Herr Claasen«, stimmte Sinja zu. »Das wird bestimmt fix gehen.«

Imke verdrehte die Augen, konnte allerdings nicht anders, als zu schmunzeln. »Ist ja in Ordnung, Papa. Trotzdem bleibt es heute ausschließlich bei moralischer Unterstützung für dich, abgemacht?«

»Einen Schraubenzieher werde ich gerade noch so halten können«, entgegnete ihr Vater verhalten und bewegte sich auf seinen Krücken sogleich auf zwei ältere Herren zu, die Imke vom Seniorentreff kannte.

Ihre Mutter hob die Schultern. »Tja, was will man da machen? Ich werde ein Auge auf ihn haben und notfalls eingreifen«, sagte sie und folgte ihm.

»Und was ist mit uns? Schließen wir uns Haukes Truppe an?«, schlug Sinja vor.

»Gute Idee. Mal sehen, wie wir sie unterstützen können.«

Sie gingen zu den Männern und verständigten sich darauf, bei den Reparaturen zu assistieren. Hämmer schlugen auf Nägel, elektrische Schraubendreher surrten, und das morsche Holz der Hütten knarrte und ächzte, wenn es abgelöst und durch eine neue Latte ersetzt wurde. Imke und Sinja hielten Holzbretter fest, die an einer Bude angebracht werden sollten, deren Dachkante durchgefault war. Sie reichten weiteres Material oder Werkzeuge an, während Hauke und die Grundschuleltern Bretter festnagelten.

Zusammen ging ihnen die Arbeit leicht von der Hand. Imke genoss das Gefühl, Teil einer starken Gemeinschaft zu sein, die zusammenstand, wenn Not am Mann war. Dabei machte das Alter der Helfer keinen Unterschied. Grundschuleltern, die Senioren und auch deren Enkel waren alle eifrig in die Reparaturen vertieft.

Imke legte gerade ein fauliges Brett auf einen Stapel Latten, die später entsorgt werden sollten, als sie plötzlich einen kühlen Luftzug verspürte. Instinktiv drehte sie den Kopf Richtung Hallentür, die geöffnet worden war.

Die Tür stand weit auf, und Simo kam herein, über seiner Schulter trug er eine scheinbar schwere Werkzeugtasche. Als sein Blick ihren traf, hielt sie automatisch den Atem an. Mit seinem Kommen hatte sie nicht gerechnet. Vor Überraschung glitt das Brett fast aus ihren Händen. Sie spürte einen eindeutigen Schauer, der ihr über den Rücken lief, und war sich bewusst, dass es nichts mit dem Luftzug zu tun hatte, sondern vielmehr mit Simos plötzlicher Nähe, die einst alles für sie bedeutet hatte.

Er kam lächelnd auf sie zu, seine schweren Lederstiefel erklangen mit jedem Schritt auf dem Betonboden. In einem Meter Entfernung blieb er vor ihr stehen. »Hey, Imke.« Seine Stimme klang tief und rau. »Ich habe gehört, dass meine Hilfe hier gebraucht wird.«

Sie schluckte schwer und legte hastig das Brett ab. Dann wischte sie sich die Hände an ihrer Jeans ab. »Hey.« Sie versuchte zu lächeln. »Ich habe nicht damit gerechnet, dass du kommst. Immerhin haben wir ja das Angebot eurer Tischlerei abgelehnt.«

»Na und?« Er machte einen Schritt auf sie zu. Seine blauen Augen funkelten. Imke meinte darin eine Mischung aus Belustigung und etwas Tieferem zu erkennen, das sie jedoch nicht recht deuten konnte. »Anscheinend kennst du mich schlechter, als ich dachte«, fügte er hinzu, und wieder huschte ein Lächeln über sein Gesicht. Es war kein schiefes, sondern ein echtes, das seine Züge weicher erscheinen ließ. »Ich lass euch doch nicht im Stich, nur weil die Zahlen nicht passen.«

Ihr Herz schlug schneller. Sie spürte, wie ihre Wangen trotz der Kälte in der Halle warm wurden und sich ihr Herz öffnete. »Das ist … mehr, als ich erwartet habe«, gab sie zu. »Ich weiß deine Hilfsbereitschaft wirklich zu schätzen.«

Er nickte und stellte die Werkzeugtasche mit einem dumpfen Schlag auf dem Boden ab. Dann entnahm er ihr eine Handsäge und einen Hammer, als wäre es das Normalste der Welt. »Wo soll ich anfangen?«, fragte er, während sein professioneller Blick auf eine der Verkaufshütten fiel.

»Wo du willst.« Imke deutete auf eine Bude in ihrer Nähe, deren Scharniere durchgerostet waren. »Die hier braucht wohl neue Verbindungen, wenn ich mich nicht täusche?«

Er nickte und trat näher an das Holz. »Du täuschst dich nicht.« Prüfend fuhr er mit einer Hand über die Angeln. »Könntest du mir vielleicht helfen? Zu zweit sind wir schneller fertig.«

Imke warf einen Blick zu Sinja, die nach wie vor mit Haukes Leuten arbeitete. Anscheinend hatte sie gar nicht mitbekommen, dass Simo inzwischen aufgetaucht war. »Ist gut«, entschied sie schlicht.

»Dann legen wir los.« Simo drückte ihr eine Plastikbox voller Ersatzteile in die Hand, die sie ihm auf Verlangen anreichen sollte.

Sie arbeiteten Hand in Hand, was einwandfrei funktionierte. Es war fast, als hätten sie nie etwas anderes getan. Und es fühlte sich ein bisschen wie früher an. Imke merkte, wie sehr sie ihn auch nach der langen Zeit ohne Worte verstand. Seine Nähe war elektrisierend, und trotz des Lärms um sie herum fasste sie den Mut, das Gespräch mit ihm zu suchen.

»Was machst du eigentlich, wenn du nicht in der Tischlerei bist?«, wagte sie einen Vorstoß und war dabei bemüht, so locker wie möglich zu klingen, obwohl ihr Puls raste.

Simo konzentrierte sich auf die Arbeit und sah nicht vom Schraubenzieher auf. »Neben der Arbeit in der Schreinerei? Im Sommer fahre ich manchmal mit dem Hitzlöper durch die Gegend, und dann arbeite ich noch in der Surfschule – wobei das eigentlich keine Arbeit ist, sondern eher ein großer Spaß.«

»Oh!«, entfuhr es ihr. »Das hast du doch schon früher gemacht.«

»Stimmt. Vor ein paar Jahren habe ich dann endlich die Kurve gekriegt und die offizielle und anerkannte Surflehrerausbildung gemacht. Das hatte ich ja schon lange vor, aber es ist immer was anderes dazwischengekommen. Die Arbeit in der Schreinerei ist natürlich mein Hauptjob, das Surfen … Das ist meine Freiheit.«

Imke legte den Kopf schräg und sah ihn an. »Echt? Surflehrer?« Sie nickte, und ein Lächeln breitete sich auf ihrem Gesicht aus. »Das passt zu dir.«

»Findest du?«

»Absolut. Du warst ja immer am liebsten mit dem Brett auf dem Wasser. Manchmal bist du sogar vor der Schule schon surfen gewesen.«

»Daran erinnerst du dich?« Sein Blick traf ihren. Diesmal hielt er ihn länger, und das Funkeln seiner Augen kam ihr intensiver vor. »Ich bin noch immer da draußen, wann immer ich kann. Das Surfen am frühen Morgen habe ich nie aufgegeben. Zu keiner Tageszeit ist es schöner auf dem Meer. Egal ob bei Sonnenschein oder Regen.«

»Guten Angewohnheiten sollte man treu bleiben«, sagte sie und dachte dann an Lasse. Unwillkürlich entfuhr ihr ein Seufzer.

Simo musterte sie mit gerunzelter Stirn. »Was ist?«

»Ach … nichts.« Sie schüttelte den Kopf. »Ich musste nur gerade an einen Jungen aus der Gemeinde denken. Er hat heute mir gegenüber erwähnt, wie gerne er mal surfen würde. Aber er meinte auch, dass es zu teuer sei.«

»So?« Simo hielt in der Bewegung inne und runzelte die Stirn. »Wie heißt er denn? Vielleicht kenne ich ihn.«

»Lasse Nieblum.«

Er überlegte einen Moment, doch dann schüttelte er den Kopf. »Der Name sagt mir leider nichts.«

»Vielleicht ergibt sich ja mal die Gelegenheit, dass du ihn kennenlernst … und ihm was beibringst?«

Simo nickte nachdenklich. »Kann ich machen. Wenn es passt, nehme ich ihn gerne mal mit raus.«

»Danke.« Imke lächelte ihn verbunden an. Es fühlte sich so gut an, mit ihm zu sprechen und in seiner Nähe zu sein. Gleichzeitig fürchtete sie sich auch ein wenig davor.

»Kein Ding.« Konzentriert wechselte er das nächste Scharnier aus.

Sie unterhielten sich weiter über verschiedene Holzarten und Wellen, schnitten allerdings beide keine tiefgehenden Themen an. Ihnen schien beiden klar zu sein, dass es nicht der richtige Zeitpunkt dafür war. Stattdessen merkte Imke, wie leicht es sich mit ihm anfühlte. Als wären die Jahre der Funkstille nie gewesen. Die alten Fragen, die nach wie vor im Raum standen, blieben unausgesprochen. Und doch spürte sie, dass sie eines Tages die für sie so wichtigen Antworten bekommen würde.

Irgendwann wurden die Stimmen und Geräusche um sie herum leiser. Die ersten Helfer packten ihre Sachen zusammen und verabschiedeten sich.

Simo verstaute sein Werkzeug ebenfalls in seiner Tasche, als sie mit der Arbeit an der Verkaufsbude fertig waren. Nachdem er seine Hände mit einem Feuchttuch gereinigt hatte, schulterte er die Werkzeugtasche, dann drehte er sich zu Imke um und grinste leicht. »Das war's wohl dann für heute. Morgen komme ich nach der Arbeit wieder und nehme mir das nächste antike Stück vor.« Er zwinkerte ihr zu.

»Vielen Dank, Simo. Ich weiß deinen Einsatz wirklich sehr zu schätzen. Aber würdest du das für jeden tun, der sich deine Arbeit nicht leisten kann, müsste dein Opa seine Tischlerei wohl bald dicht machen.«

»Das ist halb so wild … wirklich«, winkte er ab. »Ich mach mich dann mal auf den Rückweg. Vielleicht bis demnächst, Imke.«

»Ja … bestimmt bis bald!«

Er nickte, lächelte sie noch einmal zum Abschied an und ging mit schweren Schritten zur Tür.

Imke sah ihm nach. Ihr Herz war nun ein wenig leichter, und sie spürte eine vage Zuversicht in sich aufkommen, die nicht nur von der getanen Arbeit herrührte.

Als jemand sie sanft in die Seite stieß, zuckte sie zusammen. Sinja stand neben ihr.

»Meine Güte! Hast du mir einen Schrecken eingejagt!« Imke fasste sich mit einer Hand an den Brustkorb.

»Na, da hat's aber wieder ordentlich zwischen euch gefunkt, was?!«, kommentierte ihre Freundin grinsend.

Imke lachte und schüttelte den Kopf. »Ach, Quatsch. Wir haben doch nur geredet.«

Sinja nickte vielsagend. »Das habe ich gesehen.«

Ihr Gespräch wurde kurz unterbrochen, als sich die letzten Helfer mit einem freundlichen »Tschüs denn« verabschiedeten und die frostige Abendluft in die Halle wehte.

»Eigentlich habe ich noch gar keine Lust, nach Hause zu fahren«, merkte Sinja an. »Und du?«

Imke zuckte die Achseln. »Ich habe heute keine weiteren Pflichten mehr. Wir können gern noch woandershin gehen.«

»Prima! Ich bin mit dem Auto hier. Ich bringe dich dann später nach Hause.«

»Okay. Ich frage nur schnell sicherheitshalber meine Mutter, ob sie das mit meinem Vater allein schafft.«

Ihr Vater erhob sich gerade von seinem Hocker. Ihre Mutter steckte die Thermoskanne in einen Jutebeutel, den sie aus ihrer Manteltasche gezogen hatte.

»Wollt ihr los?«, fragte Imke.

»Hm, unser Werk ist für heute getan«, erwiderte ihr Vater mit entspanntem Gesichtsausdruck.

»Sinja und ich würden gerne noch irgendwohin gehen – das heißt, natürlich nur, wenn ihr ohne mich klarkommt?«

»Aber ja!« Ihre Mutter lächelte. »Macht euch noch einen schönen Abend.«

Sie verließen zusammen die Strandkorbhalle, schlossen die Tür und traten in die Dämmerung.

»Bis später dann«, rief ihr Vater zum Abschied und humpelte langsam mit ihrer Mutter Richtung Auto.

Imke beobachtete, wie sie einstiegen und wenig später

vom Parkplatz fuhren. Dann wandte sie sich an Sinja, die ihren Schal zweimal um den Hals gewickelt hatte und mit den Autoschlüsseln in ihrer Hand klimperte.

»Wohin jetzt?«, fragte Imke.

Sinja grinste verschmitzt. »In die *Old Night Owl Bar* ins Beach Motel. Die alkoholfreien Cocktails sind der Hit, und gegen etwas Kleines zu essen hätte ich auch nichts einzuwenden. Das haben wir uns nach dem ganzen Hämmern und Schrauben verdient.«

»Klingt perfekt!« Imke spürte, wie sich eine angenehme Unbeschwertheit in ihr breitmachte, die sie so lange nicht mehr gespürt hatte. Aus ihrer Manteltasche zog sie ein Paar Wollhandschuhe hervor, streifte sie über und folgte Sinja zu ihrem Auto, einem kleinen blauen Corsa, der mit einer dünnen Frostschicht überzogen war.

Nachdem Sinja die Scheiben freigekratzt hatte, führte die kurze Fahrt sie vom Hungerhamm entlang des Deichs zum Beach Motel.

Das im Stil eines Strandhauses in den Hamptons errichtete Hotel lag nur einen Steinwurf von der Deichkrone entfernt und fügte sich mit seiner hellen Holzfassade und den hohen Fenstern harmonisch in die Küstenlandschaft ein. Gedämpftes Licht leuchtete hinter den Scheiben, und der Wind stob in Böen über den gepflasterten Vorplatz, auf dem ein paar vereiste Fahrräder an einen Holzunterstand lehnten. Die einladende Veranda mit ihren bequemen Loungemöbeln wirkte im Winter verlassen, doch durch die Eingangstüren mit Glaseinsätzen war das sanfte Glimmen von Lichterketten und die behagliche Atmosphäre der Lobby zu erkennen.

In der *Old Night Owl Bar* herrschte eine gemütliche Atmosphäre. Die Tische waren aus dunklem Holz gefertigt, bequeme Rattansessel luden zum Verweilen ein. Leise Chill-Out-Musik drang aus den Lautsprechern. Imke und Sinja ließen sich an einem Tisch nahe der Theke nieder, zogen ihre dicken Mäntel aus und hängten sie über die Stuhllehnen.

Der Barkeeper, ein junger Typ mit kurzen Locken und einem Tattoo, das unter seinem aufgekrempelten Hemdsärmel hervorblitzte, kam mit einem charmanten Lächeln auf sie zu. »Moin, Ladies! Was darf ich euch bringen?«

»Eine Gartenparty für mich, bitte«, bat Imke, »und eine Schale Nachos mit Dip.«

»Eine Virgin Piña Colada für mich«, fügte Sinja hinzu und zwinkerte ihm zu. »Und die Nachos teilen wir.«

»Alles klar! Kommt sofort«, sagte er und verschwand hinter der Theke, wo er mit Gläsern und Shakern in offensichtlich geübter Leichtigkeit hantierte.

Kurze Zeit später lehnte Imke sich zurück und nahm einen ersten Schluck von ihrem Gartenparty-Cocktail, als er serviert worden war. Der Geschmack von Minze prickelte auf ihrer Zunge.

Sie seufzte zufrieden. »Ich finde, Simo hat sich echt gemacht heute«, begann sie die Unterhaltung und tauchte einen Nacho in den würzigen Käse-Dip.

Sinja grinste breit, ihre Virgin Piña Colada in der Hand. »Ich sag's ja, da ist noch was zwischen euch, das sieht doch ein Blinder mit Krückstock. Die Art, wie er dich angeguckt hat – und du ihn! Da knistert's doch gewaltig.«

»Hast du uns etwa beobachtet?« Lachend schüttelte Imke den Kopf.

»Na klar! Was denkst du denn?« Sinja war sichtlich gut gelaunt.

»Ach, was du dir immer einbildest«, tat sie die Beobachtung ihrer Freundin ab.

»Ja, klar«, wiederholte Sinja amüsiert und trank einen Schluck. »Ich bin übrigens auch seit Längerem Single. Und was soll ich dir sagen? Mir gefällt's eigentlich ganz gut so.« Sie warf dem Barkeeper einen koketten Blick zu, als er eine Schale mit frischen Limetten füllte. Er erwiderte ihren Blick mit einem schelmischen Lächeln. »Frei zu sein hat was für sich, weißt du?«

»Bestimmt«, erwiderte Imke grinsend und knabberte dabei an einem Nacho. »Wusstest du eigentlich, dass Simo als Surflehrer arbeitet?«

»Ja.« Sinja beugte sich vor, die Ellbogen auf den Tisch gestützt. »Sein alter Kumpel Piet gibt übrigens auch Surfkurse. Die zwei sind wie eh und je unzertrennlich. Im Sommer sehe ich sie ständig zusammen auf dem Wasser. Es ist wie früher.«

»Oh, Piet!«, rief Imke und schlug sich gegen die Stirn. »Meine Güte, er war immer so lustig, hat ständig Witze gerissen … Ich glaube, ich habe ihn noch nie schlecht gelaunt erlebt.«

»Stimmt genau.« Sinja trank einen weiteren Schluck von ihrem Cocktail.

»Und da war doch noch ein Dritter im Bunde … Wie hieß er denn noch gleich?« Imke legte den Kopf schief und tippte sich ans Kinn. »Ach, genau – Leif! Was ist eigentlich aus ihm geworden? Ist er noch in St. Peter-Ording?«

Sinjas Lächeln verschwand. Sie setzte ihr Glas ab. Als sie leise antwortete, wirkten ihre Augen ernst. »Frag das lieber mal Simo. Das erzählt er dir besser selbst.«

Imke runzelte die Stirn. Sie war überrascht – und besorgt. »Okay … Ist denn etwas passiert?«

Sinja schüttelte den Kopf und wandte ihren Blick kurz ab. Ihre Lippen verzogen sich zu einem schmalen Lächeln, das ihre Augen nicht fand. »Lass uns lieber über was anderes reden, ja?«

»Na klar.« Imke nickte und ließ das Thema Leif fallen, obwohl sie sich natürlich umso mehr fragte, was geschehen war. Normalerweise sprach Sinja über alles. Doch sie wollte nicht weiter nachbohren und wechselte deshalb das Thema. »Weißt du, ich bin wirklich froh, dass wir wieder mehr Zeit zusammen verbringen. Erst jetzt merke ich, wie sehr ich unsere Freundschaft doch vermisst habe und vieles andere auch.«

»Geht mir genauso.« Sinja erhob ihr Glas. »Darauf, dass noch viele solcher Mädelsabende in unserem schönen St. Peter-Ording folgen mögen!«

Während sie anstießen, klirrten die Gläser. Imke lachte, als ein Spritzer ihres Cocktails auf dem Tisch landete. Der aufmerksame Barkeeper kam sogleich mit einem Lappen und legte eine neue Serviette auf den Tisch. Dabei zwinkerte er Sinja zu, die ihm keck zunickte.

»Meine Güte, ist der süß«, flüsterte sie, als er wieder weg war.

Imke lachte leise. »Na, dann rann an den Speck. Er ist doch garantiert ein paar Jahre jünger als du.«

»Na und? Damit habe ich kein Problem«, sagte Sinja und grinste frech.

Trotz der heiteren Stimmung fragte Imke sich erneut, was wohl Leif widerfahren sein mochte. Es konnte keine Kleinigkeit sein, wenn Sinja nicht darüber reden wollte.

»Noch einen?«, fragte Sinja irgendwann und deutete auf ihr leeres Glas.

Imke schüttelte den Kopf. »Lieber nicht. Ich muss morgen früh aus den Federn. Es gibt eine Menge zu tun. Aber das hier … Das wiederholen wir bald wieder, okay?«

»Abgemacht.«

Sie zahlten, zogen ihre Mäntel an und traten hinaus in die frostige Nacht. Imke atmete trotz der Kälte einmal tief ein und blickte hinauf zu dem mit Sternen übersäten Himmel. Dann warf sie einen Seitenblick auf Sinja und lächelte. Sie schwor sich, ihre Freundschaft nie wieder einschlafen zu lassen – und herauszufinden, was mit Leif geschehen war.

Kapitel 15

Der herbe Duft von frischem Grünkohl zog am nächsten Morgen durch die gemütliche Küche. Imkes Mutter stand vor dem Herd und rührte gelegentlich in einem Topf, dessen Inhalt vor sich hin köchelte. Im Radio lief ein Weihnachtsspecial, bei dem Zuhörer ihre Liederwünsche kundtun konnten. Gerade spielte der Sender *Driving home for Christmas* von Chris Rea.

Fahles Morgenlicht fiel durch die kleinen Sprossenfenster, sodass die Küchenlampe für die nötige Helligkeit sorgte. Draußen herrschte nach wie vor Frost, der die Scheiben über Nacht mit filigranen Eisblumen überzogen hatte.

Imke saß mal wieder am Küchentisch und hielt einen Becher Tee in der Hand, dessen Dampf in kleinen Schwaden aufstieg. Mit einem Bleistift kritzelte sie konzentriert auf ein liniertes Blatt Papier. Ihre To-do-Liste für die Weihnachtsmarkteröffnung am Samstag musste dringend fertig und vor allem abgearbeitet werden. Es waren nur noch fünf Tage, und es gab so viel zu tun, dass es ihr ein Rätsel war, wie sie das alles bewältigen sollten. Stirnrunzelnd ging sie Punkt für Punkt durch und ergänzte.

- Verkaufsbuden überprüfen: Letzte Reparaturen abschließen, Dachkanten sichern, Scharniere testen.

- *Dekoration: Lichterketten und Tannenzweige anbringen, Schilder für die Stände malen, Stromversorgung sicherstellen*

- *Spendenaktion: Nieblums final aufnehmen und informieren, Kosten für Finns Musikunterricht bei der Musikschule erfragen, möglichen Surfkurs für Lasse mit Simo abklären*

- *Gottesdienst am dritten Advent: Predigt fertigstellen*

- *Rahmenprogramm Weihnachtsmarkt: Kinderchor und Schulorchester, Hauke fragen, ob seine Schulklasse ihr Weihnachtsprogramm spontan aufführen kann (Finn ist mit Xylophon dabei)*

- *Verpflegung am Hungerhamm: Tee und Plätzchen für die Helfer organisieren*

Sie kaute auf dem Bleistiftende, während sie die Liste abermals durchging. In kleiner Schrift fügte sie einen weiteren Punkt hinzu:

- *Simo nach Leif fragen?*

Seit Sinja auf dieses Thema im Beach Motel so ernst reagiert hatte, ging ihr Leif nicht mehr aus dem Kopf. Am Ende strich sie die Zeile jedoch wieder entschieden durch. Diese Angelegenheit gehörte nicht zur Markteröffnung.

Ihre Mutter summte leise *Last Christmas* von Wham mit, das gerade im Radio lief. Es zischte, als sie eine Handvoll

Zwiebeln in den Topf gab. »Ich bin übrigens seit gestern zuversichtlich, dass die Verkaufsbuden rechtzeitig fertig werden«, sagte sie unvermittelt und hielt ihre Hände unter klares Wasser.

Imke musste lächeln. Zweifellos wusste ihre Mutter, worüber sie sich den Kopf zerbrach. »Es ist schön, dass du das meinst. Ehrlich gesagt habe ich noch so viele unerledigte Punkte auf meiner Liste, dass ich nicht weiß, wo mir der Kopf steht.«

»Mach dich nicht so verrückt, Imke.« Sie drehte sich zu ihr und trocknete sich die Hände an einem Küchentuch ab. »Es ist doch wirklich toll, dass so viele mithelfen.«

»Ja, das stimmt.« Imke legte den Bleistift neben den Block. »Ohne die Freiwilligen müssten wir den Weihnachtsmarkt absagen.«

»Vor allem Hauke ist ja wirklich sehr aktiv«, fuhr ihre Mutter fort, während sie die Flamme am Herd etwas runterdrehte. »Dass er sich so für die gute Sache ins Zeug legt und sofort bei den Grundschuleltern nachgefragt hat. Das ist absolut großartig. Die *Elternwelle*, wie er das Ganze nennt, könnte den Weihnachtsmarkt am Ende tatsächlich gerettet haben.«

Imke nickte und trank wieder einen Schluck Tee, der weihnachtlich nach Zimt und Orange schmeckte. »Ja, Hauke ist auf jeden Fall ein Schatz. Ohne ihn hätten wir gestern nicht so viel geschafft – das steht fest!«

»Gute Freunde sind Gold wert.« Ihre Mutter lächelte, schöpfte etwas Grünkohl auf einen Löffel und probierte. »Und Simo nicht zu vergessen«, sagte sie mit erhobenem Löffel. »Es war wirklich ein feiner Zug von ihm, kostenfrei mitzuarbeiten. Er war ja schon immer ein guter Kerl – und ist es nach wie vor.«

Imke senkte den Blick und heftete ihn wieder auf ihre Liste. »Ja, das ist er … Dass er am Hungerhamm aufgetaucht ist und mitgemacht hat, war völlig unerwartet.«

»Ihr versteht euch doch immer noch gut«, stellte ihre Mutter fest. »Nicht dass du mich für neugierig hältst, aber ich habe es eben mitbekommen. Das hat mich gefreut. Immerhin war er ja mal ein sehr wichtiger Mensch in deinem Leben.«

Imke spürte, wie ihr die Hitze in die Wangen stieg. Nervös griff sie zum Bleistift und tat so, als würde sie an der Liste weiterarbeiten, obwohl sie nichts Neues hinzufügte. »Ach, Mama, das mit Simo ist nun schon ewig her.« Ihre Stimme klang ein wenig höher als sonst. »Wir haben eigentlich nur über die Buden geredet. Und später kurz über Lasse Nieblum. Simo will ihm vielleicht mal zum Surfen mitnehmen.«

»Na, sieh mal einer an!« Ihre Mutter wandte sich erfreut zu ihr um und lehnte sich an die Arbeitsfläche. »Ganz unwichtig scheinst du ihm nicht zu sein, Imke. Ich habe das gleich gemerkt. Und jetzt, da du wieder in St. Peter bist …« Sie ließ den Satz unvollendet und lächelte leicht.

Imke wollte das Thema mit ihrer Mutter nicht vertiefen. »Ich freue mich übrigens auch über den Kontakt zu Sinja«, lenkte sie deswegen schnell ab. »Unsere Freundschaft scheint eine zweite Chance zu bekommen. Das bedeutet mir echt viel. In Warendorf und Münster hatte ich keine enge Freundin, und gestern im Beach Motel war's richtig schön mit ihr – genauso wie früher.«

Ihre Mutter nickte und wandte sich wieder dem Topf zu. »Sinja ist eine sehr angenehme Person. Es ist gut, dass ihr wieder zueinanderfindet.«

»Ja, finde ich auch.«

Imke wollte sich wieder auf die Liste konzentrieren, doch ihre Gedanken drifteten ab. Hing sie noch an ihrer Vergangenheit? An den schönen Erinnerungen, die sie mit ihren Freunden und Simo verband? Und wenn ja, war das so schlimm?

Damals schien alles so klar und einfach zwischen ihr und Simo gewesen zu sein – bis es plötzlich endete. Die vergangenen Jahre konnte sie nicht ungeschehen machen, das war ihr bewusst. Jeder von ihnen hatte seine Erfahrungen gesammelt. Simo war älter geworden, genau wie sie, und bestimmt hatten sie beide sich auch weiterentwickelt. Und doch … Gab es trotzdem noch ein Band zwischen ihnen, oder bildete sie sich das nur ein? Hatte sein Lächeln eine Bedeutung gehabt? Die Art und Weise, wie er »bis später« gesagt hatte … Oder war es nur reine Höflichkeit gewesen?

Sie trank einen weiteren Schluck Tee, der inzwischen lauwarm war. Spekulationen bringen mich nicht weiter, rief sie sich zur Ordnung. Es gab genug anderes zu tun. Sie schrieb: »Im *MeerGlück* nachfragen, welche Spezialitäten auf dem Weihnachtsmarkt verkauft werden.«

»Der Grünkohl ist bald fertig«, sagte ihre Mutter irgendwann in die Stille hinein und nahm einen Teller Mettwürste aus dem Kühlschrank. »Willst du mal probieren?«

»Klar.« Imke stand auf, nahm einen Löffel aus der Schublade und kostete etwas von dem Kohl. »Super, Mama!« Sie nickte. »Genau richtig.«

Mittags stand Imke im Flur vor Frau Petersens Büro. Sie klopfte an die halb offene Tür und steckte den Kopf herein. »Moin, Frau Petersen. Störe ich Sie?«

Sie blickte von ihrem Schreibtisch auf. »Moin, Imke«, antwortete sie und erhob sich höflich von ihrem Stuhl. »Nein, nein, du störst überhaupt nicht. Komm ruhig rein und setz dich. Was gibt's Neues?«

Imke folgte der Aufforderung, Platz zu nehmen, und ließ sich auf den Stuhl gegenüber des Schreibtischs sinken. »Ich wollte noch mal über die Reparaturen an den Verkaufsbuden sprechen«, begann sie. »Es läuft besser als erwartet. Gestern wurden drei Hütten so weit ausgebessert, dass sie einsatzbereit sind. Mit Verstärkung der Grundschuleltern könnten wir tatsächlich bis Freitag fertig sein. Samstag kann dann der Weihnachtsmarkt starten.«

»Das klingt fast zu schön, um wahr zu sein.« Frau Petersen faltete die Hände auf dem Tisch und blickte kurz zur Decke. »Ich habe mitbekommen, dass sich viele Freiwillige gemeldet haben. Das ist unser Gemeindegeist, wie er sein soll. Ich finde, darauf können wir ruhig ein bisschen stolz sein.«

»Oh ja!«, stimmte Imke lächelnd zu. »Ich habe mir übrigens auch Gedanken über die Spendenaktion gemacht. Gerne möchte ich die Nieblums fest darin aufnehmen. Die Familie hat es aus verschiedenen Gründen nicht leicht und könnte unsere Unterstützung gebrauchen. Besonders die beiden Jungs.«

»Da stimme ich dir voll und ganz zu«, pflichtete Frau Petersen ihr bei. »Hast du schon konkrete Ideen, wie wir helfen könnten?«

Sie nickte. »Ich dachte zum Beispiel an Musikstunden für den kleinen Finn. Er liebt doch das Spielen auf dem Xylophon, und nach dem letzten Gottesdienst hat er sich sehr begeistert über unsere Kirchenorgel geäußert. Mir scheint, dass Musikunterricht genau das Richtige für ihn wäre. Und vielleicht Surfstunden für seinen älteren Bruder. Lasse träumt vom Windsurfen, weiß allerdings schon, dass es ein kostspieliges Hobby ist. Es wäre möglich, dass ich Simo Jensen als Surflehrer für den Jungen gewinne.«

Frau Petersen hob die Brauen, ihre Augen leuchteten regelrecht vor Begeisterung. »Das sind ja wunderbare Ideen, Imke! Familie Nieblum wird sich bestimmt freuen, wenn wir sie berücksichtigen. Von meiner Seite spricht nichts dagegen.«

»Wunderbar!« Imke erhob sich wieder. »Bei der nächsten Gelegenheit werde ich mit Frau und Herrn Nieblum darüber sprechen.«

»Sehr gut.« Frau Petersen machte sich eine Notiz auf einem Zettel. »Ich kümmere mich derweil um die bisherige Spendensumme, die wir mit den letzten Gottesdiensten gesammelt haben. Wenn ich mich nicht täusche, sind es schon über 300 Euro. Das ist doch ein guter Anfang.«

Imke nickte zufrieden. Bevor sie etwas erwidern konnte, drang plötzlich ein lauter, heller Klang aus dem Gemeindesaal, dann hörten sie Kinderstimmen, die fröhlich »Ihr Kinderlein kommet« schmetterten.

Amüsiert machte sie eine Kopfbewegung Richtung Flur. »Hört sich so an, als ob Haukes Probe läuft. Ich schau mal kurz rein.«

Im Gemeindesaal probten etwa zwanzig Grundschulkinder. Finn stand in der ersten Reihe, das Xylophon vor sich, neben ihm ein Mädchen mit Blockflöte. Beide spielten konzentriert die Melodie des Weihnachtslieds, während die anderen sangen. Im Anschluss traten zwei Mädchen vor und rezitierten das Gedicht »Lieber, guter Weihnachtsmann« mit klaren, wenn auch etwas nervösen Stimmen.

Imke lehnte sich still an die Tür, schob die Hände in die Hosentaschen und ließ die Aufführung auf sich wirken. Als die Probe beendet war und die Kinder ihre Jacken anzogen, ging sie zu Hauke.

»Einen schönen guten Tag, Herr Grundschullehrer!«

»Oh, Frau Pastorin!«, erwiderte er belustigt. »Na, wie fandest du es? Wir sind fast perfekt, würde ich sagen.« Mit stolzem Blick schaute er zu den Kindern, die noch ihre Sachen einpackten.

»Es war wunderschön«, stimmte Imke zu. »Aber weißt du, es ist fast zu schade, das nur einmal in der Schule für die Eltern aufzuführen, oder?«

»Nun ja, das ist jedes Jahr so.« Er zuckte mit den Schultern. »Auf eine Schultournee gehen wir damit nicht.«

»Eigentlich wäre das toll …« Imke grinste. »Was wäre denn, wenn die Kinder das Programm zum Beispiel Samstag auf dem Weihnachtsmarkt ein zweites Mal aufführen? Als Programmpunkt im Rahmen, in dem auch der Kinderchor und die Bläser des Nordsee-Internats dabei sind? Das würde den Markt noch mal richtig aufwerten.«

Nachdenklich kratzte Hauke sich am Kinn. »Theoretisch wäre das schon möglich. Die Weihnachtsfeier in der Schule ist diesem Freitag. Ich frage mal bei den Eltern nach, aber ich denke, sie werden nichts dagegen haben.« Er grinste zuversichtlich.

»Das wäre richtig toll.« Fröhlich nickte sie und entschied dann, ihn auch in ihre Pläne für die Nieblums einzuweihen. »Und weißt du was? Ich plane im Rahmen unserer Spendenaktion, Finn Musikunterricht zu ermöglichen und seinem großen Bruder Surfstunden.«

»Oh, wirklich?« Überrascht zog er die Augenbrauen

hoch. »Das ist ja klasse! Übrigens, mir fällt gerade ein, dass ich noch ein altes Surfbrett in der Garage habe. Ich wollte es längst loswerden. Es ist nichts Besonderes, aber vielleicht taugt es als Anfängerbrett für Lasse.«

Imkes Miene hellte sich auf. »Echt? Könnte ich es mir mal ansehen?«

»Klar, gerne. Warte, ich gebe dir meine Handynummer – das wollte ich eh längst getan haben.« Er zog eine Visitenkarte aus dem Seitenfach seiner Ledertasche und speicherte auch direkt Imkes Nummer in seinem Handy. »Komm einfach nachher vorbei, ich bin zu Hause. Es ist zwar ein altes Schätzchen und hat ein paar Dellen, aber vielleicht kann Simo es mit ein paar Handgriffen aufmotzen.«

»Abgemacht!« Imke und Hauke klatschten sich ab. »Wir sind ein gutes Team.«

»Allerdings. Bis nachher dann!« Damit wandte er sich um und scheuchte die letzten Kinder seiner Gruppe aus dem Gemeindesaal, da nun die Küsterin mit der Krippenspielgruppe hereinkam.

Imke übernahm die Spielleitung, sodass Frau Petersen sich um die Requisiten kümmern konnte. »Okay, Hirten hier, Maria und Josef dort.«

Während sie den Darstellern half, ihre Positionen zu finden, jubelte sie innerlich. Alles schien sich zu fügen – fast so, als würde jemand anderes die Regie führen.

Kapitel 16

Am Nachmittag hingen tiefe graue Wolken über St. Peter-Ording. Feiner Schneeregen benetzte die Frontscheibe, als Imke den Wagen ihrer Eltern auf den Parkplatz vor der Rehapraxis bog. Sie fand eine freie Parkbucht, fuhr hinein und schaltete den Motor aus.

Ihr Vater hielt auf dem Beifahrersitz mit einer Hand die Krücken zwischen den Knien fest, mit der anderen löste er bereits den Sicherheitsgurt.

»Du scheinst es ja kaum erwarten zu können, Papa«, bemerkte sie amüsiert und zog die Kapuze ihrer Jacke über die Mütze, um sich vor dem Regen zu schützen.

»Sitz du mal den ganzen Tag dumm rum, dann freust du dich sogar über einen Rehatermin. Endlich kann ich ein bisschen was tun«, erklärte er motiviert. »Deine Freundin wird mich schon zügig wieder fit machen.«

»Daran habe ich keinen Zweifel«, bemerkte sie, stieg aus, ging um den Wagen herum, öffnete die Beifahrertür und streckte ihrem Vater eine Hand entgegen, die er jedoch nicht ergriff.

Aus eigener Kraft stieg er aus, und zügiger als sonst überquerten sie den Parkplatz, bis sie die Eingangstür des Gebäudes erreichten.

Die Empfangsdame an der Rezeption nickte ihnen freundlich zu, als sie die Praxis betraten. Sie mussten nicht lange warten, bis Sinja aus einem der Behandlungsräume kam. Sie trug wieder eine weiße Hose, ein weißes Polohemd und hatte ihre braunen Haare zu einem hohen Pferdeschwanz gebunden. »Moin, Herr Claasen, moin, Imke«, begrüßte sie beide fröhlich. »Das nenne ich mal pünktlich wie die Nordsee bei Flut.«

»Moin, Sinja«, erwiderte Imke und legte ihrem Vater die Hand auf die Schulter. »Ich warte dann mal im Wartezimmer. Bring ihn mir heil zurück, ja?«, scherzte sie.

»Versprochen.« Sinja zwinkerte ihr zu. »Dann kommen Sie mal mit.« Schon führte sie ihn den Flur hinunter.

Imke drehte sich um und ging ins Wartezimmer, das gleich gegenüber der Rezeption lag. Außer ihr war niemand anwesend. Der kleine Raum hatte helle Wände, an denen Bilder von Pfahlbauten und Dünen sowie Fotografien des Westerhever und Böhler Leuchtturms prangten. Ein paar mit grünem Stoff gepolsterte Stühle luden zum Sitzen ein, in der Mitte stand ein niedriger Tisch, auf dem ein paar Zeitschriften lagen und eine Schale mit eingewickelten Pfefferminzbonbons stand.

Imke setzte sich ans Fenster, zog ihren Mantel aus und legte ihn über ihre Beine. Sie beobachtete die Regentropfen, die in kleinen Rinnsalen die Scheibe hinunterliefen. Dann zog sie ihr Handy aus der Manteltasche und begann gedankenverloren durch neue Nachrichten zu scrollen.

Hauke hatte sich wegen des Surfbretts gemeldet. Er müsse zwischendurch etwas erledigen, sei aber gegen sechzehn Uhr wieder zu Hause. Die andere war eine Erinnerung an die nächste Krippenspielprobe am Freitag.

Imke antwortete Hauke, dass sie noch in der Rehapraxis war und später wegen des Surf-Bretts vorbeikommen würde.

Als die Tür des Wartezimmers geöffnet wurde, blickte Imke auf und sah Frau Nieblum.

Sie bewegte sich langsam und schien Schmerzen zu haben. Ein schwaches Lächeln huschte über ihr Gesicht, als sie Imke erkannte. »Oh, Frau Claasen. Guten Tag!«

»Moin, Frau Nieblum!« Imke lächelte. »Haben Sie auch einen Termin?«

»Oh ja!« Frau Nieblum ließ sich vorsichtig auf einen Stuhl sinken, dann seufzte sie schwer. »Mein Rücken macht mir wieder gehörig zu schaffen. Die feuchte Kälte befeuert es noch zusätzlich.«

»Das tut mir sehr leid zu hören.« Imke steckte ihr Handy in die Manteltasche. »Ich bin mit meinem Vater hier. Er hat wegen seines Beins einen Termin bei meiner Freundin Sinja.«

»Ach, zu Sinja muss ich auch.« Frau Nieblum rieb sich die Hände, wie um sie zu wärmen. »Sie bewirkt wahre Wunder bei meinen Verspannungen. Ohne ihre Massagen könnte ich vermutlich gar nicht mehr krauchen.«

Imke nickte, dann lehnte sie sich zu ihr. »Wissen Sie, es trifft sich eigentlich ganz gut, dass wir uns hier zufällig begegnen. Ich wollte nämlich sowieso bald mit Ihnen sprechen …«

»So?« Frau Nieblum hob überrascht die Augenbrauen. »Worum geht es denn?«

»Es ist nichts Schlimmes«, beruhigte Imke sie und erzählte dann, was sie mit Frau Petersen besprochen hatte. »… und für Finn dachte ich an Musikstunden. Vielleicht können wir Unterricht in der Musikschule buchen. Dort könnte er sich dann sogar ein Instrument aussuchen, das er erlernen möchte.«

Ein warmes Lächeln glitt über ihr Gesicht. »Ach, der Junge ist wirklich musikverrückt. Seit dem Gottesdienst erzählt er dauernd von der Orgel. Gestern hat er mich doch tatsächlich gefragt, ob wir nicht ein Klavier besorgen könnten. Stellen Sie sich das mal vor … ein Klavier!« Sie schüttelte belustigt den Kopf.

»Soweit ich weiß, steht in der Musikschule eins. Wenn er gern Klavier spielen lernen möchte, dürfte das kein Problem sein«, erklärte Imke. »Und für Lasse könnten wir einen Teil der Spenden nutzen, um ihm Surfstunden zu ermöglichen.« Haukes Surfbrett erwähnte sie wohlweislich nicht, weil es noch nicht sicher war, ob es damit klappte. Ebenso wenig berichtete sie von Simos Angebot – weil es ja auch noch zu vage war.

Einen Moment lang schwieg Frau Nieblum. Als ihre Lippen leicht zu zittern begannen, fragte Imke sich, ob sie etwas Falsches gesagt hatte. Doch dann breitete sich ein Lächeln auf dem Gesicht der älteren Frau aus, und ihre Augen glänzten. »Das ist … Das ist wirklich hervorragend, Frau Claasen!« Ihr brach fast die Stimme. »Finn und Lasse haben es so schwer, seit … na, Sie wissen schon. Der Unfall hat sie völlig aus der Bahn geworfen. Finn redet zwar kaum darüber, aber Lasse zieht sich immer mehr in sein Schneckenhaus zurück.«

Imke schluckte. »Umso mehr haben Ihre Enkel eine Freude verdient. Ich glaube, ein kleiner Lichtblick könnte ihnen helfen.«

Frau Nieblum wischte sich mit einer Hand über die Augen. »Musik ist für Finn etwas, das ihm Halt gibt. Und das Surfen scheint für Lasse eine besondere Bedeutung zu haben, da haben Sie ins Schwarze getroffen. Früher hat sein

Vater immer mit ihm hier am Strand gespielt. Vielleicht hat er das Gefühl, dass das Surfen ihn seinem Vater auf eine gewisse Weise näherbringt. Die Trauer der Kinder sitzt so tief.« Sie hob den Blick. »Ach, ich weiß manchmal nicht, was ich noch tun kann.«

»Das verstehe ich.« Imke berührte Frau Nieblum sanft am Oberarm. »Ich verspreche Ihnen, mich um alles zu kümmern. Wir kriegen das für Ihre Enkel hin!«

»Das wäre wahrlich ein Segen.« Dankbar drückte die ältere Dame ihr die Hand. »Danke, Frau Claasen … für alles. Dass Sie und die Gemeinde in der schweren Zeit an uns denken … Das bedeutet mir mehr, als ich sagen kann – und meinem Mann auch.«

Imke lächelte. Trotz des trüben Wetters breitete sich ein warmes Gefühl in ihr aus. »Wir schaffen das, Frau Nieblum – ganz bestimmt! Die Kinder verdienen etwas Glück in ihrem Leben.«

In diesem Moment öffnete sich die Tür erneut, und Sinja steckte den Kopf zum Wartezimmer herein. »Hallo, Frau Nieblum, Sie sind gleich dran. Sie können gerne schon mal in die drei gehen«, verkündete sie, dann grinste sie Imke an. »Dein Vater ist ein richtiger Kämpfer. Er braucht noch ein paar Minuten, dann ist er fertig.«

»Danke, Sinja.«

Frau Nieblum stand umständlich auf. Bevor sie ging, nickte sie Imke mit einem dankbaren Lächeln zu. Dann folgte sie Sinja.

Imke nahm ein Pfefferminzbonbon aus der Schale und wickelte das Papier ab. Langsam ließ sie es auf der Zunge zergehen.

Der Regen trommelte nun laut gegen die Fensterscheibe.

Sie dachte an Finn und Lasse und ihre Trauer, die Frau Nieblum so behutsam beschrieben hatte. Zweifellos war es ein sehr schweres Päckchen für beide Kinder, sie konnte die Überforderung und Hilflosigkeit der Großeltern nur allzu gut nachempfinden. Umso wichtiger war dieser kleine Schritt, mit dem sie wieder etwas Licht in die Dunkelheit der Kinder bringen wollte.

Energiegeladen zog sie ihr Handy hervor und tippte eine Nachricht an Hauke: *Ich mache mich gleich nach der Reha auf den Weg zu dir. So gegen halb fünf?*

Mit einem Fingertipp auf das Display schickte sie die Nachricht ab. Dann wartete sie auf ihren Vater.

Nachdem sie ihren Vater zu Hause abgesetzt hatte, war Imke direkt zu Fuß wieder aufgebrochen. Während sie die Winterluft eigentlich genoss, spürte sie inzwischen doch ein unangenehmes Ziehen auf der Haut. Sie zog sich den Schal über die Nase, um sich vor der schneidenden Dezemberluft zu schützen.

Allmählich legte sich die Dämmerung über St. Peter-Ording, und die Straßenlaternen leuchteten auf. Der Weg zu Haukes Haus am Dünenweg war nur kurz und am besten zu Fuß über den Deich zu erreichen. Oben auf der Deichkrone blieb Imke für einen Moment stehen. Vor ihr dehnten sich frostüberzogene Salzwiesen aus. Weit dahinter, so wusste sie, verlief der weitläufige Strand bis zum Meer. Ihr wurde bewusst, wie sehr sie den Umstand genoss, hier zu sein und sich endlich wieder zu Hause zu fühlen.

Als sie nach links spähte, bemerkte sie das gleichmäßig blinkende Licht des Böhler Leuchtturms, der weiter vor ihr auf dem Deich thronte, und beobachtete es eine Weile. Eine tiefe Ruhe nahm von ihr Besitz, sodass es ihr nichts ausmachte, dass der Wind um sie herum brauste und pfiff. Sie wusste, dass sie genau an diesem Ort sein sollte. Es warteten Aufgaben auf sie, die es zu erfüllen galt.

Imke setzte sich wieder in Bewegung und nahm kurz darauf einen Weg, der vom Deich hinunter und durch Dünen führte. Dort schaltete sie die kleine Taschenlampe an ihrem Schlüsselbund ein, die einen schwachen Lichtstrahl auf den Pfad warf. Braune Dünengräser raschelten neben ihr, und irgendwo in der Nähe schrie ein Vogel. Bald bog sie nach links ab, dann gelangte sie auf den Dünenweg.

Hier waren einige Vorgärten mit brennenden Kerzen in Laternen und Lichterketten weihnachtlich geschmückt, die im Dämmerschein heimelig funkelten. Haukes Haus lag auf der rechten Straßenseite. Es war ein klassisches Friesenhaus mit relativ neuem Reetdach, weißen Backsteinwänden und blauen Fensterrahmen. Das Dach reichte tief hinab und bot so Schutz vor dem Nordseewind. Die kleinen Sprossenfenster schimmerten im Licht der Außenlampe. Die breite dunkelblaue Haustür fügte sich harmonisch in den Stil des Hauses ein.

Früher hatte er mit seiner Verlobten hier gewohnt. Doch, das wusste Imke von ihrer Mutter, war die Beziehung vor einiger Zeit in die Brüche gegangen. Die Frau war kurz danach ausgezogen.

Sie entdeckte ihren Freund vor der Garage. Mit einer Axt spaltete er gerade Kaminholz. Zielstrebig ging sie auf ihn zu. Als sie das Tor zum Vorgarten aufzog, quietschte es laut.

Hauke schaute auf und lächelte, als er sie erblickte. »Hey, Imke!«, rief er ihr entgegen. Mit der Hand wischte er über die Stirn, bevor er die Axt an die Hauswand lehnte.

»Moin!«, antwortete sie und blieb vor ihm stehen. »Bist du fleißig?«

Er nickte. »Ein wenig! Das Holz hackt sich leider nicht von selbst.«

»Leider nein.« Imke blickte auf den ordentlichen Stapel Holz neben der Einfahrt. »Du hast aber auch schon einiges geschafft.«

»Das ist mein sportlicher Ausgleich zum Unterricht«, erklärte er. »Außerdem mag ich es, wenn im Winter das Kaminfeuer knistert. So eine Wärme kriegt keine Heizung hin.«

Imke dachte an ihre Wohnung in Münster, in der es bloß eine Zentralheizung gab, und nickte. »Wohl wahr.«

Hauke stützte die Hände in die Hüfte. »Na, dann lass uns mal nach dem Surfbrett sehen.«

»Oh ja! Ich bin echt gespannt, es wäre so ein Glücksgriff.«

Hauke grinste, als er das Garagentor hochschob. Abermals ertönte ein Quietschen. »Hereinspaziert.«

Imke folgte ihm in die dunkle Garage, in der es ein bisschen nach Öl roch. Sobald Hauke einen Lichtschalter betätigte, flackerte das weiße Licht einer Neonröhre an der Decke auf. Eine Wand war fast vollständig ausgefüllt von Regalen voller Werkzeuge, ein Fahrrad mit platten Reifen lehnte an einem Rasenmäher, und im hinteren Teil lagerten Kisten.

»Willkommen in meiner Werkstatt«, sagte Hauke und deutete in eine Ecke, in der ein Surfbrett an der Wand lehnte. »Da ist das gute Stück.«

Imke ging näher heran und betrachtete das Brett eingehend. Es war ein älteres Modell mit einem verblichenen Streifenmuster in Blau und Weiß. Sie schätzte, dass es ungefähr zwei Meter lang war. Die Länge war ideal für einen Jungen in Lasses Alter, das hatte sie extra nachgelesen. Die Oberfläche war übersät mit Dellen und Kratzern, die Kanten leicht ausgefranst. Eins war sicher, das Surfbrett hatte schon bessere Zeiten erlebt. Imke legte den Kopf schief und fuhr mit der Hand über die raue Oberfläche. Sie spürte ein paar Unebenheiten. »Es sieht aus, als wenn es generalüberholt werden müsste«, murmelte sie und sah Hauke fragend an. »Oder meinst du, es ist komplett hoffnungslos?«

Hauke kratzte sich am Kinn und zog dann die Augenbrauen hoch. »Nee, hoffnungslos würde ich jetzt nicht sagen. Ein bisschen mitgenommen ist es aber schon. Ich meine, klar, das Ding liegt hier seit Jahren rum. Damals habe ich es von einem Kumpel übernommen. Aber ich wette, Simo kriegt das hin.«

»Denk ich auch«, erwiderte Imke zuversichtlich und nickte. »Mit Epoxid und etwas Schleifen könnte das was werden, würde ich denken. Für Lasse wäre es als Einstiegsbrett ideal.«

»Sehe ich genauso.« Er klopfte auf das Brett, was dumpf klang. »Zum Wegwerfen ist es meiner Meinung nach zu schade. Und Simo hat's ja drauf. Für Lasse macht er es bestimmt wieder einsatzbereit.«

Ein Lächeln huschte über Imkes Gesicht. »Vielleicht sehe ich ihn nachher in der Strandkorbhalle. Ich wollte vorbeifahren und bei den Buden helfen. Viel kann ich zwar nicht machen, zumindest ein paar Kleinigkeiten will ich aber auch gern übernehmen. Falls er da sein sollte, erzähle ich ihm bei der Gelegenheit von deinem Surfbrett und frage, ob er es sich mal ansehen kann.«

»Sehr gute Idee«, kommentierte Hauke. »Von mir aus kann er jederzeit vorbeikommen. Das Brett bleibt solange in meiner Garage.«

»Prima!« Imke trat einen Schritt zurück und ließ den Blick noch einmal über das Surfbrett schweifen.

Zusammen verließen sie die Garage. »Ach, weißt du was, eigentlich könnte ich mich nachher auch zu den Freiwilligen gesellen. Vom Holzhacken habe ich heute jedenfalls die Nase voll. Und die Arbeiten kann ich morgen auch noch korrigieren«, sagte Hauke grinsend.

»Umso besser, dann kannst du ja mit Simo auch direkt über das Surfbrett sprechen. Bis nachher in Ording!«

»Bis später!« Hauke zog schwungvoll das Garagentor hinter sich zu.

Auf dem Rückweg zum Deich schaltete Imke wieder ihre kleine Taschenlampe an. Sie war voller Vorfreude und musste jetzt selbst lachen. Haukes altes Surfbrett war weit davon entfernt, perfekt zu sein, aber wie sagte man so schön? Es hatte Potenzial – wie so vieles gerade in ihrem Leben.

Das Scheinwerferlicht durchschnitt die Dunkelheit, als Imke das Auto ihrer Eltern über den Norderdeich lenkte. Die Scheibenwischer schabten geräuschvoll über die Windschutzscheibe und entfernten dabei einen Teil des feinen Frostfilms. Vor ihr glitzerte der eisige Beton der Straße, und die Temperaturanzeige bestätigte ihren Eindruck, dass der Dezemberwind die Gradzahl unter null gedrückt hatte.

Der Parkplatz am Hungerhamm wurde nur notdürftig von einer Straßenlaterne erhellt. Langsam fuhr Imke auf die Strandkorbhalle zu und parkte in der Nähe des Eingangs.

Bevor sie ausstieg, zog sie den Reißverschluss ihres Mantels bis oben zu und eilte dann auf die Tür der Halle zu.

Drinnen herrschte bereits rege Betriebsamkeit. Ein Dutzend Freiwillige trugen Holzbretter von A nach B, einige Teenager assistierten ihren älteren Verwandten bei den Reparaturarbeiten. Imke registrierte zufrieden, dass auch ein paar Frauen unter den Helfern waren, die sich nicht minder engagiert zeigten. Nachdem sie sich eine Weile umgeschaut hatte, entdeckte sie Hauke und Simo schließlich hinter einer Verkaufsbude in der Mitte der Halle.

Hauke hantierte mit einem Hammer, während Simo mit einem Zollstock Maß nahm. Sie schienen Hand in Hand zu arbeiten. Als sie sich entschieden hatte, zu ihnen zu gehen, schlug Hauke gerade einen Nagel ein, während Simo die Latte festhielt. Seine Hände steckten in schützenden Arbeitshandschuhen.

Imke sammelte sich innerlich. »Moin, ihr zwei Fleißigen«, rief sie im Näherkommen.

Sofort drehten beide ihre Köpfe und sahen in ihre Richtung. Hauke grinste zur Begrüßung, Simo nickte ihr mit einem warmen Lächeln zu.

»Gut, dass du endlich da bist«, sagte Hauke und legte den Hammer ab. »Wir könnten nämlich Verstärkung gebrauchen.«

»So, so!« Imke stellte sich neben sie und betrachtete die Hütte. Dann schweifte ihr Blick zu Simo. »Hat Hauke dir schon von seinem Surfbrett erzählt?«

»Längst!« Hauke nickte und deutete mit dem Hammer auf seinen Freund.

Simo zog die Arbeitshandschuhe aus und rieb sich die Hände. »Ja, Hauke hat es vorhin erwähnt. Ein altes Surfbrett und bereits ein bisschen ausgedient, richtig? Klingt ganz nach meinem Geschmack.«

»Exakt.« Imke spürte ein warmes Gefühl im Bauch, als sie seine Augen funkeln sah. »Wir dachten, du könntest es dir ansehen und es vielleicht reparieren. Für Lasse. Du weißt schon, der Junge, der so gerne surfen möchte.«

Zunächst nickte er, dann zog er die Stirn nachdenklich in Falten. »Ich schaue es mir natürlich gerne an, bevor solch ein Brett auf dem Müllhaufen landet. Allerdings geht so eine Reparatur nicht ganz so fix wie bei den Buden hier. Womöglich müssen Risse erst geflickt oder die Finnenbox muss stabilisiert werden … Das braucht Zeit.« Er machte eine Pause und warf Hauke einen fragenden Blick zu. »Wenn es für dich okay ist, würde ich das Brett gern noch heute Abend angucken.«

»Klar, von mir aus kein Problem.« Mit Wucht und Präzision schlug Hauke einen weiteren Nagel ein. »Mit der Bude sind wir doch eh bald fertig. Danach können wir zu mir fahren.«

»Klasse! Ich bin natürlich auch mit von der Partie«, meinte Imke. »Dann weiß ich auch gleich, was möglich ist oder eben nicht.«

Eine halbe Stunde arbeiteten sie noch gemeinsam in der Halle, bis ihre Bude wieder einsatzbereit war und den Weihnachtsmarkt überstehen würde. Unter Simos fachkundiger Anleitung war die Verkaufshütte schneller repariert, als Imke für möglich gehalten hatte.

»Fehlt nur noch ein wenig Farbe.«

»Einmal drüberstreichen und fertig.« Hauke nickte zufrieden.

»Von mir aus können wir aufbrechen.« Simo legte sein

Werkzeug in die Tasche. »Das Streichen kann bis morgen warten. Das geht ratzfatz.«

Kurz darauf fuhren sie hintereinander zum Deichweg nach St. Peter-Dorf – Imke und Hauke in ihren PKW und Simo in seinem alten VW-Bulli. An Haukes Friesenhaus angekommen, parkten sie in der Auffahrt vor der Garage. Ohne zuerst hineinzugehen, öffnete Hauke das Garagentor und ließ Imke und Simo den Vortritt.

»Da vorne ist es.« Er deutete in die Ecke, in der das Brett stand, und ging vor.

Simo war gleich hinter ihm und kniete sich davor. Sachte strich er über die Oberfläche. Dann klopfte er prüfend dagegen und kontrollierte die Finnenbox, die wackelig unter seinem Druck nachgab. Stirnrunzelnd wiederholte er das Ganze und strich sich über das Kinn. »Hm«, machte er nachdenklich.

Imke hoffte inständig, dass das Board noch brauchbar war. Hauke stand neben Simo und hielt die Arme vor der Brust verschränkt.

»Puh! Das macht leider keinen guten Eindruck auf mich«, sagte Simo schließlich und stand wieder auf. Er stemmte die Hände in die Hüften, während sein Blick auf dem Board verharrte.

»Was heißt das genau?«, fragte Imke vorsichtig.

»Na ja … Es ist ein ziemlicher Totalschaden, wenn ich ehrlich bin. Der Riss ist zu tief und die Struktur extrem brüchig. Und die Finnenbox ist fast raus. Aber … ich nehme es trotzdem mal mit und schau, ob ich doch noch was retten kann, wenn ihr wollt. Vielleicht krieg ich es mit viel Epoxid und Fiberglas noch halbwegs wieder hin.«

»Oh, echt?«, fragte Imke, ihre Stimme schwankte zwischen Hoffnung und Enttäuschung.

Er hob beide Hände. »Garantieren kann ich natürlich nichts, nur versuchen.«

»Ach, schon das allein wäre großartig.« Imke lächelte ihn dankbar an.

»Versuchen kann ich es«, wiederholte Simo und zuckte die Schultern. »Für Lasse mache ich, was möglich ist. Schließlich weiß ich noch, was für eine alte Möhre mein erstes Board gewesen ist. Und das hat heute noch bei mir in der Garage einen Ehrenplatz.«

»Danke, Simo«, Hauke klopfte ihm gut gelaunt auf die Schulter. »Dann laden wir es mal ein.«

Die Männer trugen das Brett gemeinsam zum Bulli und schoben es in den Laderaum. Nachdem Simo die Tür geschlossen hatte, verabschiedete er sich. »Ich werde dann mal wieder losdüsen. Bis demnächst!« Er stieg in den Bus, kurz darauf erklang das Rattern des Motors.

Imke blickte ihm hoffnungsvoll nach, als er aus der Einfahrt fuhr. Sein Entschluss, den Versuch zu unternehmen, das Brett zu retten, fühlte sich für sie wie ein wichtiger, weiterer Schritt in die richtige Richtung an – trotz seines fachmännischen, vernichtenden Urteils. Ein Funke Hoffnung in ihr blieb.

Kapitel 17

Der Donnerstagmorgen war grau und frostig. Zwar lagen hier und da noch Schneereste auf den Dächern, aber mit weißer Weihnacht rechnete in diesem Jahr niemand – Imke eingeschlossen. Rasant fuhr sie über die Eiderstedter Straße nach St. Peter-Bad. Die Heizung gab einen leisen summenden Ton von sich, im Radio liefen die aktuellen Nachrichten, von denen sie nur die Hälfte mitbekam. Ihre Gedanken kreisten um Simo und Haukes Surfbrett.

Sie hoffte inständig, dass sich sein Urteil über den »Totalschaden« als Irrtum erwies. Natürlich könnte die Gemeinde Lasse einen Surfkurs mit einem gemieteten Board schenken, aber ein eigenes Brett war doch durch nichts zu ersetzen. Nichtsdestotrotz war sie Simo für seine erneute Hilfsbereitschaft außerordentlich dankbar. Es war wirklich nicht selbstverständlich, dass er so viel Zeit und Muße investierte.

Seufzend trommelte sie mit den Fingern aufs Lenkrad. Es war gut, dass die Arbeiten an den Verkaufsbuden so gut voranschritten. Ein paar letzte Handgriffe und Pinselstriche noch, dann konnten die Hütten am nächsten Tag wie geplant von Ording zum Marktplatz transportiert und aufgebaut werden. Diese Tatsache allein war schon ein kleines Wunder, an das sie bis vor ein paar Tagen noch nicht zu glauben gewagt hatte.

Sie atmete tief durch. Mit vereinten Kräften hatten sie das

scheinbar Unmögliche möglich gemacht. Sie sollte sich darüber freuen und nicht zu viel verlangen.

Ein wenig ruhiger bog sie in die Straße zur Dünen-Therme ein, parkte bald darauf vor dem großen Gebäude und stieg aus. Ein Kälteschauer fuhr ihr durch die Glieder, als sie über den Parkplatz schritt. Hätte ich bloß eine meiner Thermoleggins unter die Hose gezogen, dachte sie. Um weniger zu frieren, beschleunigte sie ihre Schritte und näherte sich dem *MeerGlück*, einem kleinen Laden mit integriertem Café im Ortskern von St. Peter-Bad.

Das Schaufenster war mit einem leuchtenden Dreikönigsstern und ansprechenden Treibholzdekorationen weihnachtlich geschmückt. In der Mitte des Ladenfensters stand ein überdimensional großer Nussknacker aus Holz, zu dessen Füßen Walnüsse lagen. Jana und Pütti, die beiden Inhaberinnen vom *MeerGlück*, kannte Imke schon seit vielen Jahren. Als sie erfahren hatten, dass Imke wieder in St. Peter war, hatten sie sie gleich eingeladen, ihre neuen Spezialitäten zu probieren, die sie auf dem Weihnachtsmarkt verkaufen wollten. Es hatte zwar eine Weile gebraucht, bis Imke Zeit gefunden hatte, um der Einladung zu folgen, aber an diesem Tag war es endlich so weit.

Neben Duftkerzen und ätherischen Ölen wollten Jana und Pütti auch kulinarische Leckereien anbieten, wie sie ihr geschrieben hatten. Im vergangenen Jahr hatten sie zum ersten Mal bei einem Weihnachtsmarkt am Hungerhamm auch Speisen verkauft und damit positive Erfahrungen gesammelt.

Als Imke die Tür öffnete, bimmelte ein Glöckchen, und ihr stieg sogleich der Duft von Zimt und Sandelholz in die Nase. Jana, eine schlanke Frau mit blonden Haaren, winkte ihr von der Theke aus zu, während Pütti, die etwas kleiner war und einen wilden Lockenkopf hatte, mit einem Tablett in Händen aus dem Hinterzimmer kam.

»Hallöchen, Imke!«, rief Jana erfreut und kam auf sie zu. »Ach, toll, dass du da bist. Setz dich doch, wir haben was Leckeres für dich vorbereitet.«

»Moin! Das ist aber lieb.« Imke zog ihren Mantel aus und hängte ihn an den Garderobenhaken an einer Wand. Sie setzte sich an einen kleinen mit einer hellen Tischdecke und einer Kerze in einem goldenen Halter gedeckten Tisch, während Pütti das Tablett abstellte. Dann umarmte sie sie zur Begrüßung.

»Das im Glas ist Spekulatius-Parfait, in dem Schälchen ist Bratapfel mit Marzipan und Mandeln«, kam sie gleich zur Sache, nachdem sie sich voneinander gelöst hatten. »Dazu gibt es noch einen dampfenden Winterzauberpunsch in eigens kreierten Weihnachtstassen. Riecht es nicht unheimlich lecker?«

»Oh ja! Und es sieht auch unglaublich ansprechend aus.« Imke fächerte sich mit einer Hand den Duft der Spezialitäten zu und kostete dann einen Löffel des Parfaits. Dabei schloss sie genüsslich die Augen. »Himmlisch cremig. Das wird bestimmt ein Renner auf dem Weihnachtsmarkt.«

»Das hoffen wir!« Pütti setzte sich lächelnd zu ihr, während Jana schnell aus einem Karton einige Kerzen in Regalen nachfüllte.

Imke probierte den Bratapfel. Die süße Wärme des Marzipans mischte sich mit den knackigen Mandeln, ein Schluck Punsch rundete alles mit seiner fruchtigen Würze ab. »Meine Güte! Ihr habt euch echt selbst übertroffen«, sagte sie und nahm noch einen weiteren Schluck. »Die Leute werden garantiert Schlange stehen vor eurer Bude. Das ist mal was anderes als die üblichen Paradies-Äpfel oder gebrannten Mandeln.«

»Vielen Dank.« Jana grinste. »Bleib ruhig noch ein bisschen bei uns und schau dich um, ja?«

»Sehr gerne.« Imke stand sogleich auf, um langsam durch den Laden zu schlendern. Die Tasse in der Hand, betrachtete sie ausgiebig die Regale voller Duftkerzen, die sich mit Gläsern voll Badesalz aneinanderreihten. Dazwischen hingen selbst gemachte, maritime Dekostücke. Darunter waren Muscheln in Netzen und kleine Leuchttürme aus Holz. An einem Ständer nahe der Kasse entdeckte sie etwas, das ihr Herz schneller schlagen ließ. Es waren Anhänger aus Treibholz und Muscheln an Lederbändern, die man individuell beschriften konnte. Sie nahm einen in die Hand und fuhr aufmerksam mit dem Daumen über das feste Holz und die glatte Oberfläche der Muscheln. Von Wind und Wellen geformt, dachte sie, war jedes Stück einzigartig.

Eine Idee blitzte in ihr auf. Wäre das nicht genau das richtige Geschenk für Sinja?

»Jana, kann ich da was einbrennen lassen?«, fragte sie und hielt den Anhänger hoch.

»Na klar!« Jana kam näher. »Was soll denn drauf? Ich könnte es gleich für dich fertig machen, wenn du willst.«

»Prima! Ich nehme zwei Stück.« Sie überlegte kurz und sagte dann: »Auf beiden soll ›Sommer 2017‹ stehen, daneben wäre eine kleine Welle schön.«

2017, das war damals »ihr« Sommer gewesen. Wenn Imke die Augen schloss, sah sie sich wieder wie damals mit Sinja, Piet, Leif und Simo am Strand. Sie erinnerte sich daran, wie sie zusammen gelacht hatten, barfuß durch den Sand gelaufen waren, Salz auf der Haut und Sonne im Gesicht. 2017, als ihr ihr Leben noch leicht und unzerbrechlich erschienen war.

Das Armband war in ihren Augen das ideale Geschenk, um jenen besonderen Sommer und das Gefühl ihrer Freundschaft festzuhalten.

»Geht klar!«, sagte Jana. »Es dauert ungefähr eine halbe Stunde.«

»Super!« Dann kam ihr noch eine Idee. Sie drehte sich zu Pütti, die gerade das Tablett abräumte. »Sag mal, Pütti, könntet ihr mir spontan vielleicht ein paar eurer Leckereien für ein Treffen mit einer Freundin zum Mitnehmen fertig machen? So wie das hier? Etwas Parfait, Bratapfel und Punsch … für heute Nachmittag?«

Pütti grinste. »Für dich doch immer, liebe Imke. Ich packe dir was Feines ein. Die Bratäpfel müssen dann nur noch in den Ofen geschoben werden.«

»Ja, wunderbar!« Ein Lächeln breitete sich auf ihrem Gesicht aus. In den letzten Tagen hatte sie lange nach einer schönen Überraschung für Sinja gesucht, und nun war sie ihr quasi vor die Füße gefallen. Sie zog ihr Handy aus der Tasche, öffnete die Nachrichten-App und tippte.

Hey Sinja!
Hast du nach Feierabend schon was vor? Lust auf einen kleinen Vorweihnachtsausflug?
LG Imke

Schnell schickte sie die Nachricht ab, steckte das Handy wieder weg und sah sich noch weitere Anhänger an, während Jana mit der Beschriftung begann.

Am Nachmittag betrat Imke das Gemeindehaus mit federnden Schritten. Ihre Wangen waren zwar gerötet von der Kälte, aber das störte sie nicht weiter. Gut gelaunt summte sie eine Melodie vor sich hin, die sie nicht kannte. Sie genoss einfach die Leichtigkeit, die sie erfüllte. Die Verkaufsbuden waren so gut wie fertig, das Surfbrett bei Simo in besten Händen und der Anhänger für Sinja lag sicher in ihrer Tasche.

In der Küche traf sie auf die Küsterin, die gerade Kaffee kochte für den Seniorentreff, der gleich beginnen sollte. Auf dem Herd stand zudem ein Topf voll Punsch, der noch erhitzt werden musste.

»Guten Tag, Frau Petersen«, grüßte Imke.

Die Küsterin blickte von der Kaffeemaschine auf. »Moin, Imke«, antwortete sie. »Du siehst aber vergnügt aus. Gibt es etwas Neues, von dem ich noch nichts weiß?«

»Ja!« Imke stellte sich neben sie. »Es sieht so aus, als würde alles klappen. Die Verkaufshütten werden planmäßig fertig. Morgen werden sie von Ording zum Marktplatz gebracht und aufgestellt. Samstag kann der Weihnachtsmarkt starten«, verkündete sie triumphierend.

»Das sind ja wunderbare Neuigkeiten!« Frau Petersen klatschte erfreut in die Hände. »Ich wusste ja, dass am Ende alles gut werden würde! Wenn alle zusammenhalten, ist einfach nichts unmöglich! Die ganze Gemeinde wird unheimlich stolz auf euch sein!«

»Hm, hoffentlich.« Imke nahm ein paar Thermoskannen aus dem Küchenschrank und schraubte die Deckel auf. »Ich wollte es gleich unseren Senioren erzählen. Falls sie es noch nicht ohnehin schon mitbekommen haben.« Sie lachte froh auf und half Frau Petersen mit dem Kaffee.

Anschließend ging sie mit den vollen Kannen in Händen zum Gemeindesaal, wo der Seniorentreff bereits ohne sie begonnen hatte. Alle Plätze an den zwei langen Tischen waren belegt. Ein Adventskranz mit zwei brennenden Kerzen stand jeweils in der Mitte der Tische. Fröhliche Gespräche erfüllten den Saal.

Lächelnd stellte Imke sich vor Kopf an einen Tisch und klopfte mit den Fingerknöcheln auf die Tischplatte, um sich Gehör zu verschaffen. Nach einer Weile verstummten die Gespräche.

»Moin zusammen«, begann sie mit klarer, fröhlicher Stimme. »Ich habe einige sehr gute Nachrichten für uns alle! Die Verkaufsbuden sind einsatzbereit. Sie können sich also wie jedes Jahr auf Glühwein und Plätzchen freuen!«

»Einen neuen Glühweinkessel haben wir nämlich auch gespendet bekommen«, fügte Frau Petersen voll Begeisterung hinzu. »Ein ehemaliger Gastronom hatte noch einen übrig, der ungenutzt vor sich hin staubte.«

Ein zufriedenes Gemurmel erhob sich. Einige der Senioren nickten erfreut, andere klatschten spontan.

Dann meldete sich Frau Hansen zu Wort. »Ich glaub das erst, wenn ich Samstag vor den Buden stehe und meinen Glühwein trinke«, sagte sie kurz angebunden. Dabei hielt sie die Arme verschränkt und zog die Mundwinkel nach unten. »Bis jetzt sind es ja nur Worte. Für mich zählen ausschließlich Fakten.«

Imke fühlte zwar den Seitenhieb, den Frau Hansen ihr offenbar bewusst versetzte, aber er traf sie nicht wirklich. Nicht heute. Sie war viel zu gut gelaunt und zuversichtlich. Von Frau Hansen würde sie sich die Vorfreude nicht verderben lassen.

Statt zu widersprechen, lächelte Imke besonders freundlich, legte den Kopf leicht schief und antwortete: »Ach, das können Sie ganz bestimmt am Samstag tun, Frau Hansen. Und nur schade, dass Sie jetzt keinen Glühwein trinken können – aber ich bringe Ihnen gleich einen alkoholfreien Punsch, dann stoßen wir schon mal gemeinsam auf den Weihnachtsmarkt an, ja?«

Einige Anwesende lachten leise. Frau Hansen schien ein wenig überrumpelt von Imkes Konter zu sein. Sie murmelte etwas Unverständliches, doch ihre Mundwinkel zuckten leicht nach oben.

Beschwingt ging Imke in die kleine Küche, wo der Topf mit dampfendem Punsch auf dem Herd stand. Es war eine süße Mischung aus Apfel und Zimt, die Frau Petersen für die Gruppe vorbereitet hatte. Sie schöpfte mit einer Kelle zwei Tassen voll und trug sie in den Saal. Eine davon reichte sie Frau Hansen, die sie mit einem zögerlichen »Na gut« annahm.

Imke hob ihre Tasse, prostete ihr demonstrativ zu und trank einen Schluck. Es war für sie eine kleine Genugtuung.

Der Seniorentreff verlief ohne weitere Zwischenfälle. Es wurde über den bevorstehenden Weihnachtsmarkt gesprochen, über Enkelkinder und natürlich über das Wetter. Imke setzte sich eine Weile zu den Männern und Frauen, hörte zu und lachte mit ihnen. Dann nahm sie die Gitarre zur Hand und sang mit allen noch ein paar Weihnachtslieder.

Als die Gruppe sich später langsam zerstreute und die Senioren ihre Mäntel und Jacken anzogen, blieb Imke im Saal zurück, räumte die benutzten Tassen weg und blies die Kerzen an den Adventskränzen aus. Voller Vorfreude dachte sie an ihre Überraschung für Sinja. Die Süßspeisen, die Pütti ihr eingepackt hatte, musste sie nur aus der Küche ihrer Eltern holen.

Sie ging zu einem Tisch, auf dem ein Korb voller selbst gemachter Winterlichter stand, die auf dem Weihnachtsbasar verkauft werden sollten. Kurz entschlossen nahm sie eines der Windlichter und hielt es vor sich, um es zu begutachten. Es war schlicht gehalten, aber gerade deswegen besonders hübsch. Darüber würde sich Sinja bestimmt freuen. Sie wickelte es in ein Stück Zeitungspapier, das sie in der Küche fand, und steckte es in ihre Tasche. Das Geld dafür legte sie in die Kirchenkasse.

Eine halbe Stunde später verließ sie das Gemeindehaus. Eigentlich konnte sie mit ihrem Werk bisher zufrieden sein. Die Buden waren repariert, Frau Hansen besänftigt, und Sinja würde hoffentlich für später zusagen, wenn sie ihre Nachricht nach der Arbeit las. Der Tag fühlte sich insgesamt von Erfolg gekrönt an, wie schon lange nicht mehr. So konnte es weitergehen.

Es war bereits dunkel, als Imke und Sinja den Parkplatz am Deich bei Westerhever erreichten. Der Mond leuchtete hell, der Himmel hatte sich als funkelndes Sternenmeer über die Küstenlandschaft und die Nordsee gespannt.

Imke stieg aus dem Auto und schulterte ihren Rucksack, in dem sie die Geschenke für Sinja sicher verstaut hatte. Sinja folgte ihr. Misstrauisch kniff sie die Augen zusammen.

»Was soll das eigentlich werden?«, fragte sie. »Du schleppst mich am Abend und bei Frost hier raus? Hätten wir das nicht bei Tageslicht machen können?«

»Vertrau mir einfach, Sinja«, entgegnete Imke grinsend und schaltete ihre Taschenlampe ein. »Wir machen einen kleinen Spaziergang, und ich verspreche dir, es wird dir gefallen.«

Damit gingen sie weiter und hoch auf den Deich. Oben fegten frische Böen über das Marschland, das ihnen zu Füßen lag, und trugen den salzigen Duft des Watts mit sich. In der Ferne ragte die dunkle Silhouette des Leuchtturms auf. Der Turm glich einem stillen Bewacher in der winterlichen Einsamkeit. Der Stockenstieg verlief vor ihnen. Der alte Pfad führte durch die Salzwiesen.

Der Boden war hart gefroren und knackte unter ihren Stiefeln. Das hohe Gras rauschte im Wind wie ein geheimes Flüstern. Der Lichtstrahl von Imkes Taschenlampe tanzte über den Weg und fing glitzernde Frostkristalle ein. Die rot-weiß gestreifte Außenhülle des Westerhever Leuchtturms war nun deutlicher erkennbar. Sein Licht schnitt hell durch die Dunkelheit. Es war ein sicheres Signal für die Seeleute.

Irgendwo blökten Schafe, und ein Gänseschwarm zog mit krächzenden Schreien über sie hinweg. Ihre Flügel schimmerten silbern im Sternenlicht.

Sinja zog sich die Mütze über die Ohren und schlang die Arme um sich. »Es ist zwar arschkalt hier, aber auch irgendwie wunderschön«, sagte sie und hielt Schritt mit ihr.

Imke lächelte. Die Kälte kroch zwar auch in ihre Beine, aber die Vorfreude auf die Überraschung überwog. Sie hatte alles vorbereitet, die Leute der Schutzstation informiert und in aller Eile vorher noch Püttis Spezialitäten vorbeigebracht, sogar eine informelle Sondergenehmigung für die Aussichtsplattform des Leuchtturms hatte sie auf die Schnelle bekommen.

Der Wind trug nun das ferne Rauschen der Nordsee zu

ihnen. Es war ein ewiges Lied, das für sie nach zu Hause klang.

Endlich erreichten sie die Warft, auf der der Leuchtturm stand. Seine massige Form ragte eindrucksvoll über ihnen auf. Nebenan lagen die beiden baugleichen Häuser der Schutzstation, deren Fenster hell erleuchtet waren. Imke öffnete die Tür zu einem der Häuser. Die WG-Bewohner, junge Leute, die dort ein freiwilliges Jahr absolvierten, empfingen sie freundlich und winkten sie gleich durch zur Wohnküche.

Der kleine Tisch war bereits gedeckt mit Spekulatius-Parfait, Bratäpfeln mit Marzipan und Mandeln und Winterzauber-Punsch in einer Thermoskanne. Alles, was Imke zuvor im *MeerGlück* besorgt hatte.

Sinja blieb zunächst verblüfft stehen und riss dann die Augen auf. »Was zur …?«, frage sie ungläubig und blinzelte dann Imke an. »Das hast du also geplant?«

Grinsend stellte Imke zwei Tassen für den Punsch auf den Tisch. »Überraschung!«

Sinja nickte. »Die ist dir gelungen.«

Imke erwärmte die Bratäpfel im Backofen und den Punsch in einem Topf auf dem Herd, dann genossen sie schweigend die weihnachtlichen Spezialitäten. Der süße Geschmack des Parfaits und die fruchtige Wärme des Bratapfels waren eine Wonne nach dem strammen Fußmarsch durch die Winterkälte. Der heiße Punsch dampfte und wärmte sie.

Sinja seufzte zufrieden, als sie alles verspeist hatte, und lehnte sich auf ihrem Stuhl zurück. »Du bist echt verrückt, Imke, weißt du das? Aber die Überraschung ist dir wirklich gelungen.«

»Warte mal ab, das Beste kommt noch«, verkündete Imke geheimnisvoll und stand auf. Sie deutete zur Tür. »Komm mit.«

»Schon wieder in die Kälte?«, fragte Sinja wenig begeistert.

»Ich fürchte ja.« Auffordernd hob sie die Hand.

Schnell zogen sie sich ihre Mäntel über und traten hinaus in die Nacht. Imke öffnete die Tür zum Turm, wo sie von einem älteren Mann empfangen wurden, der normalerweise Touristen durch den Westerhever Leuchtturm führte und an diesem Tag extra länger geblieben war.

»Na, denn man tau!«, bemerkte er.

Gemeinsam stiegen sie die schmale Eisentreppe hinauf. Auf dem Weg nach oben mussten Imke und Sinja mehrmals verschnaufen, während ihr Begleiter alle Stufen anscheinend mühelos bewältigte. Schließlich traten sie hinaus auf die Aussichtsplattform. Die Welt schien sich vor ihnen zu öffnen. Die Nordsee lag schwarz und endlos da unter dem sternenklaren Himmel. Die Salzwiesen erschienen wie ein frostiges Meer, das hin und wieder von den goldenen Streifen des Leuchtturms erhellt wurde.

Imke lehnte sich ans Geländer und genoss schweigend den Moment. Sinja trat neben sie. Einen Moment lang sprachen sie nicht, sondern lauschten nur dem Tosen des Windes, der sie umfing. Dann griff Imke in ihren Rucksack und zog das Windlicht hervor sowie einen der Anhänger aus Treibholz und Muscheln, auf dem »Sommer 2017« eingeritzt war. Das Licht aus dem Innern des Turms ließ das Holz schimmern.

»Schau! Ich habe noch eine Kleinigkeit für dich.«

»Für mich?« Sinja nahm beides an, ihre Finger zitterten

leicht – ob es wegen der Kälte war, konnte Imke nicht sagen. Sie hielt den Anhänger ins Licht.

»Sommer 2017 … Das war doch damals unser Sommer, nicht wahr?« Sinjas Stimme klang mit einem Mal belegt. »Du, ich … Piet, Leif und Simo. Unsere Tage am Strand … Alles war zu der Zeit so perfekt. Im Nachhinein erscheint es mir fast wie ein schöner Traum.« Sie sah Imke gerührt an.

»Ja, wohl wahr«, stimmte sie ihr zu, nickte langsam und richtete den Blick wieder auf die Nordsee. »Ich habe die Anhänger zufällig im *MeerGlück* entdeckt und dachte, das passt zu uns.«

»Weißt du noch, wie wir Simo damals bei dem Wettbewerb angefeuert haben?«, rief Sinja ihr den Augenblick in Erinnerung. Ein Lächeln umspielte ihre Lippen. »Er war mit seinem Brett auf den Wellen, und wir standen am Strand. Wir haben uns damals fast die Lunge aus dem Leib geschrien, um ihn anzufeuern – wie Verrückte.«

Imke lachte. Die Erinnerung katapultierte sie mit voller Wucht zurück in jene Zeit. »Ich sehe es noch genau vor mir. Simos Cutback im Glitzern der Wellen. Und danach die Strandparty. Wir waren an dem Abend bis weit nach Mitternacht in Ording.«

»Das waren die besten Tage unseres Lebens, ohne dass wir es wussten«, sagte Sinja und fügte dann mit ernstem Gesichtsausdruck hinzu: »Ich wünsche manchmal, ich könnte die Zeit zurückdrehen und alles wäre wie damals – und dass du in St. Peter bleiben könntest.«

Als Imke ihrer Freundin wieder in die Augen sah, spürte sie die Wahrheit in deren Worten. Seit sie wieder hier war, begleitete der stetig wachsende Wunsch sie, tief unter all ihren Zweifeln und Fragen. »Ich merke immer deutlicher, dass ich das auch will«, gab sie zu, fast überrascht von ihrer eigenen Erkenntnis.

Sinja legte schweigend eine Hand auf Imkes Arm und drückte ihn leicht. Dies war Antwort genug.

»Entschuldigung, ich will Ihren Plausch ja nicht stören, aber langsam wird auch mir ein büschen kalt«, bemerkte der Mann hinter ihnen vom Ausgang zur Aussichtsplattform.

Imke lächelte und sagte. »Wir kommen schon!«

Während sie hinter ihm die Treppenstufen wieder hinabstiegen, spürte Imke die Kälte in all ihren Gliedern. Aber da war auch ein besonders warmes Gefühl, das tief in ihr wurzelte.

Kapitel 18

Gedankenverloren kaute Imke auf dem Ende ihres Bleistifts und überflog ein weiteres Mal ihre Listen, um sicherzugehen, dass sie auch ja nichts vergessen hatte. Die Weihnachtsmarkteröffnung stand in wenigen Stunden bevor. Eine Form von Lampenfieber hatte sie erfasst. Die Verkaufsbuden standen seit dem Vortag auf dem Marktplatz. Zahlreiche Helfer hatten beim Transport und beim Aufbau geholfen. Später waren sie mit Lichterketten, Tannenzweigen sowie roten und goldenen Schleifen geschmückt worden. Ganz zum Schluss wurden die selbst gemalten Schilder an ihnen befestigt, auf denen zu lesen war, wer was verkaufte.

Imke saß mal wieder in der Küche ihrer Eltern, eine Tasse dampfenden Tee vor sich. An ihrem Schreibtisch im Dachgeschoss fühlte sie sich zu abgeschottet. Ihr gefiel, wenn draußen ein Auto vorbeifuhr oder sie die Stimmen von Spaziergängern hörte. Hinter jedem Punkt auf ihrer Weihnachtsmarkt-Liste befand sich bereits ein Häkchen. Es schien tatsächlich so, dass alles erledigt worden war. Sie blickte auf.

Durch das Sprossenfenster konnte sie den Raureif sehen, der die Hecken in ein zartes Weiß gehüllt hatte. Müde rieb sie sich die Augen. Die letzten Tage waren trubelig geworden, das merkte sie nun deutlich. Eigentlich könnte sie sich etwas entspannen bis zur Weihnachtsmarkteröffnung, aber von Simo hatte sie nichts mehr gehört, seit er das Surfbrett bei Hauke abgeholt hatte. Ob das Board noch zu retten war, wusste sie nicht. Aber sie traute sich auch nicht nachzufragen. Die Stille war belastend. Wäre es nach ihr gegangen, hätten sie sich täglich sehen oder zumindest miteinander sprechen können.

Seufzend zog sie ihren Laptop zu sich heran und öffnete ihren persönlichen E-Mail-Account. Eine Rundmail der Kirchengemeinde sollte auch noch verschickt werden, in der sie alle Interessierten daran erinnern wollte, dass der Weihnachtsmarkt in wenigen Stunden feierlich eröffnet wurde.

Als sie ihre Nachrichten überflog, blieb ihr Blick an einer ungelesenen Mail hängen. Sie stach unter Werbemails und einer Rechnung ihres Handyanbieters hervor.

Absender: Stadt Münster – Jugendamt
Betreff: Neuer Vertrag

Stirnrunzelnd ließ Imke den Pfeil der Maus über der Nachricht schweben. Ein plötzlicher Schauer lief ihr über den Rücken. Pflichtbewusst klickte sie auf den Betreff, die Mail öffnete sich. Es war eine kurze, sachliche Nachricht von ihrem Vorgesetzten.

Sehr geehrte Frau Claasen,

anbei der Entwurf Ihres neuen Vertrags zur Ansicht. Bitte prüfen Sie ihn und geben Sie mir eine kurze Rückmeldung bis Ende nächster Woche.
Soll ich Ihnen die gedruckte Version an Ihre Adresse in Münster schicken oder sind Sie noch in St. Peter-Or-

ding? Falls Letzteres zutrifft, bitte ich um die genaue Anschrift.

Mit freundlichen Grüßen
Thomas Pothmann
Leiter des Referats Kinder, Jugend und Familien der Stadt Münster

Ein Anhang war der Nachricht beigefügt worden – »Vertrag_Claasen_2026.pdf«. Imke starrte auf den Bildschirm.

Ihre Hände lagen reglos auf der Tastatur, ihr Atem hatte sich beschleunigt. Der fertige Vertrag fühlte sich wie ein kleiner Schock an. Natürlich war ihr bewusst gewesen, dass ihre Zeit in St. Peter-Ording nur begrenzt war. So war es von vornherein vereinbart worden. Irgendwann zwischen Weihnachten und Neujahr, sobald der Gips ihres Vaters entfernt worden war, würde sie nach Münster zurückkehren und Anfang des Jahres ihre Arbeit im Jugendzentrum wieder aufnehmen.

Über die mögliche Verlängerung ihres Vertrags hatten Herr Pothmann und sie schon vor zwei Monaten gesprochen. Aber jetzt, da er endlich vorlag, verspürte Imke plötzlich eine deutlich innere Gegenwehr. Ein unangenehmes Ziehen in der Brust plagte sie mit einem Mal, das sie nicht einfach ignorieren konnte.

Ihr Blick ging wieder zum Fenster, vor dem sich draußen eine Möwe auf dem Vorgartenzaun niedergelassen hatte. St. Peter-Ording bedeutete für sie keinen Kurzurlaub, den sie machte, um ihre Eltern zu besuchen. So hatte sie es zwar in den vergangenen Jahren gesehen, aber in den letzten Wochen hatte ihre alte Heimat wieder einen Platz in ihrem Herzen erobert. Sie war und blieb hier zu Hause. Das konnte sie nicht länger leugnen. Das Leben in Münster fühlte sich mittlerweile weit weg an, fast wie eines aus einer anderen Welt.

Aber der neue Vertrag war real, ein Anker zurück in ihren Alltag in der Stadt. Doch in ihr sträubte sich alles dagegen.

Imke schloss die Augen und atmete tief durch. Sie wusste, dass es ihr morgen oder in einem Monat nicht anders gehen würde. In ihrem Herzen war die fällige Entscheidung klar.

Nachdem sie abermals tief durchgeatmet hatte, öffnete sie die Augen wieder und klickte auf »Antworten«. Ihre Finger flogen regelrecht über die Tastatur, als sie tippte.

Sehr geehrter Herr Pothmann,
vielen Dank für die Übersendung des digitalen Vertrags.
Bitte schicken Sie die gedruckte Version nach St. Peter-Ording.
Die Adresse lautet: Deichstraße 16, 25826 St. Peter-Ording. Ich melde mich in der kommenden Woche bei Ihnen.
Freundliche Grüße
Imke Claasen

Sie las die Nachricht noch einmal und merkte, dass ihr Herz dabei schneller pochte. Dann drückte sie auf »Senden«. Die Mail verschwand mit einem leisen Plopp.

Imke ließ sich gegen die Rücklehne der Eckbank sinken. Sie starrte auf den Bildschirm, bis er schließlich dunkel wurde. Es fühlte sich jetzt schon wie ein Entschluss an, den sie noch nicht ganz begriff. Es war kein Ja zu Münster, aber auch kein Nein. Bis der Vertrag in St. Peter-Ording eintraf, konnte sie darüber nachdenken.

Schon als sie vom Tisch aufstand, spürte sie, wie sich der Wunsch, zu bleiben, in ihr weiter verfestigte. Der Vertrag schwebte jedoch wie eine dunkle Wolke über ihr. In gewisser Weise war er ein Versprechen an ein Leben, das sie einmal gewollt hatte.

Das hatte sich längst geändert. Imke schüttelte den Kopf und zwang sich, sich zu konzentrieren. Sie setzte sich wieder, loggte sich in das Postfach der Gemeinde ein und tippte schnell die Rundmail. Dann klappte sie den Laptop zu, trank den letzten Schluck Tee und erhob sich.

Sie brauchte dringend eine kalte Brise zum Durchatmen oder, noch besser, tüchtigen Wind um die Ohren und Meeresrauschen.

Am Samstagnachmittag erstrahlte der Marktplatz im feierlichen Glanz der Weihnachtszeit. An den geschmückten Verkaufsbuden funkelten Lichterketten, Tannengirlanden hingen von den Dächern und kleine Holzsterne schaukelten im Wind. Der Duft von Glühwein, Waffeln und frisch gebrannten Mandeln zog durch die Winterluft. Kinder liefen fröhlich mit Lebkuchenherzen in den Händen umher.

Imke hastete zwischen den Buden hindurch, in der Hand hielt sie ein Klemmbrett. Es war kurz vor 15 Uhr, die Eröffnung stand kurz bevor, und der Platz füllte sich nun immer mehr mit rotwangigen Besuchern. Imke stimmte sich gerade mit dem Leiter des Schulorchesters ab, als Frau Petersen plötzlich mit Panik im Blick auf sie zueilte.

»Imke, der große Generator ist tot!«, rief sie und deutete zur Hauptbühne. »Wir haben keinen Strom. Es funktionieren keine Lichter, kein Mikro, gar nichts!«

»Was?« Imke erstarrte, ihr Herzschlag beschleunigte sich.

Sie war so nah an ihrem Ziel gewesen – und nun drohte doch alles in letzter Sekunde zu scheitern. »Ausgerechnet jetzt!«

Sie sprintete rüber zur Bühne, wo Hauke fieberhaft mit einem Kabelgewirr kämpfte. Über ihnen blieben die Weihnachtslichter dunkel, der Generator tat keinen Mucks.

»Verdammt noch mal! Ohne Strom gibt es keine Aufführung«, presste Hauke angespannt hervor. »Die Kinder kommen gleich.«

»Keine Panik«, beschwichtigte Imke ihn, auch wenn sich ihr in Wirklichkeit der Magen umdrehte. Dann fiel ihr etwas ein. »Kennst du nicht den Hausmeister der Dünen-Therme?«

»Klar! Und?« Haukes fragender Blick ruhte auf ihr.

»Soweit ich weiß, gibt es dort auch einen Generator. Meinst du, wir könnten fragen, ob wir ihn borgen dürfen?«

Sofort zückte Hauke sein Handy und drückte eine Taste, bevor er antwortete. »Hoffentlich erreiche ich jemanden.« Im nächsten Moment lächelte er. »Moin, Klaus, Hauke hier. Unser Marktgenerator ist hinüber, ich brauche dringend euren Ersatz. Bitte! Ja. Jetzt!«

Sie hatten Glück.

»Okay, ich hole den Ersatzgenerator von der Dünen-Therme!« Imke nickte ihm angespannt zu. »Hauke, halte solange die Kinder bei Laune, ja? Ich beeile mich! Und Frau Petersen, bitte beschwichtigen Sie die Leute. Es geht gleich weiter.«

Schon rannte sie los. Vorbei an Holzbuden voller Plätzchen und Kerzen. Die Dünen-Therme war mit dem Auto nur fünf Minuten entfernt. Während sie in Windeseile zum Haus ihrer Eltern lief, um den Wagen zu holen, sandte sie ein Stoßgebet gen Himmel.

So schnell es die Verkehrsregeln erlaubten, fuhr Imke nach St. Peter-Bad. Zusammen mit Klaus hastete sie dort in einen Geräteraum der Therme, wo der Generator stand – es war ein schweres graues Ding. Mit einem Handkarren und Klaus' Hilfe hievte sie ihn ins Auto ihrer Eltern.

Trotz der Kälte lief ihr der Schweiß den Rücken hinunter. »Vielen Dank für Ihre Hilfe.«

Klaus gab bloß einen Brummton von sich. »Aber heile wiederbringen«, beschränkte er sich dann auf das Wesentliche.

Imke nickte.

Wieder auf dem Marktplatz angekommen, halfen Hauke und zwei Grundschulväter beim Entladen und Anschließen des Generators. Als die Lichterketten erstrahlten und das Mikrofon knackte, atmete Imke erleichtert auf. »Puh! Das ist gerade so eben gut gegangen«, brachte sie keuchend hervor.

Hauke grinste. »Du bist eben ein wahrer Weihnachtsengel.«

Um zwanzig Minuten nach drei trat der Bürgermeister endlich auf die Bühne. Er positionierte sich genau so, dass der festliche Kranz aus Tannenzweigen hinter ihm hing. Mit einer kurzen Ansprache eröffnete er den Weihnachtsmarkt und machte dann auch den Kindern Platz, die sich aufgeregt hinter ihm aufstellten. Die Zuschauer klatschten höflich, dann stimmte der Kirchenchor »O Tannenbaum« auf der Bühne an.

Imke stand am Rand des Geschehens und spürte, dass sich ihr Puls allmählich beruhigte.

Haukes Grundschulklasse war an der Reihe und kam auf die Bühne. Finn spielte wie immer das Xylophon und entlockte dem Instrument Töne, die fast so hell wie Glocken klangen. Eine Mitschülerin spielte Blockflöte, die anderen Schüler sangen »Ihr Kinderlein kommet«. Ihre hohen Stimmen zitterten leicht, vor Kälte oder vielleicht auch vor Aufregung.

Als die letzten Noten verklungen waren, applaudierten die Umstehenden begeistert. Nun trugen zwei Mädchen mit roten Mützen Gedichte vor. Die Anwesenden spendeten begeistert Beifall.

Imke lächelte befreit. Der Weihnachtsmarkt war gerettet. Froh blickte sie sich um und entdeckte ihre Eltern in der Nähe der Verkaufshütte vom *MeerGlück*. Ihr Vater stützte sich auf seine Krücken, ihre Mutter hielt einen Becher Glühwein mit einer Zimtstange in der Hand. Sie winkte und ging zu ihnen.

»Das ist ja wunderschön geworden, Imke«, bemerkte ihr Vater lobend. »Ein richtiges Wintermärchen – fehlt nur noch der Schnee. Aber man kann nicht alles haben, nicht wahr?«

»Danke, Papa. Auf den Schnee müssen wir wohl wirklich verzichten«, sagte sie lachend, bevor Frau Hansen sich spontan zu ihnen gesellte.

In der Hand umklammerte sie ihren Glühweinbecher. »Es ist ein wunderbarer Weihnachtsmarkt geworden«, kommentierte sie ungewohnt freundlich. »Wie jedes Jahr. Das haben Sie wieder sehr gut hinbekommen, Herr Claasen.«

Ihr Vater lachte. »Danke für die Blumen, Frau Hansen. Aber die Anerkennung gebührt ganz meiner Tochter. Das alles ist nämlich ihr Werk.«

Frau Hansen winkte lächelnd ab. »Na, wie auch immer – der Glühwein ist jedenfalls einsame Spitze.« Sie schlenderte davon, offenbar um sich einen weiteren Becher zu holen.

Imke grinste ihren Vater belustigt an. »Sie ändert sich nie, oder?«

Grinsend schüttelte er den Kopf. »Nein.«

Nachdem die Aufführung der Grundschüler mit einem letzten tosenden Applaus honoriert worden war, winkten die Kinder ins Publikum und liefen danach zu ihren Familien. Der nächste Programmpunkt sah die Darbietung eines Leierkastenmanns vor, der nun »White Christmas« spielte.

Imke schaute in zufriedene Mienen und verspürte Freude und Dankbarkeit. Schade war nur, dass Simo offenbar nicht erschienen war. Sie hatte so darauf gehofft, ihn zu sehen.

Als der Abend hereinbrach, war sie müde, aber trotz allem höchst zufrieden. Den ersten Tag des Weihnachtsmarkts konnte sie als vollen Erfolg verbuchen, trotz der Generatorpanne am Anfang. Und dennoch lag ihr etwas auf der Seele. Simo. Er war tatsächlich nicht erschienen und hatte sich auch nicht bei ihr gemeldet. Seine Abwesenheit traf sie stärker, als sie sich zunächst hatte eingestehen können. Als alle Licher des Weihnachtsmarktes erloschen waren, hatte sie jedoch einen Entschluss gefasst.

In gemächlichem Tempo fuhr sie mit dem Auto ihrer Eltern die Auffahrt zum Strandweg hoch und folgte der schmalen Straße nahe dem Ordinger Strand, wo Simo im Haus seiner bereits verstorbenen Großeltern wohnte. Imke kannte es noch gut aus ihrer Jugendzeit. Sie parkte vor dem flachen Reetdachbau, gleich neben Simos VW-Bulli.

Die Fenster waren alle dunkel, nur eine schwache Lampe spendete am Haus Licht. Imke stieg aus und klingelte trotzdem. Sie konnte sich nicht vorstellen, dass Simo um diese Uhrzeit schon schlief oder bei der Kälte zu Fuß unterwegs war. Sie wartete geduldig, klingelte erneut, als sich nichts rührte, aber das Haus blieb weiterhin dunkel.

Ein Anflug von Enttäuschung mischte sich mit aufkeimender Entschlossenheit. Sie musste ihn sehen, sie musste endlich wissen, was los war – in jeder Hinsicht. Wo steckte er nur? Sie erinnerte sich an seine Garage, die im hinteren Anbau lag. Dort hörte man die Klingel vielleicht nicht … Früher hatte Simo dort oft gebastelt.

Sie folgte dem schmalen Pfad um das Haus herum. Die Garagentür war nur angelehnt, ein schmaler Lichtspalt schimmerte in der Dunkelheit, und das leise Surren einer Maschine drang an ihr Ohr. Imke drückte zaghaft die Tür auf und lugte hinein. Der Geruch von Holz und Harz schlug ihr entgegen.

Eine Schutzmaske über Mund und Nase, stand Simo über ein Surfbrett gebeugt da und hielt eine Schleifmaschine in der Hand. Imke erkannte gleich, dass es nicht Haukes Brett war, das er bearbeitete. Dieses war neu, glatt und mit frischer Farbe versehen. Er trug eine alte Hoodie-Jacke und hatte die Kapuze hochgeschlagen. Sie lächelte, als sie die untrügliche Anziehung verspürte, die sie mit ihm verband.

In dem Moment, in dem ihr Schatten ins Licht fiel, sah er auf und zog seine Atemschutzmaske herunter. Ein Lächeln breitete sich über sein Gesicht, er wirkte erfreut und gleichzeitig überrascht. »Imke!«

Er legte die Maschine ab und zog seine Kapuze vom Kopf, um sich im nächsten Augenblick mit der Hand durch sein blondes Haar zu fahren. »Was machst du denn hier?«

»Ich …«, begann sie und stockte. »Du warst heute nicht auf dem Weihnachtsmarkt.« Sie zuckte die Achseln. »Und das Surfbrett … Ich habe nichts mehr von dir gehört. Da dachte ich, ich komme mal vorbei und erkundige mich, wie so der Stand ist.«

Er nickte, aber sein Lächeln verblasste leicht. »Ich freue mich über deinen Besuch. Nur … die Sache mit dem Surfbrett … Nun ja, es tut mir echt leid, Imke. Es ist nicht mehr zu retten gewesen. Der eine Riss war einfach viel zu tief und der Kern total morsch. Ich habe es wirklich versucht, aber es wäre für Lasse am Ende nicht sicher gewesen.«

»Oh!« Eine Woge der Enttäuschung nahm von ihr Besitz. Sie fühlte sich im ersten Moment schwer wie Stein an. Imkes Blick ging zu Boden. »Ich hatte so sehr gehofft, dass es klappen könnte … für Lasse. Seine Sicherheit geht allerdings natürlich vor.«

»Das sehe ich auch so«, sagte Simo sanft und kam zwei Schritte auf sie zu. »Komm, setz dich erst mal.« Er deutete auf einen Hocker neben dem alten Tisch, auf dem Werkzeug und eine Thermoskanne standen. Schnell hatte er die Sitzgelegenheit freigeräumt. »Ich hab noch Tee, wenn du magst. Es ist ja ziemlich kalt draußen.«

Sie setzte sich, während er für sie einen Tee einschenkte.

»Danke.« Sie nahm die Henkeltasse und wärmte ihre Hände daran.

Simo lehnte sich an seine Arbeitsbank, für eine Weile ruhte sein eingehender Blick auf ihr. »Wie lange bleibst du eigentlich noch in St. Peter?«, fragte er schließlich.

Imke musste schlucken, der Tee brannte heiß auf ihrer Zunge. »Nicht mehr lange, fürchte ich. Ich erwarte eine Vertragsverlängerung für meinen Job in Münster. Ich muss ab dem 7. Januar wieder im Jugendzentrum erscheinen.« Sie zuckte mit den Schultern.

»Okay.« Er nickte, doch seine Augen schienen sich zu verdunkeln. »Münster also … Und was dann?«

»Ich weiß nicht«, antwortete sie ehrlich und merkte selbst, wie unsicher ihre Stimme plötzlich klang.

»Ich weiß oft auch nicht«, erwiderte er überraschend.

Imke schüttelte den Kopf. »Aber … Simo, was ist damals eigentlich schiefgelaufen? Zwischen uns? Ich habe nie verstanden, warum du so brüsk reagiert hast, als ich von meinem Glauben erzählt habe. Immerhin komme ich aus einer Pastorenfamilie und habe Religion studiert. Du hast mich doch immer unterstützt und mir den nötigen Halt gegeben.« Sie atmete tief durch und fasste Mut, bevor sie fortfuhr: »Und plötzlich hast du gesagt, die Existenz Gottes sei bloß eine Geschichte. Ich habe mich damals so getäuscht gefühlt von dir, weil ich dachte, du hättest mich und meine Sicht auf die Welt all die Jahre respektiert. Und dass eben das eine Lüge gewesen sein musste.«

Simo senkte den Blick auf das Surfbrett und rieb sich den Nacken. »Das tut mir echt alles sehr leid, Imke, und ich würde es heute bestimmt anders machen.« Er seufzte. »Ich … Ich wollte dich damals nicht verletzen. Ich habe es nur nicht besser hingekriegt.«

»Aber warum?«, fragte sie nun mit festerer Stimme. »Warum hast du das überhaupt gesagt? Ich verstehe es bis heute nicht. Ich merke, dass du nicht so richtig mit der Sprache herausrücken willst. Bitte, Simo, ich möchte es wenigstens verstehen.«

Er zögerte und spielte nervös mit einem Stück Sandpapier.

Imke sah ihn ruhig an und wartete einfach. Sie akzeptierte innerlich zwar, dass das Gespräch nicht leicht werden würde, aber sie hoffte trotzdem auf eine Antwort. »Okay«, sagte sie nach einer Weile. »Dann eine andere Sache ... Was ist eigentlich aus Leif geworden? Unserem alten Kumpel? Sinja meinte, ich sollte dich das fragen. Sie wollte nicht mit mir darüber reden.«

Simos Gesichtszüge erstarrten. Seine Finger ballten sich zu Fäusten. Er sah sie an, voller Anspannung, und seine Augen glänzten plötzlich. »Leif ... Er war damals der Grund«, brachte er fast tonlos hervor. »An dem Tag, als wir gestritten haben, Imke ... Da hatte ich erfahren, dass er schwer krank war. Leukämie.« Er blickte zur Decke.

Imke blinzelte fassungslos und ließ die Tasse sinken. »Was?«

»Er war doch wie ein Bruder für mich«, fuhr Simo fort. »Und dann kam die Diagnose. Ich habe es an dem Morgen erfahren, bevor wir uns trafen. Es hat alles durcheinandergebracht ... mein Weltbild und ... einfach alles. Ich war wütend und fühlte mich verloren. Ich konnte nichts für Leif tun. Und als du dann von Gott gesprochen hast ... Ich konnte es echt nicht hören. Es fühlte sich an wie blanker Hohn.«

Imke schluckte. Die Garage schien vor ihren Augen zu verschwimmen. »Wie geht es ihm jetzt?«, fragte sie leise, obwohl sie die Antwort ahnte.

Simo schüttelte nur den Kopf und wandte sich ab. Seine Stimme wurde heiser. »Er ist tot, Imke. Schon lange. Kein Jahr später war es vorbei.«

Sie schwiegen beide betroffen. Nur das leise Pfeifen des Windes, der um das Gebäude strich, war zu hören.

Ein Kloß bildete sich in Imkes Hals. »Das tut mir so unglaublich leid«, flüsterte sie betroffen. »Ich hatte ja keine Ahnung.«

»Keiner wusste es damals«, erzählte er, den Blick starr auf das Surfbrett gerichtet. »Und danach … Ich hatte echt ein Problem mit Gott, und mit kirchlichen Festen obendrein, mit allem, was so heilig klingt. Verstehst du das?«

Sie nickte. Ihre Finger umklammerten die Tasse nun fester. »Ja«, erwiderte sie. »Ich kann es jetzt verstehen. Es tut mir aufrichtig leid, dass du das allein durchgemacht hast. Aber ich bin froh, dass ich es endlich weiß. Es … Es lässt alles in einem anderen Licht erscheinen.«

Endlich sah er sie wieder an. Ein schwaches Lächeln spielte um seine Lippen. »Danke«, brachte er leise hervor. »Für dein Verständnis.«

Sie erwiderte sein Lächeln. Leifs Krankheit und Simos Wut. Und der abrupte Bruch zwischen ihnen damals. Nun erklärte sich so vieles. Ungereimtheiten lösten sich endlich auf, viel zu lange hatte sie es mit sich herumgetragen.

»Bleibst du noch ein bisschen?«, fragte er unvermittelt und nahm die Schleifmaschine wieder auf.

»Okay.« Imke nickte.

Er reichte ihr eine Atemschutzmaske und sie zog den Hocker näher zu ihm. Das Schleifgeräusch erklang, und Imke beobachtete, wie Simo sich ebenfalls wieder die Schutzmaske aufsetzte und mit gekonnten Handgriffen das Brett bearbeitete. Dies war also das Gespräch gewesen, das sie all die Jahre herbeigesehnt hatte. Und nun stellte sie fest, dass sie nicht nur Simo vergeben musste, sondern auch sich selbst. Viel zu lange hatte sie ein falsches Bild von ihm gehabt, obwohl sie es doch besser hätte wissen müssen.

Kapitel 19

Die Tage nach der Eröffnung des Weihnachtsmarkts und ihrem Besuch bei Simo waren wie im Fluge vergangen. Die abgeschlossenen Marktvorbereitungen waren nahtlos in die des Weihnachtsbasars übergegangen, der in der St.-Peter-Kirche stattfinden sollte. Obwohl beide Veranstaltungen einen wichtigen Charakter hatten, lagen Imke der Basar und die damit verbundene Spendenaktion noch etwas mehr am Herzen.

Seit ihrem Gespräch mit Simo war sie zwei weitere Male abends in seiner Garage gewesen. Sie hatte ihm mit dem neuen Surfbrett geholfen, das er bald fertig haben wollte. Imke hatte keine Fragen gestellt. Natürlich herrschte strengstes Winterwetter, und die nächste Surfsaison ließ noch eine Weile auf sich warten. Aus der Vergangenheit wusste sie aber, dass Surfequipment für ihn immer hohe Dringlichkeit hatte. Da konnte es auch Dezember sein, wenn er einem Board den letzten Schliff verpasste, hatte das Priorität.

Mehr war zwischen ihnen nicht passiert. Es war mehr eine langsame Wiederannäherung. Und immerhin hatte sie aus ihren Gesprächen erfahren, dass Simo in keiner Beziehung steckte und was er in den vergangenen Jahren getrieben hatte. Im Gegenzug hatte sie von ihrer Zeit in der Gemeinde in Warendorf erzählt und von der neuen Arbeit im

Jugendzentrum. Simo hatte durchblicken lassen, dass ihn nach wie vor nichts aus St. Peter fortbringen würde, und auch keinen Hehl daraus gemacht, dass er sich freuen würde, wenn Imke blieb.

Ihre Zweifel an der Rückkehr nach Münster verstärkten sich. Und sie wusste, dass sie eine Entscheidung treffen musste, aber es sollte die richtige sein.

Imke saß allein am Küchentisch, vor ihr lag ein Chaos aus Listen und Zetteln. Mittendrin standen eine Tasse Kaffee, die langsam kalt wurde, und ein Teller mit den Resten ihres Frühstücksbrötchens. Sie steckte bis zum Hals in den letzten Vorbereitungen für den Weihnachtsbasar am kommenden Tag: Standpläne, Helferlisten, Tombola-Gewinne, ein Anruf bei Frau Lüders, um zu klären, mit wie viel Gebäck sie rechnen konnten. Außerdem musste sie noch die Predigt für den Gottesdienst am vierten Advent schreiben – von dem für den Weihnachtsgottesdienst ganz zu schweigen.

Die Küchentür öffnete sich, und ihre Mutter kam herein. »Wir fahren gleich zu Papas Rehatermin!«

»Alles klar, Mama«, antwortete Imke, ohne aufzusehen, und kritzelte eine Notiz zum Ablauf der Tombola auf das Blatt. »Viel Spaß und grüßt mir Sinja!«

»Danke«, rief ihr Vater vom Flur aus.

»Mach dir keine Sorgen, Imke. Der Basar morgen wird bestimmt genauso ein Erfolg wie der Weihnachtsmarkt«, versicherte ihre Mutter.

Lächelnd hob Imke den Blick. »Das muss er auch!«

»Ich backe nachher noch ein paar Bleche Weihnachtsplätzchen.« Ihre Mutter nickte ihr aufmunternd zu. »Dann bis später!«

Kurz danach hörte sie, wie der Motor draußen ansprang und die Reifen auf dem Kies der Auffahrt knirschten. Sie vertiefte sich wieder in ihre Listen. Viele ihrer Kollegen arbeiteten mit Excel-Listen, sie dagegen führte sie analog. Das hatte sie vermutlich von ihrem Vater.

Als es an der Tür klingelte, stand Imke seufzend auf und schlurfte durch die Diele. Sie öffnete die Haustür und sah sich dem Postboten gegenüber, mit roter Nase, grauer Wollmütze und dicker Jacke hielt er ihr ein Bündel verschieden großer Briefe entgegen. »Moin, Frau Claasen«, sagte er nasal und nickte ihr zu.

»Guten Morgen.« Imke nahm die Sendungen entgegen. »Vielen Dank.«

»Ziemlich frostiger Tag heute, was?«, fragte er.

»Wirklich. Möchten Sie vielleicht einen heißen Tee?«, bot sie ihm an.

»Das ist sehr nett von Ihnen, aber ich habe eine Thermoskanne Kaffee dabei.« Er deutete auf seine Tasche, die am Fahrrad befestigt war.

»Dann noch einen schönen Tag«, wünschte sie ihm und schloss die Tür, nachdem er sich zum Gehen gewandt hatte.

Zurück in der Küche, legte sie das Bündel auf den Tisch und sichtete es dann. Rechnungen, eine Weihnachtskarte von Tante Hanne aus Flensburg und ein dicker Umschlag – weiß und offiziell, mit dem Absender-Stempel »Stadt Münster – Jugendamt«. Der Vertrag.

Sie nahm ein Frühstücksmesser und öffnete damit den Umschlag. Ein mehrseitiges Dokument kam zum Vorschein. Oben prangte das Logo der Stadt Münster, darunter ihr Name in fetten Buchstaben: Arbeitsvertrag für Imke Claasen.

Sie blätterte zur letzten Seite. Die Unterschrift ihres Vorgesetzten prangte in blauer Tinte an der entsprechenden Stelle. Imke seufzte.

Dann blätterte sie zurück zur ersten Seite und las. Die Stadt verlängerte ihre Stelle im Jugendzentrum ab dem 7. Januar 2026 um ein Jahr, mit den gleichen Bedingungen für Gehalt, Urlaub, Arbeitszeiten wie zuvor. Nur eine leere Zeile am Ende des Dokuments wartete noch auf die Unterschrift, mit der sie ihren weiteren Lebensweg besiegeln würde. Eigentlich ein Grund zur Freude, oder?

Doch alles in ihr sträubte sich, den Vertrag zu unterschreiben. Sie schob das Dokument weg, stand auf und nahm ihren Teller mit dem Rest des Frühstücksbrötchens, stellte ihn neben der Spüle ab und warf einen Blick auf den Wandkalender. Nur noch ein paar Tage bis zum Jahresende.

Sie musste wieder an Simos Frage denken. *Wie lange bleibst du?*

Sie dachte an Sinja, die sich ebenso wünschte, dass sie in St. Peter-Ording blieb. Hinzu kam, dass sie mit jedem Tag stärker spürte, dass sie selbst nicht mehr wegwollte.

Als die Haustür aufgeschlossen wurde, zog ein Schwall kalter Luft herein, begleitet von den fröhlichen Stimmen ihrer Eltern.

»Wir sind zurück!«, rief ihre Mutter von der Diele aus.

Imke schreckte hoch, sie hatte den Kopf auf eine Hand gestützt und setzte sich jetzt auf. Sie saß immer noch am Küchentisch und musste eingenickt sein.

Schon kamen ihre Eltern in die Küche spaziert. Ihre Mutter hielt eine Papiertüte mit einem Bäckerlogo in der Hand.

»Wie war es denn?«, erkundigte Imke sich mit leicht verschlafener Stimme.

»Anstrengend, aber gut«, antwortete ihr Vater und setzte sich auf den Stuhl ihr gegenüber. »Aber nach der Pflicht kam dann die Kür.«

Imke runzelte die Stirn. »Was für eine Kür denn?«

Ihre Mutter legte die Papiertüte auf der Arbeitsplatte ab. »Wir haben zufällig die Müllers getroffen – du weißt schon, die Leute mit dem Ferienhaus im Sandkamp. Wir haben sie ewig nicht gesehen und sind spontan mit ihnen Mittag essen gegangen.«

»Krabbensuppe und frisches Brot – ein Traum!«, ergänzte ihr Vater.

»Und ein Gläschen Punsch dazu«, fügte ihre Mutter hinzu. »Uns hat es richtig gut geschmeckt. Aber … warum schaust du so missmutig aus der Wäsche, Imke?«

Sie rieb sich die Augen, bevor sie seufzend den Umschlag über den Tisch schob. »Die Post war da«, sagte sie und verzog den Mund. »Der neue Arbeitsvertrag fürs Jugendzentrum ist angekommen. Mein Chef hat bereits unterschrieben.«

Ihre Eltern wechselten einen Blick, woraufhin ihre Mutter sich ebenfalls setzte. »Und du?«

Imke schüttelte heftig den Kopf. »Nein. Ich … Ich kann es einfach nicht. Es fühlt sich für mich ganz und gar nicht stimmig an.«

Ihr Vater beugte den Oberkörper vor, während seine Hände gefaltet auf dem Tisch ruhten. Sein verständnisvoller Blick lag sanft auf ihr. »Mir scheint, du steckst in einem Zwiespalt, oder?«

Sie nickte. »So ziemlich.«

Die Miene ihres Vaters hellte sich auf, als hätte er nur auf diesen Moment gewartet. »Weißt du, Imke, auch auf die Gefahr hin, dass ich mich wiederhole«, begann er, »in St. Peter gibt es berufliche Möglichkeiten für dich. Die evangelische Urlauberseelsorge sucht immer noch eine Diakonin. Die Stelle ist seit Monaten offen, und bis jetzt gibt es keinen einzigen Bewerber. Und dann ist da noch die halbe Pastorenstelle in der Kirchengemeinde ... ebenfalls unbesetzt. Ich bin sicher, du würdest mit Handkuss genommen werden.«

Imkes Herz pochte schneller. Die Worte ihres Vaters klangen zu schön, um wahr zu sein. »Meinst du wirklich, Papa?«, fragte sie hoffnungsvoll, auch wenn sie immer noch Zweifel spürte.

»Natürlich!«, erwiderte er voller Enthusiasmus. »Und ich sage dir noch was: Nichts würde mich glücklicher machen, als wenn du dich wieder für St. Peter-Ording entscheidest. Die Familie wieder komplett zusammen zu haben, das wäre ein großes Geschenk.«

Ihre Mutter nickte. »Da kann ich deinem Vater nur zustimmen. Aber wir wollen dich nicht unter Druck setzen. Es liegt ganz allein in deinem Ermessen. Wir stehen immer hinter dir, egal wie du dich am Ende entscheidest. Das weißt du doch, mein Schatz.«

Eine tiefe Dankbarkeit ergriff Imke. Ihr Blick ging vom Briefumschlag mit dem Vertrag zu ihren Eltern. »Eure Unterstützung bedeutet mir wirklich viel. Ich werde darüber nachdenken.«

Nachdenklich ging Imke den Flur im Gemeindehaus entlang. Sie war mit Frau Petersen verabredet, um die letzten Details für den Weihnachtsbasar zu klären. Den Arbeitsvertrag hatte sie samt Umschlag ganz nach hinten in die Schublade ihres Schreibtischs verbannt.

Vor der offenen Tür zum Gemeindesaal blieb sie abrupt stehen. Ihre Augen weiteten sich. Der Hausmeister, Herr Klocke, ein stämmiger Mann mit grauem Bart, schleppte gerade Tische durch den Saal. Es waren lange Holztische, die eigentlich für den Basar in der Kirche gedacht waren. Er stellte sie in U-Form auf und rückte sie etwas zurecht, wobei immer wieder das Quietschen der Tischbeine erklang.

»Hallo, Herr Klocke!« Imke ging mit fragendem Blick auf ihn zu. »Warum bauen Sie denn die Tische hier auf? Sollten sie nicht eigentlich in die Kirche?«

Er sah zu ihr und kratzte sich dann am Kopf. »Moin, Frau Claasen«, sagte er mit leicht verschnupfter Stimme. »Tja … da standen sie auch bis vorhin. Haben Sie denn nichts von der Wetterwarnung gehört?«

Imke überlegte kurz, die Tasche rutschte ihr leicht von der Schulter. »Eine Wetterwarnung? Nein, wovor wird denn genau gewarnt?«

Bevor Herr Klocke antworten konnte, kam Frau Petersen auch schon in den Saal geeilt. Sie hatte eine Mappe unter den Arm geklemmt. »Hallo, Imke.« Ihre Brille saß leicht schief auf der Nase.

Imke griff nach dem Gurt ihrer Tasche. »Hallo, Frau Petersen. Herr Klocke sagte mir gerade, er baut die Tische wegen einer Wetterwarnung hier auf?«

»Stimmt. Ich hätte dich sonst gleich auch angerufen. Der Deutsche Wetterdienst hat vor einer schweren Winterwetterlage gewarnt mit Sturm, Schnee und eisigen Temperaturen. Das soll heute Abend richtig losgehen und morgen den ganzen Tag anhalten.«

Imke runzelte die Stirn. »Und deswegen diese Aktion? Wer weiß, ob in St. Peter-Ording überhaupt eine Flocke fällt … Wir befinden uns ja nicht in den Alpen.«

»Wir haben trotzdem beschlossen, den Basar vorsichtshalber hierherzuverlegen«, erklärte Frau Petersen und deutete auf die Tische. »In der Kirche ist es außerdem viel zu kalt, wenn es wirklich kommt wie vorhergesagt. Außerdem gibt es dort weder eine Küche noch richtige Toiletten. Hier im Gemeindehaus ist es doch eh viel wärmer und praktischer. Eine Küche mit allem Zipp und Zapp ist hier, und Sanitäranlagen sind auch ausreichend vorhanden. Ich denke, es ist die beste Lösung – egal wie es kommt.«

»Ich verstehe«, stimmte Imke zu. »Aber ich hoffe, es wird bloß halb so wild werden. Natürlich haben wir hier weniger Platz … Und die Spendenaktion soll ja zahlreiche Einnahmen generieren … Das Wetter soll uns bloß keinen Strich durch die Rechnung machen.«

Frau Petersen machte eine beschwichtigende Armbewegung. »Ach, wird schon schiefgehen. Die Leute werden kommen, so wie immer.«

Imke stellte ihre Tasche auf einen der Tische. Sie zog ihre Liste heraus und legte sie daneben. »Okay, dann passen wir die Planung mal an. Wo stellen wir die Tombola hin?«

»Da drüben ans Fenster«, entschied Frau Petersen prompt und deutete auf die gegenüberliegende Seite des Saals.

Imke nickte und machte sich Notizen. Sie hoffte inständig, dass die angekündigte Wetterlage St. Peter-Ording nicht betraf.

»Mach dir mal nicht zu viele Sorgen«, beschwichtigte Frau Petersen, als sie Imkes besorgten Gesichtsausdruck wahrnahm. »Wir Nordlichter sind doch in jeder Hinsicht wetterfest. Und im Saal wird es dann richtig gemütlich mit Kerzen, heißen Getränken und den Handwerksarbeiten. Ich muss mir unbedingt zwei Paar dicke Wollsocken kaufen. Damit komme ich durch jedes Winterwetter.«

Imke lächelte. »Es wird bestimmt schön werden. Ich muss mich nur gedanklich umstellen. In der Kirche war es so feierlich geplant.«

»Im Gemeindesaal können wir den Weihnachtsbasar auch feierlich begehen. Im Hintergrund spielen wir eine schöne Weihnachts-CD ab«, schlug die Küsterin vor.

»Das ist ein guter Vorschlag«, fand Imke. Sie nickte und ging mit Frau Petersen emsig die Liste weiter durch.

Der Wind heulte lauter, und erste Schneeflocken wirbelten im Licht der Straßenlaternen umher, als Imke die letzten Vorbereitungen im Gemeindehaus abschloss. Zufrieden betrachtete sie ihr Werk. Die Tische im großen Gemeindesaal standen nun alle an ihrem vorbestimmten Platz und waren festlich mit Tannenzweigen und Teelichtern dekoriert.

Imke packte ihre Tasche und verabschiedete sich von Frau Petersen und Herrn Klocke, die noch zusammen eine Tasse Tee in der Küche tranken. Als sie das Gemeindehaus verließ, vibrierte ihr Handy. Eine Nachricht von Sinja blinkte auf.

Hey!
Hast du Zeit? Wenn ja, komm doch bei mir vorbei. Ich bin zu Hause und will Pizza bestellen.
LG Sinja

Imke zog erfreut die Augenbrauen hoch. Ein Abend mit ihrer besten Freundin, das war eine großartige Idee. Sie antwortete schnell.

Hallo Sinja!
Pizza klingt perfekt. Mache mich gleich auf den Weg zu dir.
Imke ☺

Als Nächstes rief sie die Website des Wetterdiensts auf. Für St. Peter-Ording waren Schnee und Glätte vorhergesagt, mit Temperaturen unter null Grad. Da sie kein Risiko eingehen wollte, entschied sie, trotz der beißenden Kälte zu Fuß zu Sinjas Wohnung zu gehen. Zum Glück war der Deichgrafenweg nicht weit von ihrem Elternhaus entfernt. Es war eine ruhige Straße im Dorf, in der auch die Polizeistation ansässig war. Sinjas kleine Wohnung lag am Ende der Straße, in unmittelbarer Nähe zu einem kleinen Wäldchen.

Das Häuschen hatte ein rotes Ziegeldach und einen verwilderten Garten, der im Winter kahl und frostig dalag. Als Imke klingelte, öffnete Sinja einen Moment später. Sie trug eine bequeme Jogginghose und dazu einen Fleece-Pullover. Ihr Haar hatte sie zu einem wilden Lockennest hochgesteckt.

»Moin, du Eiszapfen«, empfing sie Imke grinsend und zog sie ins Warme.

»Hey«, erwiderte Imke, während sie sich Mantel und Schal auszog, trat ein und ließ sich genüsslich auf die Couch fallen.

In der Wohnung roch es nach Kaminfeuer. Sinja hatte tatsächlich den alten Kachelofen angezündet, und eine Kerze flackerte in einem Glas auf dem Couchtisch. Imke entdeckte das Winterlicht, das sie ihr geschenkt hatte, auf der Fensterbank.

»Weißt du eigentlich, dass du mir den Abend rettest?«

Sinja lachte und griff zum Telefon. »Pizza rettet doch immer, oder? Was willst du von *Da Gigi*? Nur eine Margherita oder was mit viel Käse?«

»Definitiv mit viel Käse«, antwortete Imke.

Während Sinja bestellte, genoss sie die angenehme Wärme des Kamins. Der Sturm rüttelte inzwischen an den Fensterläden.

Sie mussten nicht lange warten, bis ihnen die Bestellung geliefert wurde. Die Pizza war dampfend heiß und der Käse zog beim Essen Fäden. Imke und Sinja saßen nebeneinander auf der gemütlichen Couch, balancierten ihre Teller auf den Knien und ließen es sich schmecken. Zwei Gläser Rotwein standen auf dem Couchtisch.

»Okay, und jetzt raus damit«, forderte Sinja sie irgendwann auf.

Imke hielt im Kauen inne. »Was meinst du?«

Sinja verdrehte die Augen. »Ich sehe doch, dass dich etwas beschäftigt.«

»Ach, dir kann ich ja eh nichts vormachen.« Imke stellte den Teller auf den Tisch und schlug ein Bein über das andere. »Du hast recht«, gab sie schulterzuckend zu. »Es ist gerade alles ziemlich kompliziert. Mein neuer Arbeitsvertrag ist heute mit der Post gekommen, und mein Vorgesetzter hat natürlich schon unterschrieben. Nur ich … Ich kann mich nicht dazu durchringen.«

Sinja hob eine Braue und trank einen Schluck Wein. »Was wäre denn, wenn du einfach nicht unterschreibst?«

»Mein Vater hat gesagt, in St. Peter-Ording sind Stellen bei der Kirche frei«, fuhr Imke fort und strich sich durchs Haar. »Für die Urlauberseelsorge wird eine Diakonin gesucht, und eine halbe Pastorenstelle ist offen. Natürlich wären meine Eltern unheimlich happy, wenn ich in St. Peter bleiben würde.«

»Und? Bleibst du?«, fragte Sinja provokant.

Schweigend griff sie nach ihrem Glas Rotwein und blickte ihre Freundin an. »Ich schließe es jedenfalls nicht mehr gänzlich aus«, sagte sie und trank etwas Wein.

»Das ist doch Musik in meinen Ohren!« Sinjas Augen glänzten freudig. »Und was ist da noch?«

Imke holte Luft und schüttelte amüsiert den Kopf. »Also, dir kann man auch echt nichts verheimlichen.«

»Nö!«, trumpfte Sinja auf. »Raus mit der Sprache!«

»Also, ich war vor ein paar Tagen bei Simo – und danach auch noch mal«, sprudelte es aus ihr heraus. Sie erzählte ihr alles, von dem kaputten Surfbrett, von Leif und wie es damals überhaupt zu jener Auseinandersetzung gekommen war, die das Ende ihrer Beziehung eingeläutet hatte. Betroffen schloss Imke ihren Bericht: »Es war ein Missverständnis, Sinja. Und ich habe ihm all die Jahre unrecht getan. Das werde ich mir nie verzeihen können.«

Sinja pfiff leise durch die Zähne und setzte das Glas ab. »Wow. Das ist natürlich der Hammer! Und was ist jetzt mit euch?«

Ratlos hob Imke die Hände. »Na ja, ich kann sein Verhalten verstehen.«

Sinja lehnte sich auf dem Sofa zurück und sah Imke prüfend an. »Ja, schon. Aber gibt es eine zweite Chance für euch? Oder ist das endgültig aus?«

Imke zuckte mit den Schultern, dann glitt ihr Blick zu dem Kamin, in dem die Flammen tanzten. »Ich weiß es nicht. Vielleicht bin ich bei Simo genauso ratlos wie bei meinem Arbeitsvertrag.«

Ihre Freundin lächelte wissend. »Dann gebe ich dir jetzt mal den heißen Tipp, den du sonst mir immer gegeben hast: Folge deinem Herzen, Imke. Es kennt die Antwort, auch wenn sie manchmal leise ist.«

Kapitel 20

Dicke, schwere Flocken klatschten am nächsten Tag gegen die Fensterscheiben des Reetdachhauses. Imke konnte es nicht fassen. Sie stand an der Terrassentür und starrte gleichermaßen schockiert wie fasziniert auf die Naturgewalt, die sich vor dem Glas entfaltete. Der Wind heulte dazu in einem schaurigen Klagelied. Die Gartenmöbel ihrer Eltern waren teils ganz unter der immer dicker werdenden Schneedecke verschwunden. Die Hecken bogen sich bereits unter der weißen Last, und die Sicht auf die Dünenlandschaft war im dichten Schneegestöber unmöglich.

Der Weihnachtsbasar, der heute im Gemeindehaus stattfinden sollte, schien im wahrsten Sinne vom Schnee begraben zu werden. Imke, Frau Petersen und all die anderen hatten mit Herzblut auf diesen Tag hingearbeitet. Sie hatten unzählige Listen geschrieben, Helfer organisiert und Anrufe getätigt, hatten Möbel geschleppt, dekoriert und die Werbetrommel gerührt. Und nun drohte alles im letzten Augenblick zu scheitern.

»Das ist ja eine schöne Chose da draußen.« Ihre Mutter war ins Wohnzimmer gekommen. »Bei dem Wetter braucht man ja einen Schneepflug, um zum Bäcker zu kommen.«

Imke drehte sich zu ihr und seufzte schwer. »Oder zum Gemeindehaus.«

»Ja, wirklich!«, stimmte ihre Mutter ihr nachdenklich zu.

»Die schönen Kekse, die ich gestern gebacken habe. Der Basar wird wohl ausfallen, was?«

»So schnell gebe ich mich nicht geschlagen.« Imke schüttelte entschieden den Kopf. »Ich werde gleich mal zum Gemeindehaus gehen und schauen, wie die Lage auf den Straßen und Gehwegen wirklich ist. Schließlich trage ich für den Weihnachtsbasar die Verantwortung.«

»Für das Wetter aber wohl kaum«, erklang die Stimme ihres Vaters, während er ebenfalls ins Wohnzimmer kam. Er ging noch vorsichtig und benutzte die Krücken nicht mehr im Haus. Das Tablet unter dem Arm, auf dem er gerne Spielfilme schaute, trat er neben sie. »Manche Dinge kann man nicht ändern, nur akzeptieren.«

»Wir werden sehen. Zuerst mache ich mir mein eigenes Bild, bevor es ans Akzeptieren geht«, beharrte Imke, ging schnurstracks in die Diele und zog sich Mantel und warme Stiefel an. Sie wickelte den Schal fest um den Hals, bevor sie das Haus verließ.

Draußen merkte sie erst richtig, welche Kraft der Sturm tatsächlich hatte. Ihre Stiefel sanken tief in den Schnee ein, der vermutlich höher als zehn Zentimeter war, und selbst durch ihre dicken Wollhandschuhe spürte sie schnell die Kälte.

Die vereisten Gehwege glänzten tückisch unter der weißen Schicht. Einmal stolperte sie, konnte sich aber im letzten Augenblick am Zaun eines Nachbarhauses festhalten.

Unablässig vibrierte ihr Handy in ihrer Manteltasche. Mit klammen Fingern zog sie es heraus, aber der Bildschirm beschlug sofort. Sie wischte ihn notdürftig mit einem Handschuh ab. Seufzend las sie – die Nachrichten klangen alle ähnlich:

»Ich kann heute nicht kommen, die Gehwege sind zu glatt.« Frau Hansen, trocken wie immer, aber jedoch mit einem Hauch von Bedauern.

»Wir bleiben heute lieber zu Hause. Wie schade!« Die Nachricht kam von den Lüders, die sonst nie fehlten.

»Der Weg bis zum Gemeindehaus ist viel zu gefährlich. Alles ist spiegelglatt«, schrieb eine weitere Seniorin, die Imke von den Treffen im Gemeindehaus kannte.

Mit jeder Nachricht, die sie las, sank ihr Mut. Hätte dieser dichte Schnee nicht bis Januar warten können? Sie steckte das Handy ein, wobei es ihr fast aus der Hand rutschte. Erst jetzt bemerkte sie, dass ihre Finger vor Kälte fast taub waren. Sie kämpfte sich weiter durch das Schneegestöber und schirmte ihre Augen mehr schlecht als recht gegen die dicken Flocken ab.

Als sie am Gemeindehaus angekommen war, traf Imke Herrn Klocke, der sich mit einem Besen abmühte, um den Weg zum Eingang schneefrei zu bekommen, obwohl der Wind sofort neuen herantrieb. Es war ein sinnloser Kampf gegen die Naturgewalt.

Der Hausmeister grüßte kurz und griff als Nächstes zu einem Eimer Rollsplitt, dessen Inhalt er über den gefegten Gehweg verteilte. Er schien noch lange nicht ans Aufgeben zu denken, das war Imke sympathisch.

Erleichtert schob sie die Tür auf. Ein Schwall Schnee gelangte mit ihr ins Innere.

Frau Petersen kam ihr entgegen, sie hatte offenbar gerade einen Schneeschieber aus dem Abstellraum geholt. »Ist das nicht eine Katastrophe?«, fragte sie fassungslos und stirnrunzelnd. »Und es wird immer schlimmer.« Sie schüttelte den Kopf und lehnte den Schneeschieber an die Wand. »Ich hätte nicht im Traum damit gerechnet, dass es so dramatisch werden würde.«

Imke stimmte ihr zu. »Eigentlich bin ich gekommen, weil ich dachte, ich finde eine Lösung, wie wir den Weihnachtsbasar noch retten können.«

»Unmöglich! Die Leute schaffen es nicht bis hierher, ohne sich sämtliche Gräten zu brechen – von den Senioren ganz zu schweigen. Die Straßen werden zwar geräumt, aber die Gehwege sind völlig vereist. Außerdem nimmt der Sturm immer noch an Fahrt auf. Das ist lebensgefährlich, Imke. Ich habe schon fünf Anrufe von Gemeindemitgliedern bekommen, die verständlicherweise abgesagt haben.«

Gemeinsam gingen sie in den vorbereiteten Saal. Imke ließ den Blick durch den Raum gleiten. Alles stand bereit. »Ohne die Gemeindemitglieder fällt unsere Spendenaktion wohl auch ins Wasser.«

»Eher in den Schnee«, versuchte Frau Petersen es mit Galgenhumor.

Enttäuscht ließ Imke sich auf einen Stuhl fallen und streifte die nassen Handschuhe ab. Ihre Hände waren rot gefroren. »Es passiert mir nicht so häufig, aber ich bin gerade tatsächlich ratlos«, gab sie zu.

Frau Petersen nickte. »Da geht es dir wie mir.« Sie seufzte. »Ich gehe jetzt in die Küche und koche Kaffee und Tee. Herr Klocke ist bestimmt auch schon ganz durchgefroren.«

»Ein Tee wäre großartig.« Imke nickte dankbar. »Vielleicht fällt mir doch noch was ein, wenn ich halbwegs wieder aufgetaut bin.« Sie versuchte ein Lächeln.

Als Frau Petersen den Gemeindesaal verlassen hatte, merkte sie, dass sie kurz davor stand, die Umstände zu akzeptieren, so wie ihr Vater es ihr geraten hatte. Mit den

Launen der Natur konnte sie es nicht aufnehmen, das musste sie einsehen. In ihren Augen brannten Tränen der Enttäuschung. Sollte es das wirklich gewesen sein?

Plötzlich durchbrach ein tiefes, vertrautes Brummen von draußen die Stille. Imke hob überrascht den Kopf und sprang auf, sodass der Stuhl fast umkippte. Sie rannte an der Küche vorbei, wo Frau Petersen und Herr Klocke an der Kaffeemaschine standen, weiter zur Tür des Gemeindehauses, riss sie auf und lief hinaus.

Der Wind peitschte ihr Schnee ins Gesicht. Sie kniff die Augen zusammen, um durch das dichte Weiß etwas zu erkennen.

Durch das Schneegestöber kämpfte sich eine Gestalt voran. Nein, es war gar keine Gestalt, sondern eine Maschine: der Hitzlöper! Die bunte Bimmelbahn, die in der Saison Touristen durch die Gegend kutschierte, rollte langsam über den Platz. Die Räder waren mit schweren Ketten versehen, die im Schnee knirschten. Die bunten Waggons waren mit Lichterketten geschmückt, die im Sturm wie kleine Leuchtfeuer aussahen.

Simo saß im Fahrerhaus, eingemummelt in eine dicke Winterjacke und mit einer Wollmütze auf dem Kopf. Breit grinste er, als er die Bahn zum Stehen brachte und heraussprang.

Sofort sammelten sich Schneeflocken auf seiner Mütze und seinen Schultern, während er auf Imke zustapfte. In seinen Augen funkelte Unternehmungslust.

»Moin, Imke!«, rief er gegen den Wind. »Ich habe gehört, ihr habt ein Problem. Da dachte ich mir, ich mach mal spontan eine Sonderfahrt!«

»Was?«, fragte sie ungläubig. Ihre Stimme verlor sich fast im Sturm. »Du willst doch nicht etwa …?«

Er nickte. »Die Leute abholen.« Simo deutete auf den Hitzlöper, dessen Motor leise tuckerte. »Ich fahre durch den Ort, sammle die Leute ein und bringe sie her. Sie sollen ihren Weihnachtsbasar kriegen – und Finn und Lasse ihre Spenden. Ich habe die Bimmelbahn vorhin extra winterfest gemacht. Ketten drauf und die Lichter geprüft. So schaffen wir das.«

Imke starrte ihn an. Ihre Lippen bibberten. »Wie hast du … Woher weißt du das eigentlich?«

Simo zuckte die Schultern, sein Grinsen wurde schief, fast jungenhaft. »Eigentlich war es Zufall und auch ein bisschen Logik«, sagte er und wischte sich etwas Schnee aus dem Gesicht. »Gestern Abend habe ich Hauke getroffen, als er bei uns Holz abgeholt hat. Das macht er manchmal, und da haben wir kurz geredet. Er meinte, dass der Basar wohl auf wackeligen Füßen steht, wenn die Wettervorhersage stimmt. Na ja, und als heute früh alles weiß war, habe ich mir überlegt: Wenn die Leute schon nicht zum Gemeindehaus laufen können, fahr ich sie eben. Das bisschen Schneesturm macht mir nichts aus, und der Hitzlöper ist robuster, als er aussieht.«

»Das würdest du wirklich tun?«, fragte sie völlig überwältigt.

»Klar«, erwiderte er, als wäre es nichts Besonderes – als würde er nicht gerade ein kleines Wunder vollbringen. »Ich bin gleich wieder da. Halt du hier die Stellung, ja?«

Schon drehte er sich um und stapfte zurück zum Hitzlöper. Imke sah, wie er auf den Sitz kletterte, die Tür zuschlug und den Motor aufheulen ließ. Der Hitzlöper röhrte lauter, die Ketten gruben sich in den Schnee, dann verschwand er im dichten Treiben der Flocken.

Imke lief zurück ins Gemeindehaus, ihr Herz schlug wie nach einem Dauerlauf. Sie ging direkt zu Frau Petersen und Herrn Klocke in die Küche, die anscheinend nichts von Simos Erscheinen mitbekommen hatten. »Simo holt die Leute mit dem Hitzlöper ab! So schaffen es alle zum Weihnachtsbasar!«

Die Küsterin schaute sie perplex an, doch dann klatschte sie begeistert in die Hände. »Wie wunderbar!«

Herr Klocke pfiff durch die Zähne. »Na, sieh mal einer an, der junge Jensen«, kommentierte er halb überrascht, halb anerkennend. »Die Idee hätte glatt von mir sein können.«

Binnen einer Stunde war der Hitzlöper wieder vor dem Gemeindehaus. Voll besetzt mit frierenden, aber strahlenden Gästen. Die Türen öffneten sich, eine Schar von Menschen stieg aus. Ihre Gesichter waren rot vor Kälte, aber ihre Augen leuchteten. Es war ein kleines Weihnachtswunder, dass sie überhaupt bis zur Olsdorfer Straße gekommen waren.

Langsam füllte sich der Gemeindesaal. An den Tischen saßen fröhlich plaudernde Menschen, in deren Tassen Punsch dampfte, Plätzchen und Christstollen wurden gegessen und Handwerksarbeiten an den verschiedenen Verkaufstischen bestaunt.

Sinja kam mit der zweiten Fuhre des Hitzlöpers, zusammen mit ihrer Oma Elise. Beide waren in Decken eingewickelt, ihre Wangen gerötet von der Fahrt im eisigen Wind.

»Das war vielleicht ein Abenteuer!«, sagte Sinja lachend, und ihre Oma nickte begeistert. »Kalt wie am Nordpol, aber wunderschön!«

Imke lächelte. »Dafür ist es hier kuschelig warm.«

Bald waren die Lose der Tombola ausverkauft, und auch

der Kuchen und die Kekse neigten sich dem Ende. Aber das schien den Leuten egal zu sein. Sie waren froh, dass sie zusammen Zeit verbringen konnten und dem Schicksal ein Schnippchen geschlagen hatten. Simo hatte Imke eine Nachricht geschrieben, um ihr mitzuteilen, dass er sie nicht gefunden habe in der Menge und wann er mit dem Hitzlöper wieder da sein würde, um die Leute nach Hause zu kutschieren.

Seit ein paar Minuten zählte Imke die Spendengelder. Die Summe wuchs und wuchs, dann lächelte sie voll Dankbarkeit. Halleluja! Es war genug für Finns Musikunterricht und Lasses Surfstunden zusammengekommen – sogar mit einem kleinen finanziellen Puffer.

Schnell ging sie mit der Geldkassette in ihr Büro und wählte auf dem Telefon die Nummer der Nieblums. Leider hatten sie es wegen des Wetters nicht geschafft zu kommen, da Herr Nieblum unter der Kälte litt.

Als Frau Nieblum abhob, brach Imkes Freude sogleich aus ihr raus. »Moin, Frau Nieblum, hier ist Imke Claasen. Stellen Sie sich vor, wir haben es geschafft! Trotz Schnee und Eis! Die Spendeneinnahmen reichen für Finns Musikstunden und Lasses Surfkurs!«

Am anderen Ende erklang Frau Nieblums erleichtertes Lachen. Sie dankte ihr überschwänglich, und als Imke auflegte, standen ihr Tränen in den Augen. Manchmal entstand aus einer scheinbaren Katastrophe eben doch etwas Gutes.

Draußen ließ der Sturm langsam nach. Der Schnee fiel sachter.

Imke stand am Eingang des Gemeindehauses, die Hände

tief in den Manteltaschen, und sah Simo entgegen. Er marschierte durch den Schnee auf sie zu und blieb in geringem Abstand vor ihr stehen.

»Alle sind wieder heil zu Hause angekommen.«

»Danke, Simo. Du bist echt ein Held!« Imkes Stimme war weich, als sie einen Schritt auf ihn zuging und die Distanz zwischen ihnen schmolz. »Ohne dich wäre das heute nie möglich gewesen. Der Weihnachtsbasar, die glücklichen Menschen und unsere Spendeneinnahmen, einfach alles. Du hast uns allen den Tag gerettet. Weißt du das?«

Er grinste nur und schüttelte Schnee von seiner Mütze. Dann blickte er sie einfach an und schenkte ihr das schiefe Lächeln, bei dem ihr Herz höher schlug. »War doch klar, dass ich helfe. Ich konnte euch ja wohl schlecht hängen lassen.« Seine Worte waren bescheiden und berührten sie gerade deswegen so sehr.

Sie standen dicht voreinander. Der Wind zerrte an ihrer Kleidung, wie in einem letzten Versuch, sie auseinanderzutreiben. Imke spürte, dass sich etwas in ihr verändert hatte. Was sie in diesem Moment für Simo empfand, ging deutlich über normale Dankbarkeit hinaus.

»Das bedeutet mir wirklich viel«, sagte sie ehrlich. Ihre Augen suchten seine und fanden Halt in seinem Blick. »Und … es tut mir wirklich von Herzen leid, dass ich dich damals nicht verstanden habe. Die Sache mit Leif … Ich wünschte, ich hätte es früher gewusst.«

Er nickte. Sein Blick hielt ihren fest. Es lag ein stilles Verstehen darin, das keine Worte brauchte.

»Ich hätte es dir gleich sagen sollen«, führte er das Gespräch dennoch fort.

Imke lächelte. Ihre Hand streifte seine. Es war bloß eine

kurze Berührung, bei der jedoch ein vertrauter und verheißungsvoller Funke durch sie jagte.

»Ich überlege, in St. Peter-Ording zu bleiben«, erzählte sie ihm. »Es fühlt sich richtig an. Mehr als je zuvor.«

»Das wäre schön.« Ohne den Blick von ihr wenden, nahm er ihre Hand und berührte sie sanft.

Sie überbrückten die letzten Zentimeter, die sie trennten.

Kapitel 21

Die Tage nach dem Weihnachtsbasar waren geradezu im Fluge vergangen. Imke hatte sich voller Motivation in die letzten Vorbereitungen für den Weihnachtsgottesdienst gestürzt. Der Schneesturm war abgezogen, hatte jedoch deutliche Spuren hinterlassen. Schneewehen türmten sich noch an den Straßenrändern von St. Peter-Ording, und die Dünen glitzerten frostig. Doch die Luft war inzwischen klarer geworden, und der Himmel leuchtete wieder in einem satten Blau über der Küste.

Stundenlang hatte Imke bereits am Küchentisch ihrer Eltern an der Predigt gefeilt. Immer wieder strich sie Worte durch und fügte Sätze hinzu. So lange, bis jeder Abschnitt genau so klang, wie sie es sich vorgestellt hatte: Die Zeilen waren voll Herzenswärme, Hoffnung und spiegelten die Geschichte von Bethlehem, die natürlich zu jedem Weihnachtsfest gehörte.

Die Generalprobe des Krippenspiels am Vortag war sehr gut gelaufen. Die Kinder hatten ihre Rollen fehlerfrei dargeboten, ein paar Leute aus der Seniorengruppe hatten die Kostüme passgenau genäht. Jetzt war alles erledigt, und das Weihnachtsfest stand endlich vor der Tür.

Am Heiligabend platzte die Kirche wie gewohnt aus allen Nähten. Selbst diejenigen, die sonst nicht in die Kirche gingen, ließen es sich nicht nehmen, an diesem besonderen Festtag zu erscheinen. Imke stand vor dem Altar, wie immer im Talar. Inzwischen leitete sie die Gottesdienste mit einer inneren Ruhe, die sie selbst überraschte.

Die Orgel begleitete das gemeinsam gesungene »O du Fröhliche«, danach folgte das Krippenspiel der Kinder. Es lief wie am Schnürchen, nur eines der Kinder verhaspelte sich an einer Stelle, was der allgemeinen Begeisterung jedoch keinen Abbruch tat.

Dann lauschte die Gemeinde gebannt Imkes Predigt. Sie konnte förmlich spüren, wie ihre Worte die Herzen der Anwesenden erreichten. Aber mitten in einem Satz über die Stille der Heiligen Nacht geriet sie plötzlich ins Stocken. Ihr Blick wanderte zur letzten Reihe. Dort saß Simo. Neben seinen Eltern, die sie genau wie ihn schon immer kannte. Er trug einen dunklen Strickpullover, seine Haare waren wie immer zerzaust, als käme er geradewegs vom Strand.

Als sich ihre Blicke trafen, lächelte er kaum merklich. Sie meinte, ein Funkeln in seinen Augen zu sehen, das sie fast aus dem Konzept brachte.

Imke fing sich allerdings schnell wieder und räusperte sich. Als sie fortfuhr, wurde ihr bewusst, dass alle Menschen gekommen waren, die ihr wichtig waren. Simo und seine Familie, in der zweiten Reihe ihre Eltern. Sinja saß mit ihren Angehörigen mittig im Kirchenschiff und nickte ihr immer wieder zu. Frau Hansen hatte sich einen Platz in der Nähe ihres Vaters gesichert. Es überraschte Imke kaum, denn inzwischen war auch ihr klar, dass sie ein großer Fan war. Warum sollte es so was nur bei Rockstars geben?

Der Gottesdienst endete mit dem gemeinsamen Singen von »Stille Nacht«. Als die letzten Töne verklungen waren, sprach Imke den Weihnachtssegen für die Gemeinde, danach setzte die Orgel abermals ein. Die Musik begleitete die Menschen aus der Kirche.

Imke ging voraus und blieb am Ausgang stehen, um jedem, der gekommen war, die Hände zu schütteln und einen gesegneten Heiligabend zu wünschen. Dabei nahm sie anerkennende Worte und Dank entgegen.

»Mir ist nun richtig feierlich zumute, Frau Claasen«, lobte Frau Lüders sie mit glänzenden Augen.

»Das war das beste Krippenspiel seit Jahren«, fand Herr Bruns, ein pensionierter Lehrer des Nordsee-Internats. »Nächstes Jahr können Sie direkt dieselbe Besetzung spielen lassen.«

»Du hast alle Herzen geöffnet«, meinte Sinjas Oma und drückte Imkes Hand.

Imke lächelte und bedankte sich. Als Frau Hansen auf sie zukam, fiel ihr gleich deren auffallend entspannte Miene auf. »Also, Imke«, begann sie gewohnt selbstbewusst. »Das war … wirklich schön. Ich muss zugeben, ich war ziemlich skeptisch am Anfang, ob du das alles so hinbekommen würdest. Aber das weißt du ja. So bin ich eben.« Sie lächelte. »Ich muss sagen, heute hast du mich voll und ganz überzeugt.«

Imke hatte Schwierigkeiten, ihre Überraschung zu verbergen. »Danke, Frau Hansen«, sagte sie. »Ihr Zuspruch bedeutet mir wirklich viel.«

»Das Lob ist voll verdient. Du hast den Gottesdienst wunderbar gestaltet. Es tut mir leid, dass ich dich anfangs so angegangen bin. Das war ein Fehler von mir. Du hast eindeutig das Talent deines Vaters geerbt.« Frau Hansen nickte, und wieder zuckte ein kleines Lächeln um ihre Lippen.

Dann zog sie ihre Mütze über und wünschte Imke noch einen schönen Heiligabend.

Als Imke sich zu ihren Eltern umwandte, fiel ihr Blick auf Simo, der mit seinen Eltern vor der Kirche in ein Gespräch vertieft zu sein schien. Dennoch trafen sich ihre Blicke über die Menge hinweg. Er winkte ihr leicht zu und schenkte ihr ein Lächeln. Imke erwiderte den Gruß und spürte ihren beschleunigten Herzschlag.

Doch sie konnte noch nicht zu ihm gehen. Denn weitere Gemeindemitglieder kamen jetzt auf sie zu und verabschiedeten sich mit einem Lächeln und guten Wünschen. Schließlich waren die Nieblums an der Reihe. Imke wechselte ein paar Worte mit ihnen und sprach dann die Jungs an.

»Ich habe übrigens noch ein kleines Weihnachtsgeschenk für euch«, kündigte Imke an und registrierte Frau Nieblums Nicken aus dem Augenwinkel. Sie hatten zuvor vereinbart, dass sie es den Kindern nach dem Gottesdienst sagte.

»Wo ist es denn?«, fragte Finn sofort neugierig.

Imke musste ob der kindlichen Ungeduld grinsen. »Ich sage euch einfach schon, was es ist. Es ist ein Geschenk der ganzen Gemeinde. Also, Finn, du bekommst von uns einen Gutschein für Klavierunterricht in der Musikschule. Na, was sagst du?«

Finns Augen wurden groß. »Echt? Ich darf Klavier lernen? Wie cool ist das!« Der Junge hüpfte vor Freude und spielte dann übermütig auf unsichtbaren Tasten.

»Wie schön, dann kannst du uns ja demnächst mit einem neuen Instrument terrorisieren.« Lasse verdrehte die Augen, musste allerdings auch grinsen. Zweifellos gönnte er seinem Bruder das Geschenk.

»Und Lasse«, sprach Imke den Teenager an. »Für dich

haben wir natürlich auch etwas. Im Frühjahr startet dein Windsurfkurs in Ording. Es ist alles bezahlt, einen Neoprenanzug und ein Surfbrett mit Segel kannst du dir in der Surfschule ausleihen.«

»Surfen?! Echt? Endlich – mega cool! Danke, Frau Claasen!« Lasse war anzusehen, dass er damit nicht gerechnet hatte und sich von Herzen freute.

In diesem Moment berührte Simo ihre Schulter. Unbemerkt hatte er sich zu ihnen gestellt. Nachdem er Imke einen innigen Blick zugeworfen hatte, schob er die Hände halb in die Jackentaschen und lächelte geheimnisvoll. »Moin.«

Lasse blickte ihn fast ehrfurchtsvoll an. »Ich kenne Sie. Sie sind doch der Surfer, der immer die hohen Sprünge am Ordinger Strand macht!«

Simos Grinsen wurde breiter. »Genau. Das hast du wirklich gut beobachtet ... Und ich habe davon gar nichts mitbekommen.« Er zog eine Augenbraue hoch. »Aber wo wir schon beim Thema sind, ich möchte dir gern was zeigen. Könntest du einmal kurz mitkommen?«

»Klar ...?«, sagte Lasse mit erstauntem Gesichtsausdruck und warf einen fragenden Blick zu seinen Großeltern.

Herr Nieblum nickte. »Wir kommen auch mit.«

»Na, da möchte ich dann aber auch bei sein.« Imke schaute Simo erwartungsvoll an. Sie hatte keinen blassen Schimmer, was er im Schilde führte.

Zu sechst gingen sie den kurzen Weg zum Marktplatz. Dort stand Simos alter VW-Bulli in der Kälte, am Heck klebte ein auffälliger alter Surfbrett-Sticker. Simo zog die Seitentür auf und gab den Blick auf die Ladefläche frei. Dort lag ein neues Surfbrett, hellblau mit weißen Wellenlinien, die Kanten offenbar frisch gewachst.

Imke erkannte es sofort. Sie hatte geholfen, es zu schleifen, und sogar bei der Auswahl der Farben mitgewirkt. Ihr stockte der Atem.

»Na, wie findest du es?«, fragte Simo den Jungen.

»Wow! Echt klasse! So eins wünsche ich mir auch«, gab Lasse begeistert zurück.

Simo nickte. »Das trifft sich gut, denn das Board gehört dir, Lasse.«

Lasse klappte regelrecht die Kinnlade runter, sprachlos starrte er erst ihn, dann das Surfbrett an.

Seine Augen glänzten, als Simo in den Bulli kletterte und dann das Surfbrett schräg hielt, damit der Junge es besser sehen konnte. »Ich habe es selbst gemacht. Wenn du im Frühjahr loslegst, dann wäre es schließlich schon cool, wenn du ein eigenes Brett hast.«

Lasse berührte es sacht mit den Fingerspitzen. »Das ist meins? Echt?«

»Echt.« Simos genoss es sichtlich, den Jungen so glücklich zu sehen.

»Das ist so genial! Danke!« Jubelnd warf Lasse sich in Simos Arme.

Imke betrachtete ihn still. Eine Welle aus tiefster Dankbarkeit, Stolz und bedingungsloser Zuneigung erfasste sie. Wie hatte sie sich nur jemals von Simo abwenden können?

Eine halbe Stunde später hatten die Nieblums den Heimweg angetreten, um gemeinsam Weihnachten zu feiern. Lasses neues Surfbrett war in Simos Bulli verblieben, da sie es nicht bis zu ihrem Haus tragen konnten. Imke kehrte zur Kirche zurück, die nun einsam vor ihr lag.

Die Gemeindemitglieder waren längst zu Hause, genau wie ihre Eltern. Imke wusste, dass auf dem Herd in der

Küche ein großer Topf Weihnachtssuppe stand, die es bei ihren Eltern traditionell an Heiligabend gab.

Die Kerzen vor dem Altar waren erloschen, nur der Wachsgeruch erinnerte noch daran, dass sie kürzlich gebrannt hatten. Imke überprüfte die Stühle und sammelte hier und da ein vergessenes Programmheft ein. Als sie sich davon überzeugt hatte, dass alles aufgeräumt war, nahm sie ihre Tasche und ging zur schweren Kirchtür.

Der Schlüssel drehte sich mit einem leisen Klicken, als sie sie von außen abschloss. Dann vernahm sie Schritte auf dem Weg, drehte sich in die Richtung und sah Simo auf sie zulaufen.

»Nanu? Ich dachte, du wärst längst gefahren«, sagte sie. »Willst du mich etwa zu Hause absetzen?«

»Das könnte ich glatt machen.« Er lächelte verschmitzt. »Aber davor möchte ich noch eine Sache erledigen.«

»Aha?« Erst jetzt bemerkte sie, dass er etwas in den Händen hielt. Es war ein kleines Päckchen, eingewickelt in braunes Papier und mit einer schlichten roten Schleife versehen.

Er hob das Päckchen an. »Heute ist doch Heiligabend. Und das wollte ich dir damals schon schenken, als du gegangen bist.« Mit leicht angespannter Miene hielt er es ihr hin. »Ich habe es die ganze Zeit aufbewahrt, weil ich einfach gehofft hatte, es dir irgendwann mal geben zu können.«

»Oh! Danke.« Imke nahm das Geschenk. Ihre Hände zitterten ein bisschen vor Aufregung, als sie die Schleife löste und das Papier vorsichtig entfaltete.

Zum Vorschein kam ein Holzengel, fein geschnitzt und mit ausgebreiteten Flügeln. Sie erkannte ihn sofort. Es war der Erzengel Uriel, der Engel des Lichts. Passend zu den Figuren, die sie bereits von Simo geschenkt bekommen hatte. Die feinen Segmente, wie die kunstvollen Falten des Gewands, zeugten von seiner Handwerkskunst. Imke war tief ergriffen und merkte erst, dass ihre Augen feucht wurden, als sie sich eine Träne aus dem Augenwinkel strich. Überwältigt von ihren Gefühlen, sah sie zu ihm auf. »Simo«, flüsterte sie. »Ich weiß gar nicht, was ich sagen soll. Erst überraschst du Lasse mit dem Surfbrett und dann … mich. Der Engel ist wunderschön.«

Sein Blick wich ihrem kurz aus, kehrte dann aber sofort zurück. »Damals, nach unserem Streit, wollte ich dir zeigen, was du mir bedeutest. Aber dann warst du plötzlich weg … Seitdem habe ich auf diesen Moment gehofft, Imke.«

Imke schluckte. »Ich habe dich so unglaublich vermisst«, gestand sie, und ihre Worte brachen nun hervor wie Fluten, wenn der Damm endlich nachgab. »Meinst du, dass es eine zweite Chance für uns gibt?«

Seine Augen weiteten sich, ein wunderschöner Glanz legte sich auf seine Züge. Es war, als hätte er auf genau diese Frage gewartet.

Statt mit Worten zu antworten, zog er sie sanft an sich.

Imke lächelte und ließ ihre Stirn gegen seine sinken. »Frohe Weihnachten, Simo«, flüsterte sie, und ihre Lippen streiften seine Wange.

»Frohe Weihnachten, Imke«, erwiderte er genauso leise und feierlich, bevor er sie noch enger in seine Arme zog.

Imke schloss die Augen und genoss ihr persönliches Weihnachtswunder, sie hätte sich nichts Schöneres wünschen können.

Kapitel 22

Drei Tage waren vergangen, seit Imke und Simo beschlossen hatten, ihrer Liebe eine neue Chance zu geben. Imke war bewusst, dass sie die Entscheidung über ihre Zukunft, beruflich wie privat, endlich treffen musste. Eine Fernbeziehung mit Simo wäre durchaus möglich, er hatte ihr deutlich signalisiert, dass er ihre Entscheidung mittragen würde, wie auch immer sie ausfallen mochte. Aber wollte sie das wirklich?

Sie legte Holz im Ofen nach und genoss für einen Moment die wohltuende Wärme auf ihrem Gesicht.

Als sie einen Schlüssel hörte und kurz darauf die Eingangstür geöffnet wurde, stand sie auf. Schon kam ihr Vater ins Wohnzimmer, noch in voller Montur, aber freudestrahlend.

»Imke, schau mal!«, rief er und hob triumphierend sein rechtes Bein, das nun keinen Gips mehr trug. Er zog sein Hosenbein etwas hoch. Die Haut darunter wirkte blass. Als Imke den Blick hob, fielen ihr seine entspannten Gesichtszüge und die Fältchen rund um seine Augen auf.

»Bist du den Gips nun endlich los?« Imke konnte seine Erleichterung gut nachvollziehen.

»Ja, endlich! Nun bin ich wieder frei wie ein Vogel!« Er imitierte mit seinen Armen einen Flügelschlag.

Imke lachte und umarmte ihn. »Das ist toll, Papa! Wie fühlt es sich denn an?«

»Federleicht«, sagte er grinsend. »Ein bisschen schwächer als das andere vielleicht, aber das kriege ich mit noch ein bisschen Rehatraining und Spaziergängen wieder hin.«

»Ich bin sehr froh, dass du die Wochen der Einschränkungen überstanden hast.« Imke musste daran denken, dass damit nun eigentlich ihr Auftrag in St. Peter-Ording erfüllt war. Ein Anflug von Traurigkeit erfasste sie.

Ihr Vater bemerkte es sofort und kniff die Augen zusammen. »Aber?«, fragte er.

»Ich muss wohl bald eine Entscheidung treffen.« Nachdenklich blickte sie wieder zum Ofen. »Ich habe gleich den Telefontermin mit meinem Vorgesetzten.«

»Heute? Hat dein Chef denn zwischen den Jahren nicht auch frei?«, wunderte sich ihr Vater.

»Nö. Herr Pothmann arbeitet zwischen Weihnachten und Neujahr ganz normal im Homeoffice.«

Ihr Vater nickte ernst. »Wie hast du dich denn entschieden, wenn ich fragen darf?«

»Ach, Papa. Ich habe mich entschieden, dass ich mich noch nicht entschieden habe.« Imke zog eine Grimasse. »In St. Peter hält mich immer mehr. Vielleicht gibt es wirklich eine Stelle hier für mich. Vor allem haltet ihr mich aber, die netten Leute in der Gemeinde und natürlich Sinja und Simo. Ein kleines bisschen auch Hauke.« Sie lächelte. »Dagegen hat Münster natürlich weniger zu bieten. Aber auch dort habe ich Verantwortung übernommen. Ich brauche wohl noch ein paar Tage, um für mich eine wirkliche Entscheidung treffen zu können, hinter der ich auch stehen kann.«

»Dann nimm sie dir«, bestärkte er sie. »Wir sind immer stolz auf dich, das weißt du doch.«

Imke lächelte, dankbar für seine Worte. Dann stand sie

auf. »Dann werde ich mich mal an mein Handy klemmen und den Anruf hinter mich bringen.«

Sie ging in ihr Zimmer und setzte sich an den Schreibtisch, auf dem ihr Mobiltelefon lag. Einmal atmete sie noch durch, dann wählte sie die Nummer von Herrn Pothmann. Das Freizeichen erklang, gleichzeitig stieg ihr Puls.

»Pothmann, guten Morgen«, meldete sich ihr Vorgesetzter freundlich und professionell.

»Guten Morgen, Herr Pothmann. Imke Claasen«, sagte sie angespannt. »Ich wollte mit Ihnen über den Vertrag sprechen.«

»Hallo, Frau Claasen. Schön, dass Sie sich melden. Die meisten Leute sind ja seit Weihnachten im Urlaub.« Papiere raschelten im Hintergrund. »Haben Sie denn eine Entscheidung getroffen?«

»Leider noch nicht«, gab sie zu, ihre Finger krampften sich um das Handy. »Ich bräuchte noch ein paar Tage, um wirklich sicher zu sein. Die Entscheidung fällt mir nicht leicht.«

»Oh! Schade, ich dachte, Sie arbeiten gerne im Jugendzentrum.« Jetzt wirkte er beinahe neugierig.

Imke atmete tief durch. Die Wahrheit währte immer am längsten. »Das stimmt auch. Allerdings habe ich in meinem Heimatort die Möglichkeit, wieder als Pastorin zu arbeiten. Ich denke darüber nach, mich zu bewerben. Aber ich will auch nichts überstürzen.«

Herr Pothmann schwieg einen Moment. »Das klingt tatsächlich nach einer größeren Entscheidung.«

»Das ist es«, stimmte sie zu.

»Wissen Sie, ich finde es gut, dass Sie genau abwägen. So ein Schritt muss wohlüberlegt sein. Nehmen Sie sich die Zeit, die Sie brauchen. Wie wäre es, wenn Sie sich im neuen Jahr wieder melden und mir dann Ihre Entscheidung mitteilen?«

»Vielen Dank für Ihr Verständnis, Herr Pothmann.« Eine Woge der Erleichterung durchflutete sie. »Das mache ich. Ich melde mich nach Neujahr bei Ihnen.«

»Einverstanden.« Sein Ton war nun herzlicher. »Und, Frau Claasen, wir würden Sie unheimlich gern als Mitarbeiterin weiterbeschäftigen. Wir alle schätzen Ihr Engagement und Ihre herzliche und bestärkende Art, mit den Jugendlichen umzugehen. Aber ich habe natürlich volles Verständnis, wenn Sie die Stelle als Pastorin annehmen. Lassen Sie es mich einfach wissen.«

»Das mache ich.« Ein befreites Lächeln breitete sich über ihr Gesicht. »Danke, Herr Pothmann.«

»Gern geschehen«, erwiderte er. »Und einen guten Rutsch!«

»Danke, Ihnen auch.«

Ihr Atem ging leichter, als sie das Handy sinken ließ. Sie lehnte sich zurück und starrte eine Weile an die Decke. Dann gab sie sich einen Ruck, stand auf und ging in die Küche, wo ihre Eltern in ein Gespräch vertieft waren.

»Und?«, fragte ihr Vater, als er sie sah, mit hochgezogenen Augenbrauen. »Hast du dich belatschern lassen?«

»Quatsch!« Imke musste grinsen. »Ich habe ein paar Tage Bedenkzeit herausgeschlagen. Mein Vorgesetzter hat Verständnis für meine Lage. Ich melde mich nach Neujahr bei ihm.«

»Gut so.« Er nickte. »Bis dahin belatschere ich dich nämlich.«

Imke schüttelte lachend den Kopf und nahm eine Milchflasche aus dem Kühlschrank. »Na, da bin ich ja mal gespannt!«

Am Nachmittag traf sie sich mit Sinja. Ihre Freundin hatte zwischen den Jahren Urlaub. Eingehüllt in einen dicken Mantel und die Locken unter einer grob gestrickten Mütze verborgen, wartete sie am Strandzugang nahe der Seebrücke.

Imke kam mit schnellen Schritten auf sie zu. Der Schnee war inzwischen größtenteils wieder geschmolzen, nur ein paar vereinzelte weiße Flecken glitzerten noch zwischen den Dünen. Es war so gut wie windstill, sodass die Nordsee ruhig dalag, wie ein graublauer Spiegel, in dem sich das Licht brach.

»Moin!«, rief Sinja und winkte, als Imke näher kam. »Bist du startklar?«

»Hallo!« Imke drückte sie zur Begrüßung kurz an sich. »Aber klar doch! Auf geht's, der Strand ruft.«

Seite an Seite gingen sie los. Ihre Schritte knackten auf dem teilweise überfrorenen Sand, die Wellen rauschten träge an Land. Über ihnen flatterten Möwen und meckerten laut. Ihr Weg führte sie nach Norden.

Irgendwann kam der Westerhever Leuchtturm in Sicht. Er ragte in der Ferne auf, ein rot-weißer Punkt vor dem Himmel.

»Wie läuft es denn so bei dir?«, erkundigte Sinja sich und stieg über eine größere Muschel. »Jetzt, da der ganze Trubel in der Gemeinde sich gelegt hat?«

Imke lächelte und zurrte ihren Schal fester. »Ach, ganz gut eigentlich. Ich habe ja auch so gut wie frei. Mein Vater ist übrigens seinen Gips endlich los, falls du es noch nicht weißt.«

»Da ist er doch bestimmt happy, so wie ich ihn kenne«, kommentierte Sinja.

»Und wie! Am liebsten würde er gleich wieder Vollgas

geben. Ich fürchte, nun wird es für meine Mutter und mich noch schwieriger, ihn zu bremsen.« Imke verdrehte die Augen.

Sinja nickte wissend. »Er muss ja wohl auch bald wieder in den Gottesdienst einsteigen, oder?«

»Das ist noch nicht ganz raus. Ich habe vorhin mit meinem Vorgesetzten telefoniert – mit Herrn Pothmann. Wegen der Vertragsverlängerung.«

Sinja hob eine Braue und warf ihr einen neugierigen Seitenblick zu. »Aha! Was hast du ihm gesagt?«

»Noch nichts Konkretes. Ich habe um ein paar Tage Bedenkzeit gebeten«, erklärte sie nachdenklich. »Ich war ganz offen und habe ihm erzählt, dass ich eine Pastorenstelle in Betracht ziehe. Er hat Verständnis dafür und meint, ich soll mich nach Neujahr melden. Er will mich wohl unbedingt behalten, aber er drängt mich nicht. Das finde ich gut!«

»Klingt auf jeden Fall fair, wenn du mich fragst.« Sinja kickte einen Stein ins Meer. »Und wie fühlst du dich gerade?«

»Besser«, gab Imke zu und beobachtete eine Welle, die sich am Strand brach. »Ich werde bald eine endgültige Entscheidung treffen.«

Sinja nickte und grinste dann. »Und was ist mit Simo? Seid ihr jetzt wieder zusammen, oder was?«

Imke spürte, wie ihre Wangen trotz der Kälte wärmer wurden. Sie lachte leise. »Ja, Frau Neugier. Seit Heiligabend, wenn du es ganz genau wissen willst. Wir haben geredet und wollen unserer Beziehung eine zweite Chance geben.«

»Habe ich's mir doch gedacht.« Sinja stieß sie übermütig mit dem Ellbogen an. »Ihr zwei passt einfach super zusammen. Ein bisschen wie Strand und Meer. Ich find's jedenfalls gut, Imke. Simo ist ein Keeper.«

»Scheint so.« Imke lächelte Sinja an. Sie war dankbar für die Worte, die sie bestätigten. »Und jetzt erzähl du doch mal. Was ist mit dir? Gibt es irgendwas Neues?«

Sinja grinste jetzt breiter und rückte sich die Mütze zurecht. »Na, hör mal … Ich sag nur, der nette Barkeeper aus dem Beach Motel. Weißt du, der mit den süßen Grübchen? Ich habe ihn zufällig beim Einkaufen getroffen, und er hat gefragt, ob ich mit ihm zur Silvesterparty auf dem Seebrücken-Vorplatz gehe. Und ich habe natürlich zugesagt. Wer zuerst kommt, mahlt zuerst.«

Imke lachte und klatschte begeistert in die Hände. »Sinja, das ist ja super! Der Typ aus dem Beach Motel … Mensch, der hat doch schon an dem Abend ein Auge auf dich gehabt, als wir zusammen da gewesen sind.«

»Gut möglich«, sagte Sinja mit einem Schulterzucken, doch ihr Lächeln war verschmitzt. »Er ist echt süß – und tanzen kann er auch, sagt er. Mal sehen, ob er hält, was er verspricht.«

»Ich freu mich jedenfalls für dich.« Imke blieb stehen und legte einen Arm um Sinjas Schulter. »Simo und ich wollen übrigens auch zu der Party gehen. Wäre doch schön, wenn wir uns dort treffen, oder stört dich das?«

»Niemals«, erwiderte Sinja und hakte sich bei Imke ein, als sie weitergingen. »Das ist super, auch für den Fall, dass sich meine Begleitung am Ende doch als Mann mit zwei linken Füßen entpuppt.«

Imkes Blick wanderte zum Horizont, wo die Nordsee mit dem Himmel zu verschmelzen schien. »Weißt du was? Silvester um Mitternacht – da treffe ich meine Entscheidung. Endgültig. Ob ich in St. Peter-Ording bleibe oder zurück nach Münster gehe.«

Sinja blieb stehen und drehte sich zu ihr. »Echt um Mitternacht?«

»Ja. Das ist der perfekte Zeitpunkt. Das alte Jahr geht und das neue kommt.« Imke hob den Blick und verfolgte, wie eine Möwe hoch über ihnen kreiste.

Lächelnd zog Sinja ein Taschentuch aus einer Manteltasche. »Dann soll es so sein«, sagte sie und schnäuzte sich. »Auch wenn ich ja wetten würde, dein Herz sagt schon jetzt St. Peter.«

»Vielleicht.« Imke erwiderte ihr Lächeln. Sie gingen weiter und fielen in den Rhythmus, den die auslaufenden Wellen ihnen vorgaben.

Kapitel 23

Seit Wochen herrschte in St. Peter-Ording eine für Dezember ungewöhnliche Kälte. Und auch der Silvestertag brach frostig über dem Ort an. Die Sonne strahlte vom klaren blauen Himmel, als Imke das Auto ihrer Eltern auf dem Marktplatz parkte. Sie waren auf dem Weg zum Jahresabschlussessen im Olsdorfer Krug. Normalerweise war es ein Katzensprung zu dem gemütlichen Gasthaus in der Nähe der Kirche, aber aus Rücksicht auf ihren Vater und sein Bein fuhr Imke so dicht wie möglich mit dem Auto an das Restaurant heran.

Während des mittäglichen Jahresabschlussessens an Silvester ließen die teilnehmenden Gemeindemitglieder das vergangene Jahr noch einmal Revue passieren. Zudem ging es darum, Danke zu sagen und auf das neue Jahr anzustoßen.

Imke bedeutete der Tag mehr als nur den Tag, der das Jahr beschließen sollte. Um Mitternacht wollte sie sich endlich entscheiden. Sie hatte Sinja bewusst davon erzählt, damit sie keinen Rückzieher machte.

An dem Stammtisch wurden Teller mit Braten, Rotkohl und Klößen serviert. Etwa zwanzig Gemeindemitglieder saßen bereits gemütlich beisammen. Ihre Mutter plauderte mit Frau Petersen, während ihr Vater mit Herrn Klocke die aktuellen Benzinpreise diskutierte. Frau Hansen saß am anderen Ende des Tischs, ihr Halstuch ordentlich gefaltet neben sich auf dem Tisch.

Als jeder einen Teller vor sich hatte, stand Imkes Vater auf und klopfte mit einem Löffel an sein Glas, damit die Gespräche verstummten. »Ich mache es kurz. Willkommen zum Abschlussessen. Ich freue mich, dass so viele gekommen sind. Fangt ruhig an zu essen. Wieder ist ein Jahr rum, und was für eins! Lasst uns zurückschauen, bevor wir nach vorn gucken. Danke für die Aufmerksamkeit.« Er setzte sich wieder, und die Runde begann aufs Stichwort, Erinnerungen des vergangenen Jahres auszutauschen. Besonders über den letzten Schneesturm wurde viel geredet, und über Simo, wie er mit dem Hitzlöper den Weihnachtsbasar gerettet hatte.

Irgendwann sprach Frau Hansen Imke an. Sie klang etwas erkältet, lächelte aber zaghaft. »Die Weihnachtszeit hast du ja wirklich gut über die Bühne gebracht, Imke.«

Imke lächelte. »Ich habe mir auch wirklich Mühe gegeben, Frau Hansen«, erwiderte sie freundlich. »Es war natürlich auch sehr gute Teamarbeit.«

Frau Hansen nickte und trank einen Schluck Wasser. »Und? Wann geht es für dich wieder zurück? Nach Münster, oder?«, erkundigte sie sich und beobachtete sie aus schmalen Augen.

Die Frage war den anderen Anwesenden nicht entgangen. Plötzlich verstummten die anderen Gespräche, Imke spürte die Blicke auf sich ruhen.

»Ich bin mir noch nicht sicher, ob ich wirklich gehe«, sagte sie ehrlich. »Es gibt hier ja eine halbe Pastorenstelle. Deswegen spiele ich mit dem Gedanken, eventuell in St. Peter-Ording zu bleiben.«

Absolute Stille trat ein, dann grinste Frau Hansen zur Überraschung aller. Es war ein echtes, amüsiertes Lächeln, das ihre Falten milderte und breit genug war, um als Grinsen durchzugehen. »Na, da schau her«, kommentierte sie, ihre Stimme klang fast heiter. »Das freut mich – wirklich. Wäre doch schön, wenn du uns erhalten bleibst.«

Imke erwiderte Frau Hansens Lächeln. »Und das von Ihnen.« Sie zwinkerte ihr zu. »Damit hätte ich ja in meinen kühnsten Träumen nicht gerechnet.«

»Tja, manchmal überrasche ich mich selbst«, konterte Frau Hansen und zwinkerte ebenfalls.

Der Silvesterabend breitete sich über St. Peter-Ording und mit ihm ein sternenklarer Himmel. Eingemummelt in ihren Mantel, ihre wärmste Mütze auf dem Kopf und mit dicken Handschuhen stand Imke vor ihrem Elternhaus in der Deichstraße und wartete. Zwei Paar Wollsocken hatte sie übereinandergezogen und unter ihre Jeans eine Thermoleggins, die die gröbste Kälte abhielt.

Als sie das vertraute Brummen des Motors hörte, trat sie vor den Gartenzaun. Simos Bulli näherte sich in gemächlichem Tempo. Dann hielt er mit einem leichten Ruck vor der Auffahrt an, sprang sogleich aus dem Bus und grinste sie gut gelaunt an.

»Are you ready to party?«, fragte er und machte einige ungelenke Tanzbewegungen, die mit viel Fantasie Ähnlichkeit mit denen von John Travolta hatten.

»Ich vergebe zehn Punkte«, kommentierte Imke lachend und drückte ihm einen Kuss auf die Lippen.

»Madame.« Er hielt ihr die Beifahrertür auf und machte eine leichte Verbeugung.

»Galant, der Herr.« Imke stieg belustigt ein. Im Bulli roch es vertraut, gleichermaßen nach Holz und Öl. Und sie fühlte sich so wohl neben Simo.

Als er anfuhr, lief im Radio ein fröhlicher Mix aus Party-Hits. Mit einem Quäntchen Glück ergatterten sie nach der kurzen Fahrt einen freien Parkplatz vor der Dünen-Therme.

Guter Dinge stiegen sie aus und folgten der Musik, die immer lauter wurde, je näher sie dem Seebrücken-Vorplatz kamen. Ein Fest aus bunten Lichtern und Klängen empfing sie. Buden reihten sich aneinander, an denen Getränke und deftiges Essen verkauft wurden. In der Mitte stand eine Bühne, auf der eine Band Schlager zum Besten gab.

Immer mehr Menschen schienen sich auf den Platz zu drängen. Ein paar Kinder rannten mit Wunderkerzen umher. Imke und Simo schlenderten gelassen und Hand in Hand durch das Getümmel, die Finger ineinander verschlungen. Weder die Kälte noch die vielen Besucher konnten ihnen die Freude trüben.

»Imke!«, rief mit einem Mal jemand.

Als sie sich umdrehte, sah sie Sinja winken. Sie war mindestens genauso dick eingepackt wie Imke. Neben ihr stand der Barkeeper aus dem Beach Motel.

»Moin, ihr zwei!« Sinja zog ihre Begleitung mit und umarmte Imke herzlich. »Das ist übrigens Nils.«

»Hey, Nils«, sagte Imke lächelnd, während Simo ihn mit einem freundlichen »Moin« grüßte.

»Ganz schön kühl hier.« Nils wies mit einer Armbewegung um sich.

»Nur etwas schattig«, versetzte Imke prompt.

»Sinja meinte, das wird eine heiße Nacht«, beschwerte Nils sich mit einem frechen Grinsen.

»Oh ja.« Sinja grinste keck und hakte sich bei ihm ein. »Tanzen, trinken und Raketen – das volle Programm!«

Sie plauderten eine Weile, tanzten zu der Musik der Band, die nun einen alten Hit aus den 80ern spielte, und genossen einfach den Abend. Imke spürte immer mehr, wie die Leichtigkeit der Feier sie trug. Sie fühlte sich entspannt und aufgehoben in der Gesellschaft von Sinja, Simo und Nils.

Die letzten Stunden des Jahres vergingen. Je näher Mitternacht rückte, desto mehr Leute fanden den Weg zur Seebrücke. Irgendwann begann die Band damit, die letzten Minuten des Jahres herunterzuzählen. Imke und Simo standen Schulter an Schulter nahe der Bühne und folgten dem Countdown.

Als es schließlich Mitternacht schlug, jubelte die Menge. Raketen stiegen auf, und bunte Lichter explodierten am Himmel.

Simo drehte sich zu ihr. Seine Augen leuchteten im Licht der umstehenden Buden und der Raketen. Sie stießen mit Sektgläsern an, die sie zuvor besorgt hatten, dann zog er sie ganz nah zu sich, eine Hand berührte ihre Wange.

Im nächsten Augenblick küsste er sie voller Leidenschaft. Glücklich erwiderte sie seinen Kuss. Als er sich wieder von ihr löste, hielt er ihren Blick fest. »Frohes neues Jahr, Imke!«

»Frohes, neues Jahr, Simo.«

Ein Lächeln glitt über sein Gesicht. Dann fragte er fast zaghaft: »Wie hast du dich entschieden?«

Tief atmete sie ein, die kalte Luft füllte ihre Lungen, und dann schüttelte sie lächelnd den Kopf.

Sie trank noch einen Schluck aus dem Sektglas. Ihre Entscheidung war plötzlich so klar wie der Himmel über ihnen. »Ich bleibe!« Ihre Stimme zitterte vor Freude. »Ich verlasse

St. Peter-Ording nicht noch einmal. Hier ist mein Zuhause, und hier gehöre ich hin. Das habe ich in den letzten Wochen jeden Tag aufs Neue gemerkt – mit dir, mit meiner Familie und allen anderen.«

Simo strahlte über das ganze Gesicht. Er zog sie wieder fest an sich, seine Arme drückten sie liebevoll. »Das ist das beste Silvestergeschenk ever«, murmelte er in ihr Haar. »Ich lass dich nie wieder gehen, Imke. Hörst du? Nie wieder!«

Sie lachte mit Tränen des Glücks in den Augen. »Ich mag es, wenn du mir drohst«, erwiderte sie und spürte eine Woge puren Glücks durch ihren Körper rieseln.

»Das ist doch noch gar nichts.« Er küsste sie wieder.

»Ich bin zu allem bereit«, flüsterte sie ein wenig außer Atem.

Wie um ihre Aussage zu bestätigen, drückte er ihre Hand, seine Finger warm mit ihren verschlungen. Lächelnd lehnte sie den Kopf an seine Schulter und schloss für einen Augenblick die Augen. Sie blickte dem neuen Jahr mit Zuversicht entgegen.

Voller Mut. Und voller Liebe.

Epilog

Sieben Monate später

Imke stand barfuß im warmen Sand und hisste die blaue Flagge. Es war ein heißer Julitag. Der Sommer hatte St. Peter-Ording seit Wochen fest im Griff. Warmer Wind trug den salzigen Duft des Meeres ans Land, die Sonne brannte auf den weiten Ordinger Strand, dessen Sand golden schimmerte.

Die Dünen waren gesprenkelt mit Strandhafer, der sich sanft im Wind bog. Möwen ließen sich auf der ruhigen Nordsee treiben. Ein paar segelten auch über den Strand hinweg, ihr Kreischen vermischte sich mit dem Lachen der Kinder, die im Sand spielten.

Schon von Weitem war das Karkenschipp zu sehen, eine hölzerne Konstruktion, die wie ein gestrandetes Boot zwischen den Dünen thronte. Seit Jahren war das ökumenische Kirchenschiff eine feste Anlaufstelle der Urlaubsseelsorge. Sobald die Fahne im Wind knatterte, konnte jeder an Bord kommen.

Imkes weiße Sommerrobe wehte leicht, als sie die kleine Gruppe begrüßte, die gekommen war. Seit Januar war sie Diakonin in St. Peter-Ording, hatte die halbe Pastorenstelle übernommen und nun auch die Verantwortung für die Urlauberkirche. Es war ein kleiner Traum, der sich für sie erfüllt hatte. Gemeinsam mit ihrem Team hatte sie ein buntes Sommerprogramm auf die Beine gestellt, das Kinderspiele mit Drachensteigen und Sandburgenbauen, Bibelgeschichten in den Dünen, Picknickpausen im Schatten des Kirchenschiffs und natürlich Musik mit gemeinsamem Singen umfasste.

Heute sollte der Gottesdienst hier unter freiem Himmel, inmitten von Sonne, Sand und salziger Brise, stattfinden. Die Menschen saßen auf Decken und in Klappstühlen, die Mienen entspannt und gebräunt von langen Tagen am Meer. Einige Kinder schoben ihre nackten Füßen in den Sand, es waren mehrere Touristen gekommen, ein paar von ihnen trugen Strohhüte. In der ersten Reihe saß Frau Nieblum mit Finn. Der Junge hielt eine Gitarre auf dem Schoß, seine Finger spielten immer wieder nervös mit den Saiten. Ein halbes Jahr nahm er nun bereits Klavierunterricht, seit dem Frühjahr waren Gitarrenstunden dazugekommen. Denn das Klavier konnte er schlecht mit nach Hause nehmen. Das klappt mit der Gitarre schon besser, dachte Imke amüsiert. Seit sie ihn damals das erste Mal hatte spielen sehen, hatte sie sofort gewusst, dass er Talent und Freude daran hatte. Das zeigte er immer noch.

Lächelnd griff sie zu ihrer Gitarre und nickte Finn zu.

»Moin zusammen!« Ihre kraftvolle Stimme klang weit über den Strand. »Willkommen beim Gottesdienst im Karkeschipp! Heute feiern wir das Wort Gottes mitten im Sommer, mit viel Sonne, Sand und Meer.«

Ein Lächeln huschte über die Gesichter der Anwesenden, ein Kind warf eine Muschel in die Luft. Dann schlug Imke die ersten Akkorde an. Die Melodie von *Von guten Mächten* schwebte durch die Luft. Finn fiel mit seiner Gitarre mit ein, anfangs noch zögerlich, dann zunehmend sicherer. Nach und nach erhob sich ein Chor aus vielen unterschiedlichen Stimmen, die Imkes Herz weit öffneten.

Der Gottesdienst war schlicht gehalten, aber dafür umso lebendiger. Imke sprach über die Kraft von Dankbarkeit und über das Licht, das im Sommer besonders hell leuchtete. Die Nordsee glitzerte im Hintergrund, in der Ferne verschwammen Himmel und Wasser zu einem silbrigen Schimmer.

Finn und Imke begleiteten mit ihren Gitarren weitere Lieder, *Großer Gott, wir loben dich* und *Danke für diesen guten Morgen* fanden am meisten textsichere Sänger und Sängerinnen. Imke fühlte sich eins mit dem Wellenrauschen und dem Gesang und hoffe, dass es den anderen genauso erging.

Als die letzten Akkorde verklungen waren und der Gottesdienst damit endete, erhoben sich die Leute von ihren Plätzen. Imke legte die Gitarre in ihren Koffer und ging dann zu Finn, der sein Instrument ebenfalls verstaute.

»Das hast du wieder ganz toll gemacht«, lobte sie ihn.

Die Wangen gerötet, grinste er vor Stolz. »Gitarrespielen macht mir richtig Spaß. Es ist fast so gut wie Klavier, aber ein bisschen wilder.«

»Na, dann passt es ja zu dir.« Imke lachte.

Lächelnd stand nun auch Frau Nieblum auf, die ihren Enkel liebevoll beobachtet hatte, und klopfte sich den Sand von der Hose. »Wir werden dann mal den Heimweg einschlagen. Bis demnächst, Frau Claasen.«

»Ja, bis bald!« Imke blinzelte gegen ein paar Sonnenstrahlen. »Schön, dass Sie mit Finn da waren.«

Als alle Besucher gegangen waren, holte Imke die Flagge

wieder ein. Danach blieb sie einen Moment stehen und ließ den Blick über das Meer schweifen, während die salzige Luft ihre Lungen füllte und der warme Sand sich an ihre Füße schmiegte. Sie hatte ihre Entscheidung, in St. Peter-Ording zu bleiben, bisher an keinem Tag bereut.

»Was für ein herrliches Wetter«, rief Sinja und schob ihre Sonnenbrille höher, bevor sie in einer umfassenden Geste die Arme ausstreckte und dann wieder fallen ließ.

Ihre Freundin hatte bereits am Fahrradparkplatz gewartet. Auf nackten Sohlen und die Schuhe in der Hand, schlenderte Imke auf sie zu. »Man könnte glauben, der Sommer geht nie vorbei«, stimmte sie zu, als sie vor ihr stand.

Gemeinsam spazierten sie zu einem Pfahlbau-Restaurant, das sich auf Stelzen ein paar Meter über dem Strand erhob.

»Das Wetterchen ist perfekt für einen langen Abend auf der Terrasse«, befand Sinja.

»Oder für einen ausgedehnten Spaziergang durch die Brandung«, erwiderte Imke lächelnd. Sie beobachtete, wie ihre Füße flüchtige Spuren im Sand hinterließen, die von der nächsten Welle sogleich wieder verwischt wurden.

Als sie den Pfahlbau erreichten, stiegen sie die Holztreppen hinauf und nahmen an einem Tisch auf der Außenterrasse Platz, von dem aus sie einen herrlichen Blick über das Meer genossen. Die salzige Brise war hier angenehm kühl.

Während sie auf ihre Getränke warteten, ließ Imke den Blick wieder über die Wellen schweifen. Plötzlich entdeckte sie eine vertraute Gestalt auf einem Surfbrett. »Ach, schau mal da vorne«, sagte sie und deutete aufs Meer. »Das ist doch Lasse!«

Sinja folgte ihrem Blick und nickte.

Lasse kniete auf seinem Brett, während neben ihm eine große Gestalt in lässiger Haltung auf den Wellen ritt. Bei dem Anblick verspürte Imke tiefe Wärme in ihrem Herzen und lächelte glücklich.

»Und Simo ist ja auch da«, bemerkte Sinja. »Gibt er ihm eine Surfstunde? Ich muss wirklich sagen, der Große hat genauso viel Talent wie sein kleiner Bruder, nur eben in anderen Bereichen.«

Jetzt nickte Imke. »Das finde ich auch. Er hat ein unglaubliches Gespür für Bewegung und Gleichgewicht.« Sie beobachteten, wie Lasse versuchte, sich auf dem Brett aufzurichten, während Simo ihm geduldig Anweisungen zurief.

Sinja lehnte sich zurück und nahm einen Schluck von ihrem gekühlten Getränk. »Hat es dir eigentlich jemals leidgetan, nicht nach Münster zurückgegangen zu sein?«

Imke schwieg einen Moment, bevor sie antwortete. »Am Anfang hatte ich schon ein paar Gewissensbisse. Es fühlte sich so an, als hätte ich die Kinder im Jugendzentrum einfach zurückgelassen, weißt du? Das hat mir wirklich zu schaffen gemacht.« Sie seufzte leise. »Aber im Grunde genommen habe ich es nicht bereut, nein. St. Peter-Ording ist mein Zuhause, und die Kinder im Jugendzentrum denken vermutlich inzwischen gar nicht mehr an mich. Ich habe von meiner ehemaligen Kollegin erfahren, dass ein sehr beliebter junger Mann den Job bekommen hat, mit dem es richtig gut läuft. Es hat sich alles gefügt, würde ich sagen.«

Sinja lächelte und hob ihr Glas. »Auf das schönste Zuhause, das wir uns vorstellen können.«

Imke stieß mit ihr an. »Auf St. Peter-Ording und den schönsten Strand der Welt.«

»Auf den schönsten Strand!«

Bevor sie ebenfalls einen Schluck trank, schaute Imke wieder zu den Surfern. Lasse stand jetzt wackelig auf dem Brett, ein wenig vorgebeugt, umklammerte er mit beiden Händen den Baum seines Segels und hielt das Gleichgewicht. Simo rief ihm etwas zu, dann ließ Lasse sich ins Wasser fallen und tauchte lachend wieder auf.

Wo war der verschlossene und ernste Junge geblieben, dem Imke damals begegnet war? Sie lachte mit und stieß abermals mit Sinja an. Ja, sie hatte wahrlich die richtige Entscheidung getroffen.

Nach dem Treffen mit Sinja war Imke noch am Strand geblieben. Sie ließ den weichen Sand genüsslich durch ihre Zehen rieseln, während sie sich dem blauen Surfcontainer auf dem Podest näherte.

Auf dem Meer konnte sie zwei Silhouetten ausmachen, von denen sie wusste, dass es Simo und Lasse waren. Die beiden schnitten geschickt mit ihren Brettern durch das Wasser. Lasse hielt sich wacker, sein Körper bewegte sich im Rhythmus der Wellen. Simo war dicht bei ihm, rief ihm hin und wieder etwas zu, gab Anweisungen und lachte freundschaftlich, wenn Lasse ins Wasser fiel und sich wieder aufrappelte.

Imke beobachtete sie eine Weile lächelnd. In der Nähe des Containers ließ sie sich auf den Sand sinken, zog die Knie an die Brust und legte die Arme darum. Sie liebte diesen Ausblick auf das unendliche Blau und die Weite. Ein plötzliches Glücksgefühl durchströmte sie, wie jedes Mal, wenn sie sich bewusst machte, wie gut es das Leben doch mit ihr meinte. Sie spürte diesem Gefühl nach, ließ die Gedanken schweifen und war bald ganz versunken ins Beobachten der Wellen.

Plötzlich bemerkte sie aus dem Augenwinkel eine Bewegung. Simo kam aus dem Wasser, er lief mit seinem Surfbrett und dem Segel auf sie zu. Das nasse Haar klebte an seiner Stirn, und Wassertropfen glänzten auf seiner sonnengebräunten Haut. Er legte das Brett samt Segel vorsichtig auf den Sand und setzte sich neben sie, ohne ein Wort zu sagen. Sie spürte seine Nähe und seine Wärme, die trotz seines durchnässten Neoprenanzugs von ihm ausging.

»Der Kleine hat wirklich was drauf«, sagte Imke schließlich und deutete auf Lasse, der im seichteren Wasser gerade eine Wende machte und länger aufrecht auf dem Brett stand.

Simo nickte ein wenig stolz. »Ja, langsam hat er den Dreh raus. Vor allem gibt er nicht auf, auch wenn es mal nicht rundläuft. Das ist das Wichtigste.«

Imke sah ihm in die blauen Augen. »So wie du damals?«

Er grinste und nickte. »Genau so.«

Eine Weile sahen sie einander nur an. Dann streckte Simo die Hand aus, um Imke zärtlich eine Haarsträhne aus dem Gesicht zu streichen. Sein Blick wurde weicher. »Ich bin so froh, dass du hier bist.«

Imke legte die Stirn an seine Schulter, ohne sich an der Nässe zu stören. »Das bin ich auch.«

Er nahm ihre Hand und massierte sie sanft. »Ich muss noch kurz etwas im Container erledigen. Wartest du hier auf mich?«

Sie nickte und sah ihn dann auch schon barfuß über den Sand zum blauen Surfcontainer laufen, der seit Jahren fast sein zweites Zuhause war. Imke lächelte, dann wanderte ihr Blick wieder zum Meer.

Lasse war noch näher an den Strand gekommen. Ein anderer Surflehrer hielt ihn im Auge, doch das war nicht das, was Imkes Aufmerksamkeit so sehr fesselte. Es war das Mädchen, das halb in der Brandung stand. Sie war vielleicht dreizehn oder vierzehn, ihre langen blonden Haare tanzten im Wind. Ihre Füße versanken in der Gischt, während sie keinen Moment lang den Blick von Lasse abwandte.

Imke blinzelte. Eine Erinnerung flackerte in ihr auf. So wie das Mädchen hatte sie selbst vor so vielen Jahren dort gestanden. Mit dem gleichen Gesichtsausdruck hatte sie damals auf Simo geblickt. Sie war völlig fasziniert und verzaubert von ihm gewesen. Und vor allem absolut unwissend, dass dieser eine Sommer ihr ganzes Leben für immer verändern würde. Es grenzte fast an ein Déjà-vu.

Imke lächelte versonnen. Manche Dinge wiederholten sich auf wunderbare Weise.

Gerade in diesem Moment kam Simo zu ihr zurück. Er folgte ihrem Blick, runzelte die Stirn und schmunzelte dann. »Oh! Hat Lasse etwa eine Bewunderin?«

Imke lachte leise. »Sieht ganz so aus.«

»Das ging ja flott.« Simo hatte sich umgezogen und legte nun einen Arm um ihre Taille. »Tja, das Meer macht wohl etwas mit den Menschen.«

Sie lehnte sich lächelnd an ihn und genoss die Vertrautheit zwischen ihnen. Dann nahm er ihre Hand und zog sie hoch. Gemeinsam schlenderten sie barfuß durch den fast weißen Sand, in dem verstreute Muscheln lagen. Ein paar Möwen stolzierten über den Sand, die nach den letzten Krümeln eines verlassenen Picknicks suchten.

Ihr Ziel war das Reetdachhaus am Strandweg, ihr gemeinsames Zuhause. Sie waren nicht von heute auf morgen zusammengezogen. Ein wenig Zeit hatten sie sich gelassen. Aber irgendwann hatte es sich einfach richtig angefühlt, den

Schritt zu wagen, zumal sie einander seit Ewigkeiten kannten.

Imke sah zu Simo auf. »Weißt du noch, dass du damals gesagt hast, dass das Meer Menschen anzieht, die etwas suchen?«

Er nickte langsam. »Und du, hast du gefunden, wonach du gesucht hast?«

Sie drückte seine Hand fester und sah ihn nur an. Ja, das hatte sie.

Das letzte Sonnenlicht spiegelte sich auf den Wellen, und der Wind spielte mit ihrem Haar. Sie war angekommen. Und ihr Herz hatte den Weg gekannt. Die ganze Zeit.

Nachwort

Liebe Leserinnen und Leser,

als ich diese Geschichte über Imke und ihre Rückkehr nach St. Peter-Ording schrieb, war es mir ein Anliegen, nicht nur einen winterlichen Roman zu verfassen, sondern auch ein Stück meiner eigenen Gedanken und Gefühle mit Ihnen/Euch zu teilen. Die Weihnachtszeit ist für mich die schönste Zeit des Jahres. Ich mag die vielen Lichter, die spürbare Herzlichkeit der Menschen, die selbst die kältesten Tage ein Stück wärmer macht. In dieser Geschichte spiegelt sich meine Liebe zu den kleinen Ritualen während der Weihnachtszeit wider: dem Duft von frisch gebackenen Plätzchen, dem Kerzenglanz auf dem Adventskranz und dem Singen von Weihnachtsliedern.

Und natürlich habe ich auch jedes Jahr einen Adventskalender. Kann man dafür eigentlich jemals zu alt sein? Ich glaube nicht! Wer das hier liest und im Dezember auch jeden Tag ein Türchen öffnet, kann mir gerne eine Nachricht auf Instagram oder Facebook schreiben.

Und natürlich ist es dann immer der Heilige Abend, an dem die Welt für eine Weile stillzustehen scheint, in der wir uns dann daran erinnern können, was uns wirklich verbindet.

Während ich Imke auf ihrem Weg zurück nach St. Peter-Ording begleitet habe, kam ich nicht umhin, auch über die

Veränderungen nachzudenken, die mittlerweile unsere Gemeinden prägen. Die Schließung von Kirchen, wie sie Imke in Warendorf erlebt, ist leider kein Einzelfall. Immer häufiger lese und höre ich davon. Die Kirche, in der ich vor vielen Jahren konfirmiert worden bin, ist längst geschlossen und steht unter Denkmalschutz. Eine weitere katholische Kirche in unserer Stadt fungiert nun als eine Fußball-Kirche, in die die Fans vor dem Spiel zum Fußball-Gott beten können.

Eine Kirchenschließung ist aber jedes Mal ein Verlust, der schmerzt. Nicht nur für die Gläubigen, sondern auch für alle anderen, die in diesen Räumen Gemeinschaft, Trost oder einfach einen Ort der Stille gefunden haben. Für mich sind Kirchen mehr als nur beliebige Gebäude. Sie sind auch ein Erinnerungs- und Geschichtenspeicher, Teil unserer Kultur und oft sogar ein Stück Heimat. Nicht zufällig wurden Kirchen zentral in Orten errichtet. In St. Peter-Ording schaue ich jedes Mal in einer der Kirchen vorbei und zünde meist eine Kerze an. Und ja, mir würde wirklich etwas fehlen, wenn dies eines Tages nicht mehr möglich wäre.

Für viele Menschen ist St. Peter-Ording ein Sehnsuchtsort – für mich auch! Mit seinen verschneiten Dünen, den salzigen Winden und den urigen Pfahlbauten ist der Ort natürlich die perfekte Kulisse für Imkes Geschichte. Ich hoffe, ich konnte etwas von dem Zauber einfangen, den ich beim Schreiben empfunden habe. Nun wünsche ich Ihnen/Euch, dass Sie/Ihr in der Weihnachtszeit – und darüber hinaus – Momente der Ruhe und Freude finden/findet, die Sie/Ihr mit Ihren/Euren Lieben teilen können/könnt.

Danke, dass Sie/Ihr Imke auf ihrer Reise begleitet haben/habt. Möge Ihnen/Euch die Geschichte ein Lächeln schenken und vielleicht ein kleines Licht in dunklen Tagen sein – so wie die erste Kerze am Adventskranz, die uns daran erinnert, dass das Warten auf etwas Schönes sich immer lohnt.

Bevor ich es vergesse, die Urlaubskirche in St. Peter-Ording gibt es wirklich. In den Monaten von April bis September steht das Karkenschipp – ein ökumenisches Kirchenschiff – am Ordinger Strand. Immer wenn die Flagge gehisst ist, finden dort an Bord Veranstaltungen statt, an denen jeder teilnehmen kann. Es lohnt sich, mal vorbeizuschauen!

Ich grüße Sie/Euch recht herzlich von meinem Schreibtisch aus. Durch das offene Fenster höre ich Vogelgezwitscher, es beginnt langsam nach Frühling zu riechen – und natürlich:

Wir sehen uns. Irgendwo. Aber ganz bestimmt am schönsten Strand der Welt – in St. Peter-Ording.

Tanja Janz, im März 2025

Rezepte

Friesische Weihnachtssuppe

Diese cremige Suppe bringt norddeutsche Gemütlichkeit in die kalte Jahreszeit – mit frischen Krabben, feinen Gewürzen und einem Hauch von Küstenflair. Perfekt als festliche Vorspeise!

Zutaten (für 4 Personen)

300 g Nordseekrabben (geschält)
2 Schalotten, fein gewürfelt
1 kleine Möhre, fein gewürfelt
1 kleine Kartoffel, fein gewürfelt
30 g Butter
500 ml Fischfond (alternativ Gemüsebrühe)
250 ml Sahne
100 ml trockener Weißwein
1 EL Mehl
1 TL Senf (am besten körniger Dijonsenf)
1 Prise Muskatnuss
1 Prise Piment
Salz & Pfeffer nach Geschmack
1 Spritzer Zitronensaft
1 Bund Dill, fein gehackt
1 TL Sanddornsaft (optional, für das nordische Aroma)

Zubereitung

1. Schritt: Die Butter in einem großen Topf schmelzen,

Schalotten, Möhren und Kartoffeln darin bei mittlerer Hitze anschwitzen.

2. Schritt: Das Mehl darüberstreuen, gut umrühren und mit Weißwein ablöschen. Den Fischfond dazugießen und alles etwa 10 Minuten köcheln lassen, bis das Gemüse weich ist.

3. Schritt: Die Sahne einrühren, mit Senf, Muskat, Piment, Salz und Pfeffer abschmecken. Falls du Sanddornsaft verwendest, jetzt dazugeben – er gibt eine feine Frische!

4. Schritt: Die Krabben erst kurz vor dem Servieren in die Suppe geben, damit sie schön saftig bleiben.

5. Schritt: Mit gehacktem Dill bestreuen und mit einem Spritzer Zitronensaft abrunden.

Dazu passt: Ein frisches Baguette oder ein dunkles Bauernbrot mit gesalzener Butter.

Spekulatius-Parfait

Dieses winterliche Dessert vereint cremiges Parfait mit knusprigem Spekulatius und einem Hauch von Küstenzauber!

Zutaten (für 4–6 Personen)
3 Eigelb
80 g Zucker
1 Päckchen Vanillezucker
250 ml Sahne
100 g Spekulatius (fein zerbröselt)
1 TL Zimt
1 Prise Kardamom
1 EL Rum (optional)
1 TL Sanddornsirup oder Orangenabrieb für eine frische Note

Zubereitung

1. Schritt: Eigelb, Zucker und Vanillezucker in eine Schüssel geben und über einem heißen Wasserbad mit einem Schneebesen oder Handmixer schaumig schlagen, bis die Masse cremig-hell ist. Aus dem Wasserbad nehmen und weiterschlagen, bis sie abgekühlt ist.

2. Schritt: Die Sahne steif schlagen. Den Spekulatius fein zerbröseln (entweder mit den Händen oder in einen Gefrierbeutel füllen und mit einem Nudelholz zerkleinern).

3. Schritt: Zimt, Kardamom, Rum (falls verwendet) und Sanddornsirup oder Orangenabrieb zur Eiermasse geben. Die Spekulatiusbrösel unterheben, dann vorsichtig die geschlagene Sahne unterziehen.

4. Schritt: Die Masse in eine mit Frischhaltefolie ausgelegte Kastenform füllen, glatt streichen und mindestens 5 Stunden (besser über Nacht) in den Gefrierschrank stellen.

5. Schritt: Das Parfait kurz vor dem Servieren aus dem Gefrierfach nehmen, in Scheiben schneiden und mit Spekulatiusbröseln, Sanddornsoße oder einer Prise Zimt bestreuen. Dazu passt ein Fruchtspiegel aus Orangen oder Beeren.

Tipp: Wer es besonders festlich mag, serviert das Parfait mit einem Klecks Sahne und einem Spekulatius-Keks als Deko.

Bratapfel mit Marzipan & Mandeln

Ein winterlicher Genuss, der nach Weihnachten und Meeresbrise schmeckt!

Zutaten (für 4 Personen)
4 große Äpfel (z. B. Boskoop oder Elstar)
100 g Marzipanrohmasse
40 g gehackte Mandeln
40 g Rosinen (alternativ Cranberrys)
1 TL Zimt
1 EL Honig oder brauner Zucker
1 EL Rum oder Apfelsaft (für die alkoholfreie Variante)
1 TL Sanddornsirup (optional, für eine frische Note)
100 ml Apfelsaft oder Weißwein zum Übergießen

Zubereitung

1. Schritt: Die Äpfel waschen, das Kerngehäuse mit einem Apfelausstecher oder einem Messer vorsichtig entfernen, sodass ein Hohlraum für die Füllung entsteht.

2. Schritt: Das Marzipan zerbröseln und mit Mandeln, Rosinen, Zimt, Honig, Rum (oder Apfelsaft) und Sanddornsirup vermengen. Die Mischung in die Äpfel füllen und jeweils ein kleines Stück Butter daraufsetzen.

3. Schritt: Die gefüllten Äpfel in eine Auflaufform setzen und mit Apfelsaft oder Weißwein angießen. Im vorgeheizten Ofen bei 180 °C (Ober-/Unterhitze) ca. 25–30 Minuten backen, bis die Äpfel weich sind und die Füllung duftet.

4. Schritt: Die Bratäpfel noch warm servieren – am besten mit Vanillesauce, einer Kugel Spekulatius-Eis oder einem Klecks geschlagener Sahne.

Tipp: Wer es besonders weihnachtlich mag, kann noch gehackte Walnüsse oder etwas Lebkuchengewürz in die Füllung geben.

Friesischer Weihnachtsstollen mit Rosinen & Kardamom

Ein norddeutscher Weihnachtsklassiker mit feiner Kardamom-Note und saftigen Rosinen!

Zutaten (für 1 großen Stollen)
500 g Mehl
1 Würfel frische Hefe (42 g) oder 1 Päckchen Trockenhefe
100 ml lauwarme Milch
100 g Zucker
1 TL Kardamom, gemahlen
1 TL Zimt
1 Prise Salz
200 g weiche Butter
2 Eier
200 g Rosinen (alternativ Cranberrys oder gehackte Datteln)
100 g gehackte Mandeln
100 g Orangeat & Zitronat (nach Belieben)
Abrieb einer Bio-Orange
2 EL Rum (oder Apfelsaft für die alkoholfreie Variante)
Zum Bestreichen:
50 g Butter
100 g Puderzucker

Zubereitung

1. Rosinen einweichen:

Die Rosinen mit Rum (oder Apfelsaft) vermengen und etwa 30 Minuten ziehen lassen.

2. Hefeteig vorbereiten:

Das Mehl in eine große Schüssel geben und eine Mulde formen. Die Hefe in der lauwarmen Milch auflösen, mit 1 TL Zucker in die Mulde geben, leicht vermengen und 10 Minuten gehen lassen.

3. Teig kneten:

Den restlichen Zucker, Kardamom, Zimt, Salz, Butter, Eier und Orangenabrieb zum Vorteig geben. Alles zu einem geschmeidigen Teig kneten (ca. 10 Minuten). Falls er klebt, etwas Mehl hinzufügen.

4. Rosinen & Mandeln einarbeiten:

Die eingeweichten Rosinen, Mandeln sowie Orangeat und Zitronat unter den Teig kneten. Den Teig abgedeckt an einem warmen Ort ca. 1 Stunde gehen lassen, bis er sich sichtbar vergrößert hat.

5. Formen & ruhen lassen:

Den Teig zu einem länglichen Stollen formen. Mit einem

Nudelholz eine kleine Mulde längs in die Mitte drücken, die eine Hälfte leicht über die andere klappen. Den Stollen auf ein mit Backpapier belegtes Blech setzen, abdecken und nochmals 30 Minuten gehen lassen.

6. Backen:

Den Ofen auf 180 °C (Ober-/Unterhitze) vorheizen. Den Stollen ca. 45–50 Minuten backen. Falls er zu dunkel wird, mit Alufolie abdecken.

7. Butter & Puderzucker:

Den heißen Stollen sofort mit geschmolzener Butter bestreichen und großzügig mit Puderzucker bestäuben.

8. Durchziehen lassen & genießen:

Der Stollen schmeckt am besten, wenn er ein paar Tage durchzieht. In Pergamentpapier einwickeln und in einer luftdichten Dose lagern.

Tipp: Für das friesische Aroma kann man noch 1 TL Fenchelsamen oder Anis in den Teig geben.

Winterzauber-Punsch

Ein wärmender, festlicher Punsch mit feinen Gewürzen und einer fruchtigen Note – perfekt für gemütliche Winterabende!

Zutaten (für ca. 6 Gläser)

1 l Apfelsaft (naturtrüb für intensiveren Geschmack)
500 ml weißer Traubensaft
250 ml Wasser
1 Bio-Orange (in Scheiben)
1 Bio-Zitrone (in Scheiben)
2 Zimtstangen
4 Nelken
1 Sternanis
1 TL Kardamom (gemahlen)
1 kleines Stück Ingwer (geschält & in Scheiben)
2 EL Honig oder brauner Zucker (nach Geschmack)
100 ml weißer Rum oder Orangenlikör (optional für die Variante mit Alkohol)

Zubereitung

1. Schritt: Apfelsaft, Traubensaft und Wasser in einen großen Topf geben. Orangenscheiben, Zitronenscheiben, Zimtstangen, Nelken, Sternanis, Kardamom und Ingwer hinzufügen.

2. Schritt: Alles bei mittlerer Hitze langsam erwärmen, aber nicht kochen lassen (ca. 15–20 Minuten ziehen lassen).

3. Schritt: Nach Geschmack mit Honig oder braunem Zucker süßen. Falls gewünscht, den weißen Rum oder Orangenlikör hinzufügen und kurz mit erhitzen.

4. Schritt: Durch ein Sieb gießen und heiß in Gläser füllen.

Tipp: Besonders schön sieht der Punsch aus, wenn er mit einer Orangenscheibe und einer Zimtstange im Glas serviert wird.

Alkoholfreie Variante: Einfach den Alkohol weglassen oder durch einen Spritzer frisch gepressten Orangensaft ersetzen.

Viel Freude beim Genießen!

Vanillekipferl mit Meersalz

Eine himmlische Kombination aus buttrigen Vanillekipferln und einer feinen Prise Meersalz – für das gewisse Etwas und einen Hauch von Nordseezauber!

Zutaten (für ca. 40 Kipferl)
250 g Mehl
200 g kalte Butter (in kleinen Stücken)
100 g gemahlene Mandeln
80 g Zucker
1 Päckchen Vanillezucker
1 Prise Meersalz (fein)
2 Eigelb
Zum Wälzen:
100 g Puderzucker
2 Päckchen Vanillezucker
1 Prise Meersalz (sehr fein)

Zubereitung

1. Teig zubereiten: Mehl, kalte Butter, gemahlene Mandeln, Zucker, Vanillezucker, Meersalz und Eigelb rasch zu einem geschmeidigen Teig verkneten. In Frischhaltefolie wickeln und für ca. 1 Stunde im Kühlschrank ruhen lassen.

Ofen vorheizen: Auf 180 °C (Ober-/Unterhitze) oder 160 °C (Umluft) vorheizen.

2. Kipferl formen: Den Teig in kleine Portionen teilen, zu Rollen formen und in etwa 5 cm lange Stücke schneiden. Diese zu Halbmond-Kipferln biegen und auf einem mit Backpapier belegten Blech anordnen.

3. Backen: Die Kipferl für ca. 10–12 Minuten backen, bis sie goldgelb sind.

4. Vanillezucker-Mischung: Puderzucker mit Vanillezucker und einer Prise feinem Meersalz vermischen.

5. Wälzen: Die noch warmen Kipferl vorsichtig in der Vanillezucker-Mischung wälzen, damit sie ihr feines Aroma aufnehmen.

Tipp: In einer luftdichten Dose aufbewahren, so bleiben sie länger frisch.

Bastelanleitung

»Winterlicht am Meer« mit Sand & Muscheln

Ein stimmungsvolles Windlicht, das die winterliche Magie von Meer, Sand und Licht einfängt.

Materialien:

- ein großes Einmachglas oder Windlichtglas
- feiner Sand (z. B. Dekosand in Naturweiß oder Gold)
- kleine Muscheln & Seesterne
- eine Stumpenkerze oder ein LED-Teelicht
- Juteband oder maritime Kordel
- (optional) ein kleiner Treibholz- oder Holzsternanhänger
- Heißkleber oder doppelseitiges Klebeband

Schritt-für-Schritt-Anleitung:

1. Das Glas vorbereiten:

Das Glas gründlich reinigen und trocknen. Falls gewünscht, kann es mit einer dünnen Schicht Frostspray besprüht werden, um einen eisigen Look zu erzeugen.

2. Die Basis gestalten:

Eine etwa 2–3 cm hohe Schicht feinen Sand in das Glas füllen.

Kleine Muscheln und Seesterne darauf verteilen – dabei auf eine harmonische Anordnung achten.

3. Die Kerze einsetzen:

Die Stumpenkerze mittig in den Sand setzen und leicht andrücken, damit sie stabil steht. Alternativ kann ein LED-Teelicht verwendet werden, falls das Windlicht öfter unbeaufsichtigt bleibt.

4. Den Rand dekorieren:

Ein Stück Juteband oder maritime Kordel um den oberen Glasrand binden und eine Schleife knoten.

Falls gewünscht, einen kleinen Treibholzanhänger, einen Muschelanhänger oder einen Holzstern mit befestigen.

5. Das Winterlicht genießen:

Die Kerze anzünden und den warmen Glanz bewundern, der auf den Sand und die Muscheln fällt.

Tipp: Für eine noch weihnachtlichere Note können kleine silberne oder goldene Sternchen in den Sand gestreut werden, oder man verziert das Glas mit zarten Schneeflockenstickern.